庆祝 | 中国改革开放40周年
广西壮族自治区成立60周年
喜迎 | 中华人民共和国70周年华诞

踏歌壮乡行

与广西共奋进见证新发展

陈 星◎著

经济日报出版社

图书在版编目（CIP）数据

踏歌壮乡行/陈星著.—北京:经济日报出版社，2019.1
ISBN 978-7-5196-0467-7

Ⅰ.①踏… Ⅱ.①陈… Ⅲ.①纪实文学-中国-当代 Ⅳ.①I25

中国版本图书馆 CIP 数据核字（2019）第 016218 号

书　　名：踏歌壮乡行
作　　者：陈　星
责任编辑：王　含
责任校对：力　杨
出版发行：经济日报出版社
地　　址：北京市西城区白纸坊东街 2 号（邮编：100054）
电　　话：010-63567690（编辑部） 010-63567687（邮购部）
　　　　　010-63516959　63559665　83558469（发行部）
网　　址：www.edpbook.com.cn
E - mail：edpbook@sina.com
经　　销：全国新华书店
印　　刷：成都勤德印务有限公司
开　　本：787mm×1092mm 1/16
印　　张：17
字　　数：250 千字
版　　次：2019 年 1 月第一版
印　　次：2019 年 1 月第一次印刷
书　　号：ISBN 978-7-5196-0467-7
定　　价：47.00 元

交通征稽人励精图治、不辱使命的奋进精神的生动作品，一度成为广西交通征稽行业史上的佳话。

基础薄弱、交通滞后、信息闭塞、生活贫困，长期以来，这些“囧态”一直是壮乡大石山区人民脱贫致富奔小康的“拦路虎”。

为此，2003 年 4 月，自治区党委、政府决定，集中力量解决阻碍东巴凤三县（自治县）经济社会发展的基础设施问题，帮助老区加快脱贫致富奔小康步伐。其中，总投资 16 亿元的交通基础设施是大会战的重头戏。《大山舞彩练　天堑变通途》《老区踏上致富路　革命圣地放光彩》就是作者对历时两年多的大会战交通建设成就的生动纪录和经验总结，成为了更好地激励和促进全区公路交通事业蓬勃发展的“集结号”。

而对于主要围绕着广西公路行业文明建设先进集体武鸣公路管理局和全国交通行业抗灾保通先进个人牟金栋而作的《灵水湖畔护路人》《铮铮铁汉　砥柱中流》，颂扬了广大壮乡公路交通人为护路保畅通，服务地方经济建设以及誓死捍卫交通“生命线”的倾情奉献精神。

风生水起北部湾，潮起正是踏浪时。在经历了“八五”、“九五”、“十五”时期，以交通基础设施建设、现代化港口建设和城市化进程等充分准备和完善发展后，2006 年，广西北部湾经济区开放开发应运而生。《营造良好法制环境　迎接“入世”新机遇》《“换脑”的迫切性》等作品，适时地为深入实施“富民兴桂新跨越”战略，积极推进北部湾经济区融入“全球经济一体化”而呐喊助威；《叫响钦州实力》精彩展现了“世界聚焦中国，客商云集广西”的空前盛况；《醉美青秀》翔实描述了作为中国—东盟博览会永久举办地、首府南宁核心城区、联合国人居奖城市和中国“绿城”的亮丽窗口——青秀区的迷人魅力。

“团结和谐，爱国奉献，开放包容，创新争先”的广西精神，凸出壮乡民族文化特性，彰显华夏民族文化精神。《“广西精神”赞》《“青秀精神”礼赞》生动诠释了 5000 多万壮乡儿女和 76 万青秀干部群众的共同心声、奉献精神和时代风范。

“勇争排头 共创和谐”的青秀精神正是“能帮就帮，敢做善成”人文精神的升华。历年来，青秀区承担的工作任务是全市各县（区）中最重的，也是完成任务最出色的。南宁蝉联“全国文明城市”四连冠、青秀区荣获全国楼宇经济发展“十大潜力”城区、青秀区是广西唯一连续两年入选全国“四百强区”的县区（2018 年又连上五榜）等一系列荣誉的取得以及大量实践证明，青秀人在重任面前，都充分彰显了敢于担当，“勇争排头 共创和谐”的可贵精神。

用青春和执着书写美丽壮乡

广西壮族自治区成立60年来特别是我国改革开放40年来，广西以北海为最早对外开放开发的窗口，以北部湾经济区为新增长极，以首府南宁加快建设区域性国际城市为新高点，八桂大地演绎着翻天覆地的历史巨变协奏曲。

本书所荟萃的近百篇文章，基本上都是作者聆听时代足音，把握时代脉搏而精心写就，是这个伟大时代里壮乡多领域发展的生动翔实的写照。

1984年5月，区位优势、自然条件得天独厚的北海，成为我国首批14个对外开放的沿海港口城市之一。几年后，单一的土地开发热潮，使北海在初步实现超常规发展的同时，也出现了不少“烂尾楼”。

为此，作者在《盘活北海》《螺江之路》《香港回归，谁先得月》等作品中作了潜心研究和深入思考，并适时地发出了《“黑狼”向阳光海岸扑来》《保护“王牌”刻不容缓》的警示和疾声大呼。如今看来，这些与“旅游资源”、“生态保护”、“投资软环境”和“脱贫攻坚”等与现实呼声密切相关的佳作，有如陈年老酒，历久弥香。

深邃蔚蓝的大海是宽博的，是美丽的，让无数人为之向往，为之陶醉。在兼享沿海开放、西部大开发等多项政策礼遇中，广西又一次担当特殊使命：建设西南出海大通道，打造出海前沿桥头堡。

在此背景下，作者敏锐地发现，与公路建设密切相关的养路费（税）等交通规费征收工作，任务相当艰巨。于是，作者耗费将近5年时间跑遍了广西全部县级以上公路及山川桥梁后，用纪实手法写成了《南国征稽数风流》《十九载风雨历程　挥洒汗水献交通》《“金山秀水”征稽情》《桂东征稽文明之花馨香浓》等饱含着广西

《青秀区创新打造广西首个国防教育一条街》国防双拥花开别样红，翔实披露了青秀区为南宁市连续六次荣获“全国双拥模范城”、连续八次荣获“自治区双拥模范城”的责任担当；《没有“最美” 只有“更美”》展示了青秀区在最先荣获“全国和谐社区建设示范城区”的基础上，成为南宁唯一获得全国“最美志愿服务社区”殊荣的坚定自信和自豪感。

自治区成立60年来的发展历程充分显示，壮乡各族人民团结进步、和谐发展取得了显著成绩。青秀区作为壮乡首府南宁的首善之区，当然是相关工作的典范和排头兵以及闪亮窗口，也是践行广西精神忠实的先行者。

《青秀区发展多元开放文化 营造可持续发展环境》呈现多元开放、和谐包容，兼具民族化、国际化、现代化的青秀特色文化；《龙舞青秀》生动反映了壮乡历史文化的源远流长，以及“中国壮族芭蕉香火龙之乡”民族特色的浓郁深厚。

在“一带一路”建设的大背景下，2015年3月，习近平总书记为广西发展指明了“三大定位”；2017年春，习近平总书记满怀深情亲临广西视察时指出：“要建设好北部湾港口，打造好向海经济，写好新世纪海上丝路新篇章”，并提出“五个扎实”新要求。壮乡儿女牢记习总书记的重托，不忘初心，奋力前行。

《丝路“船说”》回溯北部湾璀璨的古代海港文明，寄托着对未来的厚望；《“壮族三月三”溯源赋新》以历史悠久的壮族文化为纽带，通过品味壮族服饰秀、民族风情巡游等系列精彩活动，托起壮乡首府南宁首善之区——青秀区科学发展的崭新形象；而在“赞美南宁 歌颂中国梦”征文比赛中的获奖作品《大美五象湖》，对五象新区勃勃生机及美好前景进行了真情描绘，南宁“国际范”形象呼之欲出；《青秀区打好“组合拳”开创新局面》《南宁首个“新时代讲习所”在青秀区揭牌侧记》，揭示出南宁从南湖走向邕江、从邕江奔向大海的发展轨迹，就是青秀区承载着壮乡首府开放发展的历史印记。

“写作虐我千百遍，我却待她如初恋”。在被繁琐事务缠身的基层单位工作之余，对写作仍能如此热忱并执着追求的人并不多见，本书作者、我的同事陈星同志就是其中之一。

当陈星把自己20多年心血凝聚成的作品打印好请我写序时，着实让我佩服和惊叹，我欣然同意并表示给予一定支持。佩服他在20多年坚持与广西共奋进的人生旅途上，始终念念不忘用敏锐目光和沥沥心血一路发现和拾起散落在沿途的“大珠”、“小珠”，用真实的历史、细腻的描述，反映壮乡的前世今生，唤起壮乡的记忆，弘扬壮乡的精神；佩服他通过自己20多年深入广西各地所见所闻所感，用独特的新闻视角和心路视角，发掘和揭示了一批批壮乡儿女，坚定地投身改革洪流砥砺奋进却鲜为人知的典型事迹，从一个个侧面见证广西新发展，筑梦新时代；佩服他用如此众多的鲜活事例，用如此多样的写作体裁，用如此丰富的表现手法来反映神奇而又美丽的广西以及淳朴而又善良的壮族人民，多年来在多个领域进行艰辛改革探索所取得的重要成就。

青春如诗，岁月如歌。壮乡是歌的海洋，陈星在上一部“山歌”作品出版没多久，今又集成“踏歌”一书，他是在用青春和执着赞颂大美广西，我为他的写作精神点赞。他把自己多年不懈奋斗的青春奉献给了广西、奉献给了南宁、奉献给了青秀，我更为他的奉献精神感动。陈星早年当过党报党刊和文化期刊的编辑记者及执行总编，当过领导秘书，有丰富的写作和宣传思想文化工作实践经验，因此我认为他的作品同样值得广大新闻工作者、文学爱好者和基层干部群众尤其是宣传思想文化战线的同仁学习参考借鉴。

习近平总书记在全国宣传思想工作会议上强调，做好新形势下宣传思想工作，必须自觉承担起举旗帜、聚民心、育新人、兴文化、展形象的使命任务。习总书记的重要讲话，为我们做好新时代基层宣传思想工作指明了前进方向，提供了根本遵循。我们倍感责任重大，使命光荣。

期待青秀作家、青秀文化人、青秀宣传思想工作者再创佳绩。

是为序。

中共南宁市青秀区委常委、宣传部部长、区政府副区长

李和耀

2018 年金秋十月于绿城南宁

C目 录
ONTENTS

第一辑 赞歌与传奇

第二辑　纪实与思考

第三辑　魅力与风采

第四辑　图治与发展

赞歌与传奇

湖源含蕴千年的壮族文化，穿越丝路“船说”，感叹青秀的醉美，畅游五象湖的大美，聆听北部湾的涛声，亲近漓江的山水，无不是一首首时代飞旋发展的赋新赞歌与动人传奇。

“广西精神”赞

美丽南疆广西，自古以来，物华天宝，人杰地灵，天时地利人和。古时有瓦氏夫人率领壮乡数千俍兵抗倭卫国；现代有百色起义由壮、汉、瑶、苗等多个民族组成的红七军投身革命；古代有合浦港担当“海上丝绸之路”的始发港；现代有北部湾经济区作为开放开发和创新发展的强大引擎……

历史与现实的广西，在政治、军事、经济、文化等许多领域，处处都彰显了这样一种精神，那就是广西精神——“团结和谐，爱国奉献，开放包容，创新争先”！

初看上去，这十六个字并不艰深，朴实无华，但回望历史、纵观现实，再细细品味，人们却可以感悟到，这十六个字是广西历史与现实的真实写照，是五千万广西各族人民的共同期待，是广西热土上催人奋进的时代号角。

鲜花盛开的广西南宁民族广场（麦大刚　摄）

毫无疑问，这字字珠玑的广西精神，凸出了八桂瓯骆文化底蕴，彰显了华夏民族文化精神。如此可贵的人文精神，代表着广西的血脉与灵魂，堪当广西展示自我的亮丽名片、壮乡蓬勃发展的精神动力，值得壮乡儿女赞颂与传扬！

团结和谐，是广西精神的根本标志。长期以来，广西各族人民和睦相处，共同奋进，共同发展，几多感人故事已经载入史册，光耀千秋。尤其是新中国成立以来，壮乡人民同呼吸、共命运，勇于进取，开创了一个又一个美好的局面，奏响了一曲又一曲奋进的凯歌，成为了我国民族团结的楷模。在新的历史时期，壮乡各族人民继续发扬团结和谐精神，和衷共济谋发展，充分利用资源、区位等优势，参与国内外多区域合作，共同谱写团结和谐的辉煌篇章。

爱国奉献，是广西精神的显著特征。千百年来，广西各族人民对祖国始终怀有深厚情感，共同倾力维护祖国统一 。尤其是新中国成立以来的各个时期，广西严格按照中央部署，顾全大局，自觉奉献，为维护边疆安全稳定，为创造人民幸福生活，作出了巨大的牺牲，付出了艰苦的努力。新的历史条件，赋予了爱国奉献精神更为丰富的内涵，其中包括：遵纪守法、爱岗敬业、克己奉公、无私奉献、弘扬传统美德，等等。爱国奉献是壮乡各族儿女的崇高品德，是壮乡儿女捍卫祖国边疆稳定、和谐发展的强大力量，是高洁的思想灵魂，弥足珍贵。

开放包容是广西精神的鲜明特质。自古以来，沿海沿边沿江的广西，以古代合浦港对外开放为代表的辉煌往事，在潜移默化中造就了壮乡开放包容的地域特点，各民族相互学习、取长补短，学习和借鉴兄弟省份的长处和经验，成效卓著。改革开放以来，广西又以开放的胸怀，广泛吸收海内外优秀文化，促进了自身发展。中国-东盟博览会落户南宁以来，壮乡人民秉持传统的开放包容精神，摒封闭、摒保守、摒狭隘，不排外、不盲从，满怀自信地熔铸四方文化与技术精华，彰显了海纳百川的广阔胸襟。当今，北部湾经济区迎来了海内外知名企业落户，现代“海上丝绸之路”成为了壮乡融入东盟经济与全球经济的纽带，向海经济成为了新时代壮乡开放包容精神的完美体现！

创新争先是广西精神的重要特点。几十年前，地处南疆的广西面临边境战事，改革开放备受困扰，致使经济滞后于许多兄弟省份。可是在边境安宁后，壮乡人民珍惜来之不易的和平环境，不怨天尤人，不甘人后，谋划发展，奋起直追，凸显了不断创新争先的精神。

在新的发展征途上，壮乡人民同心同德，牢记习近平总书记为广西发展指明的“三大定位”：构建面向东盟的国际大通道，打造西南中南地区开放发展新的战略支点，形成21世纪海上丝绸之路和丝绸之路经济带有机衔接的重要门户。

牢记习总书记2017年春视察广西时作出的关于“要建设好北部湾港口，打造好向海经济，写好新世纪海上丝路新篇章”的指示精神，集聚优势，奋力赶超，发展成就令世人瞩目。

如今，北有桂林国际旅游甲天下，南有沿海开放开发后来居上，中有柳州重工屡创佳绩，东有玉柴动力问鼎海内外，西有左右江红色旅游如火如荼，创新争先的可贵精神在八桂大地上不断发扬光大，创新争先的实际行动让美丽壮乡实现了一个又一个历史新跨越。

广西精神激发广西活力，广西活力印证广西精神。精神构筑新高度，精神助推新跨越。在新时代的建设中，壮乡人民高奏“广西精神”进行曲；巧谋“富民强桂”新战略，“海上丝绸之路”生机勃勃，向海经济如日东升。让我们铭记广西历史，传承文明，紧跟时代步伐，肩负新的历史使命，不断砥砺前行。

壮阔的北部湾，是广西向海经济的巨大摇篮和强大根基。崇高的广西精神，是广西昂然步入新时代和向更高目标奋进的精神支柱。

广西精神，壮乡人民时刻践行，是壮乡人民和谐共进的永恒动力！

（2012年10月荣获中共广西壮族自治区委员会宣传部“广西精神大家谈”征文活动二等奖，2012年12月荣获南宁市“弘扬广西精神和南宁精神”活动突出贡献奖，2018年10月再次修改）

“青秀精神”礼赞

南宁市青秀区因境内有著名的城市“巨肺”——青秀山风景区而得名，这里还有凤凰岭、凤翼岭等有关“凤凰”的美好神话传说，喻意“筑巢引凤”早已成为青秀区传承悠久历史文化之发展战略和与生俱来的非凡胆识。这里着实有“青山秀水”，直接叫响“青秀”之名。既有今日首府之青山，中国之绿城，南国之蓝天；又有邕江之秀水，南湖之秀美，竹溪之秀长；更有青秀之域山与水，人与自然，人与人和谐共生共存，共发展的“一枝独秀”现实特质；彰显了联合国人居奖城市、全国文明城、国家卫生城之核心城区风采。

青山秀水引“凤”来，青山秀水生鱼鸟藏“龙象”（青秀山顶上耸立的宝塔叫龙象塔，它是青秀山的象征）。集聚五湖四海英豪、八桂精英于“青山秀水”之地——壮乡首府核心区，发轫于首善青秀，齐奋进共超越，共创辉煌大业，有如鲲鹏展翅“水击三千里，抟扶摇而上者九万里。”

“学做鲲鹏飞万里，不做燕雀恋子巢”。青秀区已在建设广西第一强区的多年实践中一马当先，如今的青秀人扬帆起“勇争排头”的精神（经过半年多的广泛征集，千锤百炼，“勇争排头 共创和谐”青秀精神于2012年10月正式出炉），立志宏伟之事，有如“鲲鹏高远”。鹏之背，“绝云气，负青天，然后图南”。由“鲲”化“鹏”是一种飞越，是一种质的超越，鹏鸟奋起而高飞，飞向大海。喻指我青秀全城区人民在城区党委、政府的正确领导下团结协作、万众一心“图南”、“图强”，在要把南宁建成区域性国际大都市和争当广西县区科学发展排头兵的伟大进程中，不断拓展发展空间，不断进取创新，追求卓越，不断与时俱进，超脱超越，向着更高的目标更远大的理想阔步前进，展翅高飞。正如鲲鹏“向海”我青秀正向现代化、国际化方向高远而行。

这里有“凤凰”、“龙象”深厚历史文化底蕴，这里有中国—东盟博览会永久举办地会址，气势恢弘的展馆之首用南宁市花朱槿花造型耸立的会标就像是昂扬的“凤冠”（2018 年举办方又在现有展馆末端完善了标志性“凤尾”亦或“凤翅”酒店，偌大的南宁国际会展中心整体造型就变成了一只名副其实的腾飞之“凤凰”）。当代青秀区又在广西、南宁赋有“凤冠霞帔”得天独厚的自然优势和区位优势，在新的历史时期条件下，在这片“藏龙奔象”的青山秀水宝地，必将迎来“龙凤呈祥”、“鲲鹏高远”的美好明天！

青秀区是广西壮族自治区和南宁市党、政、军首脑机关所在地，辖区内大型商贸企业云集，是南宁中央商务区和新兴产业的集聚区域，科技、教育、文化、卫生、体育事业发达，服务业、地产业、新型产业优势明显。其独特的区位性决定了青秀区的“服务功能”在全市乃至全广西举足轻重，一言以蔽之，“服务人民，共创和谐”，是作为南宁市核心城区的青秀区肩负的最重要使命。

服务人民，把群众的利益放在第一位，是我们中国共产党经过艰难革命斗争和长期实践检验总结出的真知。1945 年毛泽东在党的七大深刻阐述了为人民服务的科学内涵：“全心全意为人民服务，一刻也不脱离群众；一切从人民的利益出发，而不是从个人或集团的利益出发；向人民负责和向党的领导机关负责的一致性；这些就是我们的出发点。”党的七大明确把全心全意为人民服务作为党的根本宗旨写进党章。

天蓝水绿白云飘（周少南　摄）

当今时代，服务人民，共创和谐社会，仍然是不可或缺的根本要求及至为永恒的主题。深刻领悟和把握“坚持以人为本执政为民理念，发扬密切联系群众优良作风”的丰富内涵和精神实质，做服务型政府，当服务型干部，打造服务型团队，这不仅仅是时代发展的必然要求，更是当今社会主流民意的一种需求和呼唤。党的十八届三中全会通过的《中共中央关于全面深化改革若干重大问题的决定》明确提出了“建设高效廉洁的服务型政府”。习近平总书记一再强调：“对人民有感情、以人民为中心。”

在青秀区加快提升现代化建设水平，争当广西县区科学发展排头兵的实践进程中，一定要坚持全心全意为人民服务的宗旨，这就要求广大党员干部不仅要有为人民服务的觉悟、热忱和愿望，更要有为人民服务的真实才干，要以自己的智慧和才能为人民谋幸福，让人民得实惠。而要做到让人民得实惠，讲求奉献精神必不可少，奉献人民，奉献青秀，共建和谐社会，这是全体青秀干部职工的一种职责使然。

奉献青秀，不是狭义上的为了青秀而奉献，实际上，在青秀人人讲奉献精神早已成为一种可贵的共识和高度的自觉，是一种高尚的青秀品质，是青秀人践行全心全意为人民服务宗旨的真实写照。事实上，青秀人的奉献精神有目共睹，名闻远播。服务人民，奉献青秀，是青秀人的骄傲和自豪。服务人民，奉献青秀，正是“能帮就帮，敢做善成”这种人文精神的升华和地域文化的积淀，是南宁精神的一脉传承和具体实践体现。

讲服务，讲奉献，其最终目标就是“共创和谐”，也就是要共创和谐社会，一切以服务人民群众的根本利益为出发点。广西是我国五个少数民族自治区之一，这里的壮、汉、瑶、苗等各族人民是最讲民族团结的，是最讲和谐的，是最和谐共生和衷共济的。作为壮乡首府南宁首善之区青秀区当然而然也是民族团结进步和和谐社会建设的典范和排头兵，也是展现团结和谐精神的亮丽窗口，也是践行“团结和谐，爱国奉献，开放包容，创新争先”广西精神最忠实的先行者。

践行广西精神、南宁精神和青秀精神，勇争排头，最关键是要做到“敢于担当，勇于超越”。[“担当”词义：承担；担负（任务、责任等）：勇于担当重任，不计得失。] 自信的人一般都勇于担当，担当就是敢承担别人不敢承担的事。包容一切并对其负责，就叫有担当，正谓之曰：“有容乃大，无欲则刚。”

习近平同志曾经指出：“看一个领导干部，很重要的是看有没有责任感，有没有担当精神”。温家宝同志也要求干部：“事不避难，勇于担当”。这就明确地告诉我们：组织用人，要看担当精神；为官做人，要重担当精神。有敢负责的勇气、敢担当的精神、敢作为的劲头，才能挑得起重担、负得了重任。

青秀区历年来承担的工作任务是全市各县（区）中最重的，也是完成任务最好的。无数的实践证明，青秀人在重任面前，都能做到敢迎敢接、敢做脊梁，能够出色完成时代赋予的历史重任和光荣使命，无不充分体现了青秀人“敢于担当”精神。“敢于担当”也是对广西精神的真实践行。

在多年的改革开放实践和努力中，青秀人表现出的不畏困难的勇气、迎难而上的豪气、化难为易的锐气，敢闯敢试，敢为人先的精神也众所周知。在当前自治区党委提出“解放思想，赶超跨越”大讨论活动中，我们更需要“勇于超越”的胆识和气魄，青秀区在实现全区“富民强桂新跨越”，争当全区县区科学发展排头兵的战略目标进程中，勇争排头，“勇于超越”精神显得尤为重要。

当前，青秀区发展仍处于可以大有作为的重要战略机遇期，既面临难得的历史机遇，也面临诸多可以预见和难以预见的挑战。面对新困难和挑战，积极迎战、敢作敢为、敢担责任，则展现着青秀人的勇气和魄力，体现着青秀区的信心和实力；面对新的困难和挑战，已成为广西第一强区的青秀区，敢于超越自我，敢于超越现实，敢于超越广西各县区，是青秀区谋求新的发展空间，获取新的生命力的目标方向和宏伟愿景。

总之，具备担当精神是一种对人民、对党的事业、对历史高度负责的精神，是迎着风险上、克服困难走、不为绝境惧的大无畏精神。而勇于超越，是勇于担当起全市赶超跨越先锋，为南宁市建设区域性国际城市和广西首善之区当好先锋，争当广西县区科学发展的排头兵和建设首善青秀实践动力。

有无敢于担当的精神，能否真正做到勇于进取、勇于超越，是对全城区干部职工党性观念强弱、能力素质高低的实际检验，也是评价干部职工优秀与否的一个重要标准。

真诚希望每个真想干点事、真愿有作为的干部职工，都能有勇争排头，勇于担当，勇于超越的精神，并坚持带着这种精神去工作，干出让人民放心、令人民满意、受人民称赞的业绩来，这是我们开展一切工作的根本出发点和实质要求！这就是青秀精神的最大闪光点！

（2013 年 12 月在南宁市青秀区“弘扬和践行青秀精神”征文比赛活动中荣获二等奖）

醉美青秀

首善青秀

眺望青秀，走近青秀。青秀婉若一颗醉美珍珠镶嵌于广西壮族自治区首府南宁市区东南部，明亮而璀璨。青秀区辖 4 个镇 5 个街道和 1 个省级经济开发区，共有 108 个行政村（社区），总面积 872 平方公里、户籍人口60.7 万人，居住着壮、汉等 12 个民族。

青秀区具有独特的区位优势，广西区、南宁市党政军机关云集青秀，集中体现了南宁作为广西政治、经济、文化、科技、教育、信息、会展、金融中心的性质，是南宁市的核心区域。

青秀区的发展优势得天独厚，是南宁区域中心区、中央商务区、国际服务区、文化旅游区、生态宜居区。这里，城市基础设施配套，城市功能完善，交通便利，商贸活跃，通讯发达，产业优势明显，是南宁市近年来经济和社会发展最快的城区。这里，投资环境优越，投资政策优惠，教育发达、社会安定、人才荟萃，是生活、投资、置业的理想之地。

绿色、会展、亲水、干净、和谐是青秀区的城市名片。这里，绿荫如盖，青山碧水，风光旖旎，气候宜人；终年树常绿，花常开，果常熟，充满着亚热带的美丽景致。这里，是展示联合国人居环境奖城市、全国文明城市、中国“绿城”及“水城”南宁的窗口。

迈入充满希望的“十二五”，青秀区将全面落实科学发展观，紧紧围绕“创新驱动、转型发展”战略，以更加开放、更加进取的姿态，乘势而上，开拓进取，为在南宁市率先实现跨越式发展、率先实现全面建设小康社会目标，以及建设区域性国际城市和广西首善之区的核心区等发展目标奠定坚实的基础，全力推动更高水平广西第一强区建设不断迈上新高度。

魅力南湖

南湖位于南宁市区的东南隅，南湖公园与民歌湖通过一条竹排江连成一体，就构成了大南湖。从地图上看，南湖就像一条玉带串起来的两块美玉。

宽达 93 万多平方米的南湖湖面明净如镜，碧波潋滟，玉桥飞架。公园内有南国特色的热带林木，以及中草药园圃、兰花圃和名树博览园等 3 个“园中园”。湖岸修建了长达 8. 17 公里的环湖游道。人们既可以漫步观光，也可以乘舟游湖，每逢周五及节假日，游人在这里还可以欣赏到瑰丽多彩的水幕电影，是生态休闲旅游的好去处。

这里还有百色起义陈列馆，使之成为广西和南宁的著名红色旅游景点之一。

从南湖还可划舟至民歌湖。民歌湖位于南湖的东面，是一个集休闲娱乐于一体的休闲公园。湖边的天天演舞台区 800 平方米的圆形舞台嵌入水中，在这里将天天上演文艺节目，供游人观赏；12 座艺术雕塑被安放在湖的周围，同时，采用集群和分散的形式布置酒吧街建筑，将餐饮、商业、娱乐、文化等功能有机融入，这里将成为南宁市独具特色的最高档的国际酒吧街。

繁荣青秀

青秀区是南宁乃至广西的金融中心、信息中心、购物中心、美食天堂和娱乐前线。汇集了主要的金融业、商业、服务业，行业齐全、布置合理、功能完善，经济繁荣、金融活跃、商贸蓬勃发展，是南宁的区域性中央商务区。形成了中山路、新民路、民族大道、东葛路、埌东为中心的五大核心商业圈和七星路精品服饰一条街、东葛路通信器材专业街、星湖路电子科技街、教育路文体用品一条街、桃源路和长湖路饮食娱乐一条街、中山路美食街、双拥路特色餐饮一条街等八大商业街区，以及以民歌湖为龙头的旅游、休闲、文化等特色商贸街区。

随着中国—东盟自由贸易区的建立和广西北部湾经济区开放开发上升为国家发展战略以及泛北部湾经济合作的加快推进，南宁市已成为多机遇重叠、多区域合作的中心，也给青秀区的发展带来了无限商机，青秀区将更加繁荣昌盛。

“十二五”期间，青秀区将着力打造“一核二圈二带三组团”为重点、功能融合、协调推进的产业发展格局。

“一核”，即泛东盟国际商务与总部经济核心区；“二圈”即南湖竹排江现代商贸集聚圈和南宁东站未来发展门户区；“二带”，即沿邕江生态旅游经济带和沿南宁水城的水系商务文化休闲带；“三组团”，即仙葫都市工业园区、伶俐工业集中区和长塘现代农业园区。

宜居青秀

这里是“生态宜居之城”。这里，上风上水，是绿城空气质量最好、公园最多、绿化率最高的区域；处处山水灵秀、风物繁华，是南宁最理想的入居中心。

作为“中国绿城”的主要区域，青秀区高度注重加强园林绿化建设，切实保护优美的城市环境。加大环保投入，大力推进清洁生产、循环经济和绿色消费、低碳生活。加大环境管理和执法力度，强化环境监测监察能力，不断改善环境综合质量。加强城区景观、绿化建设，优化民族大道、东盟国际商务区、南湖——竹排江现代商贸集聚圈等重点地段的灯光景观和新扩建市政道路两旁绿化。配合南宁市打造现代生态宜居城，争创“国家森林城市”，同时进行“水城”的规划，做好水系连通、治理工作，基本形成与中心城区相适应的生态环境和环保体系。深入拓展“城乡清洁工程”，把“城乡清洁工程”工作向城乡结合部、“城中村”、小街小巷、小区庭院拓展延伸，实现了村庄绿化、道路硬化、环境洁化、沟渠净化的目标。加大基础

俯瞰南宁国际会展中心（刘绵宁　摄）

设施建设投入力度，完善了东盟国际商务区、凤岭北片区、仙葫等片区的道路交通、市政、公共设施等建设，实现埌东片区、东盟国际商务区、凤岭北区、仙葫片区等新区之间的无缝连接。

如今，走在青秀区的大街上，处处花红叶绿，处处鸟语花香，犹如走进了一座大公园，徜徉在绿色之海洋里，呼吸着沁人心脾的气息。南宁市获评联合国人居环境奖，青秀区功不可没。

人文青秀

走进青秀，您会发现，这里有邕州古城的古老记忆，南宁古城墙、洋关码头、邕宁电报局都在静静地告诉你，这是一座历史悠久的城市；这里有红色经典的历史记忆，百色起义烈士纪念碑、百色起义陈列馆、雷经天故居、毛主席邕江冬泳亭等都在诉说着动人的故事；这里有中国绿城的美丽情韵，国家AAAA级风景区青秀山、民歌湖、南湖名树博览园等让你流连忘返；这里有都市之夜的动感和多彩，海市蜃楼的水幕电影、音乐喷泉和彩灯亮化的南湖、气势磅礴的国际会展中心、金湖广场等让您切身感受人与自然的和谐之美；这里有美食天堂、水果之乡、民俗风情、乡村情趣的别样魅力……

近年来，青秀区坚持以政府为主导，以公共财政为支撑，以公益文化事业单位为骨干，以基层特别是农村、社区为重点，构建覆盖广泛的公共文化服务体系，着力满足人民群众基本文化需求。进一步推动社区文化、企业文化、机关文化、校园文化的蓬勃开展，为满足人民群众多层次的精神需求。

搭建更多、更好、更有效的平台，不断推出更多具有青秀特色的文化品牌。优先安排涉及群众切身利益的文化建设项目，大力推进重点文化惠民工程，让文化发展的成果更多惠及人民群众。

青秀区教育网点布局合理，教育事业发达，学生升学率、社会青年就业率都高于南宁其他城区。青秀区建立了一套比较完整的社会保障体系，有效保障了辖区居民的生活水平，医院的布局、医疗水平、医疗设施等，均在广西各市中首屈一指。

发展青秀

现代服务业是朝阳产业，是青秀区龙头产业和支柱产业。青秀区大力发展商贸流通业，积极推进金湖、凤岭等现有商圈的业态优化和档次提升；在南宁火车东站和中国—东盟国际商务区培植一批新的商贸品牌龙头企业；新建和改造一批星级宾馆、超市，形成宾馆、商厦和会展旅游、文化共同发展的新局面。大力发展总部经济和楼宇经济，重点引进国内外大企业大集团到城区设立区域性总部或分支机构。大力发展现代物流业，根据南宁市产业布局，在仙葫开发区规划建设汽车、建材、粮食、农副产品等一批大型市场和交易中心，构建快捷、高效、环保的现代物流网络。同时，积极培育金融保险、信息服务、文化体育产业、服务外包、中介服务、科技教育服务等新兴服务业，大力发展医疗保健、养老托幼、家政服务等社区服务业，积极促进和规范房地产业健康发展，不断培育形成服务业新增长点，为服务业发展提供持续动力，建设现代服务业提升发展示范区。

开放青秀

这里，是投资兴业的热土。这里，是南宁中央商务区和产业集中区的集聚区域，科技、教育、卫生、文化体育事业发达，服务业优势明显，房地产业如火如荼，新型产业蓬勃兴起。南宁发展从南湖走向邕江、从邕江奔向大海的轨迹，都是青秀区承载壮乡首府绿色神韵、蓝色畅想的航程。

近年来，青秀区充分利用中国—东盟博览会主要活动场所在辖区的优势，全方位全区域推进开放合作。紧紧抓住广西北部湾经济区开放开发、中国—东盟自由贸易区建成等重大机遇，深化以东盟为重点的对外开放，在更高水平、更大广度和深度上服务城区经济社会发展。

青秀区正张开博大的胸怀，以海纳百川的气度，欢迎天下有志之士，来青秀区创业、置业、安家落户，共享青秀区发展的成果；也热忱欢迎国内外的知名企业，来青秀区安家落户，再创新辉煌。

活力青秀

青秀区坚持深化改革，增强活力，驱动发展，不断优化发展环境，把区位、资源、要素、生态等优势转化为竞争优势，为城区的发展注入强大动力，极大地拓展地区发展空间。

积极探索统筹城乡的有效途径和办法。统筹城乡发展规划，从整体上科学规划城镇体系、社会主义新农村建设、产业发展、基础设施建设和生态环境保护。统筹城乡劳动就业，推进统一的城乡劳动力市场建设，健全完善城乡养老、医疗保险和住房保障制度。统筹城乡基本公共服务，强化政府提供农村公共产品和公共服务的职能，逐步实现城乡基本公共服务均等化。统筹城乡建设投入，构建以工哺农、以城带乡的长效机制。着力突破影响城乡统筹发展的体制机制障碍。加大行政管理体制改革力度，完善政府社会管理职能和提高政府公共服务质量。加大公共财政体制改革力度，深入推进乡财县管，进一步优化支出结构。加大农村综合改革力度，完善农村集体土地管理制度，推进城乡土地管理和使用制度改革，促进农村士地使用权合理流转。

和谐青秀

这里是暖意融融的和谐之城。“南宁人不排外”在这里是出了名的。这里，民风朴实，能帮就帮，敢做善成；这里，管理有序，服务到位；这里是非常有安全感、亲和力、生活化、让老百姓有归属感的地方。

近年来，青秀区着力加强民主法制建设、建立健全基本公共服务体系、加强和创新社会管理，努力构建公平公正、安全稳定的和谐社会，不断提升人民群众的幸福感。城区先后荣获“全国科技进步先进城区”、“全国科普示范城区”、“全国计划生育优质服务先进城区”、“全国社区卫生服务示范城区”、“全国阳光体育先进城区”、“全国民政先进区”、“全国爱国拥军模范单位”、“2005~2008 年度全国平安建设先进城区”和首批“全国法治县（市、区）创建活动先进单位”等多项国家级荣誉称号。

展望青秀

“十一五”期间，青秀区坚持发展第一要务，坚持“推动青秀科学发展，打造更高水平广西第一强区”的科学发展主题，加快经济结构调整优化，实现经济又好又快发展，城区综合实力显著增强。地区生产总值、人均生产总值、财政收入、全社会固定资产投资、社会消费品零售总额等均比“十五”期末翻了一番以上，多项经济指标位居南宁市乃至广西各县区第一，创造了广西县区经济社会发展的“青秀速度”。

夯实发展基础，迎接新的机遇。根据中央、自治区和南宁市工作部署，未来的青秀区将坚持以邓小平理论和“三个代表”重要思想为指导，深入贯彻落实科学发展观，以推动科学发展、加快发展、率先发展、和谐发展为主题，以加快转变经济发展方式为主线，主打现代服务业，主攻新型工业，主抓项目建设，全面推进社会主义新农村建设，深化改革开放，统筹推进各项社会事业，着力改善和保障民生，全面加强党的建设，立足新起点，谋划新发展，实现新跨越，将青秀区建设成为更具人文、更具活力、更加繁荣、更加宜居、更加和谐的现代化核心城区，奋力开创建设更高水平广西第一强区的新局面。

（2011 年 8 月为南宁市青秀区制作精美宣传纪念邮册《醉美青秀》撰稿）

龙舞青秀

——南宁市青秀区打造“中国壮族芭蕉香火龙之乡”纪实

前言：青山秀水蕴龙魂

南宁市青秀区是广西壮乡首府南宁市的中心城区之一，现辖一个省级开发区仙葫经济开发区，五个街道办事处（新竹、中山、建政、南湖、津头）和四个镇（长塘、伶俐、刘圩、南阳），总面积872平方公里，人口70多万。

近年来，青秀区各项事业发展迅速。2011年，城区GDP达440多亿元，人均77000元，财政收入72亿多元，在广西各县市中排名第一。文化产业及相关产业增值为29.76亿元，占GDP比重为6.3%。青秀区先后获得“全国科技先进城区”、“全国群众体育先进单位”等荣誉称号。

党的十七届六中全会、自治区第十次党代会和南宁市第十一次党代会以来，青秀区按照上级的统一部署，通过开展“解放思想，赶超跨越”大讨论，提出要在实施文化强区战略中发挥排头兵作用。

根据城区的实际，青秀区确立申报“中国壮族芭蕉香火龙之乡”作为本土民族民俗优秀文化代表，以此增强城区文化软实力，促进经济社会大进步。

第一篇章：龙舞青秀

解读芭蕉香火龙

壮族芭蕉香火龙舞是流传于南宁市青秀区的一项民间舞蹈，距今已有300多年的历史。芭蕉香火龙一般由九节竹子编织而成，用芭蕉绳加以捆扎，饰上芭蕉壳和芭蕉叶，并在龙头、龙身上插上香火。如此，一条熠熠生辉的九节长龙便制成了。芭蕉香火龙舞包括潭边请龙、醒龙、龙翻身、龙戏珠、龙驾雾、龙降丽、谢龙及请龙归潭等。

八音乐器来相和

古老的芭蕉香火龙舞是采用师公的岳（横鼓）吹打伴奏，一群男女穿着原生态芭蕉叶，带上神奇面具，踏歌起舞，尽展民族风情。随舞的还有古八音乐器相伴，舞艺世代相传。

展演活动兴热潮

壮族芭蕉香火龙作为青秀区本土的民间民俗优秀传统文化遗产，其展演已是历史以来民众的自发行动，很为民众所喜爱。在这基础上，城区因势利导，为展演活动提供更广阔的平台，从而使以壮族芭蕉香火龙为主的展演活动空前活跃。

据不完全统计，2001 年，城区共有芭蕉香火龙等各种民间文艺展演队 130 多个，几乎遍及各村屯。

去年，城区财政投入经费 100 多万元，组织青秀区“千团万场”群众文化活动，在 136 个村（屯）、社区举行了群众性文化活动 723 场（次），观众达 90 多万人次。此外，城区还积极参加南宁市第二届乡村社区和谐文艺大展演，辖区群众参加各赛区预赛的节目共有 263 个，参演人数达 1100。“芭蕉香火龙舞”在 2011 年初举办的南宁市第二届乡村社区和谐文艺大展演获二等奖，在“第三届广西魅力北部湾群众文化活动”优秀文艺节目展演中获金奖。

第二篇章：龙之传说

壮乡传说远流长

传说南海龙王太子巴龙寻江而上，隐龙身变人样与民同乐。有一年，长塘一带天大旱，无奈巴龙修炼功未果，无法唤云播雨，但他对百姓无限同情，毅然化身芭蕉林，供缺粮的百姓摘蕉叶，剥蕉秆充饥度过灾荒。

巴龙因此失去多年修炼功力，在玉帝遍考龙子真功时被责。长塘方园的百姓为巴龙请愿，集体以芭蕉叶为衣，起舞告天。

逢年过节舞长龙

每逢农历正月十五、正月十八、二月初二、三月三、四月八、五月五、七月十二至十六，农历每月的初一、十五等，以及适逢民间重大活动时，村民都会自发做糍做粑插香敬祭，组织龙队进行展演，场面十分热闹。

第三篇章：龙之传承

齐心协力寻龙粹

在民间，有一大批热心传人为芭蕉香火龙的传承发展提供才智、贡献力量。

南宁市民间文艺家协会会员李武康，满腔热情地将古老的故事传说挖掘整理并上报有关部门。已故的南宁市民间文艺家协会理事唐济湘先生，还有蔡光先生、谭正响先生，在2008年初与长塘镇的民间艺人从祭文和颂词中寻找依据，挖掘素材，为“芭蕉香火龙”的制图施工；撰写音乐及概况资料；组织音乐舞蹈的编导、排练、合成，使芭蕉香火龙能以新的姿态参加长塘军山庙会的庆典活动，从而获得观众好评。

2010年以来，广西民协副主席郑天雄对壮族芭蕉香火龙进行了创意策划、艺术

中国（南宁·青秀）舞龙展演暨第十一届中国民间文艺山花奖·民间艺术表演奖评奖活动于2013年6月28日至29日在“中国芭蕉香火龙之乡”青秀区举行。图为青秀区芭蕉香火龙正在进行精彩表演（黄少莲　摄）

结构包装，指导舞蹈编导陈生乐对壮族“芭蕉香火龙”进行了重新编排，使芭蕉香火龙表演从单纯的巡游模式调整成有民俗程序、有舞台套路的表演模式，为壮族芭蕉香火龙走出青秀，走出南宁，走出广西，走向全国作出了重要的贡献！

根植本土育龙人

在青秀区长塘镇楞仲村壮族芭蕉龙队里，有中老年人，也有20多岁的年轻人。为了保证演出，他们不辞辛苦，来回奔波。他们说：“身边的朋友都觉得不值得，有些人也不能理解我们。我生活在这里，我喜欢舞芭蕉龙，芭蕉龙在这里代代相传。”

长塘镇青龙江农民艺术团团长周现孟每年春节为了给村里表演芭蕉香火龙，都提前到村里的芭蕉地采集芭蕉叶，然后再制作出独特的壮族芭蕉香火龙。村民陆学车更是父子相随，一同观赏。他就觉得芭蕉香火龙很有特色，很有当地农村的风俗，而他四岁的儿子只要听到有芭蕉香火龙表演，就嚷着要跟大人去看。目前在青秀区壮族聚居的四个镇30多个行政村都有壮族芭蕉香火龙表演队。很多村屯还有不少与原生态龙文化相关的民间民俗活动，得到社会各界的广泛赞誉。

第四篇章：龙之弘扬

领头军团创先优

2005年以来，青秀区加大了挖掘保护民族民俗优秀文化遗产的工作力度，并将非物质文化遗产——壮族芭蕉香火龙、壮族斗竹马、军山庙会的保护经费列入城区年度财政经费预算。

在实际工作中，城区各部门通力协作。区委宣传部为壮族芭蕉香火龙专门制作了宣传画册及宣传片；旅游局为推介宣传壮族芭蕉香火龙组织了相关的乡村游活动；经贸部门为举办各种节庆活动做了招商引资工作；教育局为壮族芭蕉香火龙进校园作了精心的安排等。

大家一心一意为弘扬壮族优秀民俗传统文化，打造“中国壮族芭蕉香火龙之乡”文化品牌而出力。

培育产业带全盘

青秀区壮族民俗文化资源丰富，特别是壮族芭蕉香火龙文化已有相当名气，利用这个品牌进一步弘扬和发展的条件得天独厚。近年来，城区党委、政府十分注重这方面的工作，悉心培育与芭蕉香火龙相关的产业，发展相关民族民俗传统文艺项目。在重视开发芭蕉香火龙节的同时，还对列入自治区非物质文义化遗产的麒麟舞、斗竹马等民间民俗活动进行开发利用。

一是加快乡村生态田园建设。为了支持农民乡村生态项目，近年来在农历四月八举办了甜瓜节等活动，为当地经济发展带来了新的活力。“壮族芭蕉香火龙”作为开场节目，将这个活动推向了高潮。据统计，今年甜瓜节期间来自区内外的参加者多达 2 万多人，开幕当天，还与外地企业签订了 3 个农业项目合作意向书。

二是打造现代农业生态园。2009 年市委、市政府将中国东盟（南宁）现代农业园落户青秀区长塘镇。青秀区以中国东盟（南宁）现代农业园为龙头，带动周边乡镇发展绿色、生态、高效的都市型现代农业，并整合开发乡村旅游，从而将青秀区打造成“宜居都市休闲乡村”的都市休闲旅游品牌。

此外，还对芭蕉香火龙民俗文化的仪式、禁忌、传说记忆等非物质文化遗产进行了初步的研究整理，对芭蕉香龙头、龙身、龙尾、龙衣竹编、草编、芒编等相关民间制作工艺产品的产业化开发进行了初步评估。

宣传推介扬美名

在创建“中国壮族芭蕉香火龙之乡”的活动中，加强了对内对外两个方面的宣传推介力度。对内宣传方面：广泛宣传创建“中国壮族芭蕉香火龙之乡”文化品牌的重要大意义，将其纳入整个城区政治经济社会文化发展的总体规划，在各级相关的会议上进行宣传，使之家喻户晓，深入人心，变为全城区党员干部群众的自觉行动。对外宣传方面：凭借各大活动的宣传声势，弘扬“芭蕉香火龙”的深远意义，并通过报刊、电台、电视台、互联网等主流媒体进行跨地域无时限的传播。《南宁日报》、广西电视台等媒体对获得“第十届中国民间文艺山花奖舞龙大赛”金奖的“芭蕉香火龙”队进行深度采访报道；央视七频道《乡土》栏目深入长塘镇楞仲村进行专访和播放；南宁民间故事精选《说古邕州》收录了流行于青秀区长塘镇一带“芭蕉龙的传说”。

传播表演呈活力

青秀区辖属镇村有数百支各有特色的芭蕉龙表演队和与龙文化相关的表演队，参与民众演员成千上万，可以说是盛世龙传，蔚为大观。如参加地方丰收节巡游活动，参加庆祝建党 90 周年文艺演出，参加青秀区和谐文艺大展演等，还经常受到外国朋友的喜爱和参与。展演的内容设计，是以壮族芭蕉香火龙为主并与之配套的壮乡民俗文艺活动。如与“芭蕉香火龙”结合的壮族八音民间吹打乐；竹马阵表演、麒麟舞表演；壮乡传统的山歌表演、抢花炮表演；农家田园堆红薯窑、混合堆稻草垛、犁田犁地表演等等。在表演形式上，或是村屯传统节庆活动民俗活动，或是配合乡村游乐现场即演，或是与周边村镇县区进行交流，可以根据需要，灵活掌握。

打造这样一个展演基地，壮族民俗风情就有了一个广阔的表演平台。民族民俗优秀传统文化的传承和弘扬，才能充满生机和活力。

第五篇章：龙腾盛世

产业多元谱华章

壮乡龙文化基地的打造，将从几方面进行切入。

一是发展龙文化旅游产业。如组织对民族民俗文化传说发源地的旅游探胜等。据壮族芭蕉香火龙传承起源地的长塘镇楞冲屯的村民介绍，该村的后山内有绵延数千米岩洞，还有“双龟寻龙”、“蚺蛇赶蛤”等多处奇景，这些胜景可以开发利用。除自然景观旅游外，同时还可以开展庙会节庆游、村屯田园风光游、农家美食游等等。

二是发展原生态农业产业。在现有现代农业示范园、农家山水田林园建设的基础上，提倡围绕原生态龙这一理念进行布局，比如与芭蕉香火龙传说相应的芭蕉田园、龙眼果园、火龙果园、野山捻果园等。还可以以节带动，发展特色瓜果等农产品展销，增加农产品的流通渠道，促进农业产业的发展。

三是开发“中国壮族芭蕉香火龙之乡”文化品牌的系列民间工艺品。如生态龙服饰、龙文化乐具、民间体育器具等。这样通过芭蕉香火龙文化品牌的示范带动，大力培植、扶持乡村特色旅游、特色生态农业、特色民间工艺品文化产业的发展，青秀区将会展现一个城乡互促繁花似锦百业兴旺的崭新局。

青秀区在挖掘保护利用传承弘扬本土民族民俗优秀传统文化遗产，创建“中国壮族芭蕉香火龙”文化品牌方面做了大量工作，初见成效。以此为新的起点，持之以恒，进一步加大工作力度，使行善感恩、生态和谐、团结协作的精神能薪火相传，踏着时代前进鼓点焕发出新的活力。紫气东来，群龙奋起。作为壮乡首府南宁的首善之区的青秀区，必将通过这个创建活动，带来城区文化大发展大繁荣，促进城区各项事业实现新的跨越和腾飞。

（2012 年 6 月为南宁市青秀区申报“中国壮族芭蕉香火龙之乡”专题制作精美宣传画册及撰稿）

大美五象湖

绿城春夏之交，万物生机盎然。有客人结伴从广东来到南宁，作为东道主的我，提议请她们到南宁未来的新城市中心五象新区看看。但是客人美惠子有些疑惑，因为前年民歌节时她作为追星一族到五象新区的广西体育中心看过演出，在她的印象中那里还是遍地的工地。可当我说出新近建成开放的五象湖最值得一看时，美惠子觉得有点新意，欣然同意。

我邀请了一位熟知五象新区的好友给当司机和导游，他是一位在南宁做生意并小有成功的中青年人，大家都称他为华总。

“这里就是五象新区了，大家都知道的一年一度的南宁国际民歌艺术节举办场所——广西体育中心，今年 10 月还将在这里举办第 45 届世界体操锦标赛，这是南宁迄今为止承办的最高规格的国际体育赛事，到时候请你们再来看比赛哟。”华总一边开车一边乐此不疲地介绍起五象新区：“看看这一条条新规划的宽阔大马路，看看这一片片热火朝天的建设场面，看看这一幢幢拔地而起的高楼大厦，过不了几年这里就是一座新城了。今年以来，受宏观调控政策影响，全国的房地产市场不是很旺，但我们南宁是个例外，五象新区更是供地大户，不少知名房地产企业纷纷拿地、入驻五象新区。

“看不出华总对“房地产市场也有不少了解哟，你是不是也想进军这一行业呀?”美惠子不失时机地与华总聊了起来。

“当然想呀，但这只是我的梦想。经常有一些外地客户来访，我都会带他们到这里来看看，要让他们看到南宁将来的美好发展新景，这样既能促进我不断加强学习，又能激发我的斗志。”

“佩服，佩服，早听星歌说起过你的创业故事，实在是我们年轻人学习的好榜样，有机会一定要向华总请教成功的秘诀哟?”

“秘诀谈不上，体会倒是有，有机会一定与大家一起分享，总之南宁是个好地方，是一片适合创业的沃土，是一个适合圆梦的理想之地。欢迎你们来南宁发展，到时候我给你们当当参谋吧。”

“五象湖公园到了，你们先下车请星歌带你们先看看，我把车开到前面的停车场停好就过来。”

凭借对五象湖公园的一些初步了解，我只好当起了临时导游：“这个公园的规划以‘水城故事，源远流长，与时俱进，文化引领’为核心理念，展现南宁市水映山灵、锦绣绿城的城市新形象。园中设置有百树园、百花园、百草园、百趣园，同时结合公园的特色旅游线路，营造各区域不同的植物景观特色。要是你们去年 9 月份来这里好看的东西就更多了，南宁市承办的广西园博会就是在这里办展的，当时可以在这里看到广西 14 个城市现场布展的各具特色的园艺，有各种各样的鲜花、园林艺术精品，引得游人场场爆满。现在还保存有一些园林建筑，也有很多看点，等下有时间我们一起看看。”

从宽敞的大门走进公园内，放眼公园四周让人目不暇接，我只好一一向美惠子和小韦指点介绍：“这五个巨大的象鼻造型就是五象湖公园最明显的标志了，等下走到里面还有五象雕塑和象征着广西山水的不锈钢雕塑伫立水边。前面湖面上高高矗立的就是五象塔了，据说爬上顶层可以看到公园的全景，不过现在还上不去，还

五象新区看过来（李辉　摄）

有一些设施在完善中。”

“快来看，快来看，水里有天鹅，那儿几只是白的，那儿两只是黑的，那儿还有一对，太漂亮了，好悠闲自在呀！”率先走到湖面一座小桥上的美惠子一手扶桥栏，一手指着桥下兴奋地喊了起来。

“那一对在一起嬉戏的应该是一对鸳鸯了！”

“不对，是一对天鹅！”

“对，是一对鸳鸯！”

“不是，是一对天鹅！”

“是，是一对鸳鸯！”

“不对！”

“对……”

“哈哈哈……”

不知何时华总已经悄悄来到了小桥上，专心看着湖面天鹅的美惠子根本没有察觉到他的到来，当听到有人把天鹅说成是鸳鸯时，她一直坚持自己的观点与来者毫不动摇地争辩起来，没想到是被华总绕了进出，当她回过神来时引得全场一片笑声。

“这些湖全是利用低洼地及水塘用人工挖出来的，公园的规划就是要建设大型生态滨水公园，打造有特色的城市公共空间。你们知道这五湖分别叫什么名字吗？”华总继续当起了导游，并不失时机地向大家发问。

“五象湖，五象湖，应该与大象有关吧，比喻说金象湖、银象湖……”美惠子若有所思地回答。

“美惠子真聪明，还有碧象湖、玉象湖、桂象湖，共五个湖泊，而且这些湖泊首尾相连，可供划船游乐，几个好友租一小游船可手划，可脚踏，随心所欲，慢慢沿湖环游一周，放眼望去，湖面宽阔，风景优美，空气清新，沿湖还可欣赏别具新意的园林、雕塑，让人仿佛在仙境中畅游，实在惬意。”我接着美惠子的话不由自主地把五象湖的谜底全部揭开了。

“星歌不愧是文人骚客，满口诗情画意，给人感受就是不一样。”华总幽默地调侃到：“经星歌这么一描绘，这五象湖真是人间天堂了！只可惜我们今天来晚了一点，好像已经停止开放游船了。”

“没关系，我已经体会到了星歌所说的美妙感受了，等有机会我一定要再来五象亲身体验一下！现在天色已不早了，那我们还是继续往前走，多拍些照片吧，也算是不虚此行呀。”显然美惠子并无遗憾，头一回看到如此美丽的五象湖公园对她来说已经大饱眼福了。

“是呀，这公园面积还大着呢，如果要走完一圈起码得 2 小时以上。来，来，我帮你们拍。这边景色更好一点，来这边我帮你先来个合影吧……”华总迫不及待地张罗大家摆 Pose，用自己带高清摄像头的新款手机不停地拍了起来。

“来，请帮我在这里拍几张!”

“我也要一张!”

“我也要，我要跟两位美女多拍几张合照，星歌帮我们拍好吗!”

我们一行人都拿出手机尽情地走走拍拍，好不开心，好似要把眼前的美景尽数摄入……当看到有几对新人在摄影师和工作人员的安排下在绿草坡、鲜花园等处取景拍婚纱照时，美惠子和小韦也争相跑过去凑热闹，催促华总和我跟上来相互从不同角度选景留影。

“一、二、三，田七!”

“好，再来一个!”

“来这里，来这里，太美了，以这些紫色的花为背景帮我多照几张!”美惠子和小韦在花丛中或立或蹲或躺，尽情地摆着姿势，仿佛此刻她们就是准新娘，不时有几只蝴蝶在花中翩翩起舞，还有一群蜜蜂飞来窜去，树上不知名的鸟儿好似在窃窃私语，好一幅人与自然和谐共处的壮丽画境，一时忙得华总和我手忙脚乱。

与一张张清新自然挂满喜悦的笑脸同时呈现的还有全场的欢声笑语，还有美慧子亭亭玉立的火辣身材，还有小韦娇小玲珑的倩影，还有周边游人一双双羡慕的目光。这又何尝不是五象湖公园里又一道亮丽的风景线?

“华总，请加一下我的微信吧，等我回广东后请你一定要把照片发给我好吗?”美惠子把她的微信号报给了华总。

“当然可以，我会尽快把大家的靓照分别发给你们的，你们有拍得好的也尽快发给我哟。”在返回的路上大家已经开始用微信把五象湖之美向外传播了。

见证五象湖，醉美五象湖，或许微信里的五象湖人与景结合的完美之作更让人充满期待!

是夜，华灯初上，愈夜愈美丽的南宁处处流光溢彩，喧嚣过后的静逸更显迷人清爽，也更加神秘，忙碌了一天的人们开始享受壮乡特有的美食。作为远道而来的嘉宾美惠子当晚同样是大家最关注的中心人物之一，大家都特意按照南宁的传统习俗一一给美惠子敬酒，美惠子带着从五象湖归来的醉意也破例放开喝了几小杯，热情好客、友善真实的南宁人又一次在她的心底留下了深刻的印象。

新的一天，当太阳升起时，所有在南宁的朋友、同学都收到了美惠子发到朋友圈里的微信留言："飞机就要起飞了，依依不舍……谢谢大家！"

（2015 年 2 月荣获南宁市"深入生活 扎根人民·赞美南宁 歌颂中国梦"征文比赛三等奖，原载 2015 年 3 月《绿城作家》）

“微言”耸听

“明明很累，却无法入睡！”“心情很不好，简直要疯掉！”“好累，好累！”

连日来，栋子就连自己也不知道为何有如此的忙碌，也不知道已有多长时间没有点开微信了，这天冥冥中上来点开看看，猛然间看到美慧子发来的以上留言，真是不上不知道，一上就吓得心惊肉跳！

决非“微言”耸听，要是再迟一时半会儿，没准会发生让人终身遗憾的大事，栋子感到一阵冷汗从脊背深处在涌。

“你怎么啦！你还好吗?！你快说话呀！到底发生什么事啦!?”栋子一连发了几条微信，虽然内心已急得像热锅里的蚂蚁，但紧捧手机的双手并没有一丝颤抖，按键的手指头个个灵活稳健，只是眼睛睁得圆瞪瞪的，急切、期盼、焦虑已迅猛占据他的全部面部表情。

“快呀，快来呀，快说话呀！”栋子一遍遍飞快地继续发出微信，同时嘴里一遍遍念叨着，只是嘴唇已经明显抖动起来了，大脑也开始恍惚了。

此时此刻，他是多么希望听到手机里传出一声“嘀嘀”的响应，哪怕是一丁点响声；他是多么希望看到手机里能冒出一条信息，哪怕是一字半语；他是多么希望闻到手机里响起急骤的铃声，哪怕只是响一下。

然而，什么都没有，他什么都没听到，他什么都没看到，他什么都没闻到……仿佛这世界已经没有了动静，仿佛周遭的空气凝固了，仿佛自己的呼吸也停止了……

“啪！啪！啪！”不知过了多久，栋子连续在自己脸上打了三个响亮的耳光，他似有所醒悟：“哎，我真笨！”

“嘟——嘟——嘟——”栋子一边静静数着自己手机里的响声，一边心里在说话:“快接呀,接电话呀!”

“喂——”栋子终于听到了一声熟悉的声音,压在心头的巨石似乎有所减轻,可是当他感觉到对方的声音很小很小,而且明显有些微弱时,一种莫名的恐惧感又再一次涌上心头:“你怎么啦,你在干吗,千万不要干什么傻事哟!”

“你——来——了!我——没——干——吗呀!”对方有气没力地回答让栋子越听越觉得可疑,而且还隐隐约约听到了电话那头好似有抽泣声……

像决堤的海,天崩地裂般,栋子更加坚信了自己的不祥预感:“出事了,出事了,出大事了啊!”

“还没干吗,快说!你到底干了什么傻事了啊!”再也无法控制住自己激动情绪的栋子几近嚎叫起来:“快说!你快说!快给我大声说话呀!你为什么要干傻事啊?!”

“我什么——都——没——干——呀!”

“你还在骗我!你为什么要干坏事呢?!你给我大声说话看呀!”

“你冲我吼什么呀,我在睡觉,能干什么坏事呀,莫名其妙!”

“大白天睡什么觉啊!”

“我都好多天睡不着了,今天刚睡一会儿就被你吵醒,你想要我命呀,大哥!”

“你没—没—没事呀!把我急死了,我还以为你出什么事了!”

“死不了,你放心好了!快烦死了倒是真的!”

“没事就好,没事就好!有烦恼你找人说说呀。”

“我说了,没人理会我呀!你也这么长时间不理我,还好意思对我大叫大嚷!”

“对不起,对不起,我实在是太忙了,忙得分身乏术呀!”

“忙,忙,忙,知道你工作忙,但偶尔上微聊聊天的时间还是应当有的吧!”

“应当有,应当有,这不现在上来了吗!”

“这还差不多!真的,如果你今天还不出现的话,我真的不想活了!”

“看你,看你,又来了,以后可不许说这种丧气话哟,差点把我吓死了!”

“你真有这么紧张吗?看来你还是关心我的嘛。”

“当然关心你呀!你可要打起精神来哟。要不然你就尽快来南宁休息几天好了!”

“好的,我听你的就是啦。不过我现在真的犯困了,那我就不和你聊了,想再睡一会儿先!”

“OK!”“Baby!”

(原载2015年1月1日《南宁日报》“中国梦·我的梦—追梦青秀”征文比赛获奖作品选登专版)

"9·3"大阅兵感怀（散文诗）

70年前并由此上溯100年，中华大地灾难深重，饱经沧桑，吾祖先辈受尽屈辱和凄凉。

无法忘却，八国联军火烧圆明园；无法忘却，日寇蓄意吞我东北家园；无法忘却，日军南京大屠杀惨绝人寰，法西斯军国主义罪恶滔天……

同样是震撼世界，70年后的今天，首都北京盛大阅兵，"海陆空"三军雄姿强，外国友军也来捧场，大国风范共赞赏，亿万军民同欢唱，中国人民倍感吐气眉扬。

中华儿女当自强，巨龙腾飞势力壮，伟大民族复兴旺，有谁胆敢来逞强，神兵天将铁臂挡！

铭记历史、缅怀先烈、珍爱和平、开创未来，祖国明天更美好，南宁明天更美丽，青秀明天更秀美，人民生活更幸福！

（2015年9月24日，在南宁市青秀区第二届中秋诗会（原创）——"邀明月·颂青秀"暨纪念抗日战争胜利70周年诗歌比赛中荣获二等奖）

“壮族三月三”溯源赋新

“三月三”：中华始祖的圣诞

“三月三，蛇出山。”在儿时的记忆里，每年的阳春三月之际，就会听到老人们念叨起“三月三”，可能其本意是反映江南水乡季节变化的农家谚语，喻指温暖的春天来了，大地苏醒了，冬眠了一个季节的灵蛇、昆虫等动物们开始从土层里爬出来了、从山洞出动了，勤劳勇敢的农家人也要开始春种春播，播撒一年的希望了。而对于我们那个天真烂漫的孩提时代来说，最期盼最幸福的是又可以吃到当季里独有的“地菜（荠菜）煮鸡蛋”和“蒿子粑粑”等美食了。

“农历三月三，荠菜煮鸡蛋。”从美好童年的回忆中联想到现如今在长江中下游地区民间时兴的习俗，“三月三”、“荠菜”、“鸡蛋”已不再只是单纯的美味，而是可以闻到春天的气息，品出春天的味道。宋代大诗人陆游说自己曾经“春来荠美忽忘归”。清代扬州八怪之一的郑板桥也题诗画称赞：“三月荠菜饶有味，九熟樱桃最能名。”又或许是祖国医学认为的：“荠菜味甘、性凉，有和脾、利水、止血、明目等效用”。又或许如李白诗云：“啸声咽，秦娥梦断秦楼月；秦楼月，年年柳色，灞陵伤别。乐游原上清秋节，咸阳古道音尘绝。”这里的年年柳色，即指农历三月三的情人节。原来，三月三自古就是浪漫“中国情人节”。

三月三是中国多个民族的传统节日，说起三月三，还得追溯古代的上巳节，上巳节，俗称三月三，又称中国情人节、女儿节。只可惜，由于在西方文化的影响下，中国很多传统节日被许多年轻一代所忽略，上巳节和花朝节一样，正逐渐被人们所淡忘。

相传三月三是黄帝的诞辰，中原地区自古有“二月二，龙抬头；三月三，生轩辕”的说法。根据《史记五帝本纪》一书记载，黄帝是少典的儿子，姓公孙，名字叫轩辕，在轩辕之丘居住，传说农历三月初三是他的诞辰。因此，为了纪念人文初祖黄帝的诞辰之日，自古以来，百姓们会走出户外在三月三踏青，或邀约三五亲朋好友在水边宴饮。

回溯渐已远去的上巳节（女儿节），但三月三的习俗依然千古流传，而中华始祖圣诞的传说，更让炎黄子孙们有不该丢失过去的情怀。因此，我们完全有理由支持不少专家积极倡议的将三月三日同时设为“中华圣诞节”，以扩大黄帝文化和上巳节的影响。

“三月三”：“壮族的情人节”当延传

三月三曾是中国的情人节，记载于《诗经》中，比西方情人节早了 1000 年。先秦以后，三月三情人节在各代延传开来。“溱与洧，方涣涣兮。士与女，方秉蕑兮。”《诗经·郑风·溱洧》——这首经典的爱情诗里，青山碧水、红桃绿柳、明媚的阳光、衣着光鲜的可人儿、光洁滑嫩的脸庞、欢喜怦然的心、或粉或白的芍药花、嬉戏追逐的身影……三月三，原初的自然的大胆的爱恋，在山水间流淌开来，让人心醉。至唐朝，杜甫那句“三月三日天气新，长安水边多丽人”，更将其摇曳绮丽之风情烘至高处。

相比三月三，农历七月七因传说牛郎织女相会而演化的情人节，早已为大多数人所认同了，由此可见，中国情人节一年有两次。所以，无论从先祖的真爱，还是民族的浪漫来比，我们中国的情人节都要情感丰富于西方情人节。时下，当有太多的年轻人沉浸或陶醉在西方的情人节、圣诞节等中时，是否应当冷静下来想一想我们是谁，想一想我们来自何处，想一想我们到底应当情归何处。

三月三，是壮族的情人节，从这一意义衍生出来的更多节日内容，使其成为壮族人一年中最盛大的节日。壮族，一般在这天赶歌圩，搭歌棚，举办歌会，让青年男女对歌、碰蛋、抛绣球，谈情说爱。不仅壮族，广西汉族、瑶族、侗族、苗族等少数民族都以三月三作为自己的情人节，场面无尽热闹。

三月三也是壮族人民的传统节日，壮族人称“窝埠坡”或“窝坡”，原意为到垌外、田间去唱歌，所以也称“歌圩节”也有称是为纪念刘三姐，因此也叫“歌仙会”。壮族歌圩，是壮族传统文化的结晶，它是在长期历史过程中形成的。壮族

“三月三”，动人传说千年不断。其中以“赛歌择婿”的故事流传最广。

三月三——“壮族的情人节”名不虚传！

“壮族三月三”：赋予新的时代内涵

当代的三月三歌圩，正在日渐演进为由官方定期连年举办。1985年，广西壮族自治区人民政府将三月三歌节定为广西的民族艺术节，其逐渐发展成为壮族同胞及广西其他各族儿女共同欢庆的节日。如南宁国际民歌艺术节、武鸣、巴马等县每年“三月三”都举行歌圩节或壮族三月三旅游节。此外，由民间自发组织开展的三月三山歌会更是处处开花，十分活跃。

三月三歌会不仅在广西举行，而且还走进北京、上海、深圳等大城市。2009年广西人在上海发起第一届在沪广西三月三系列活动，之后每年都在上海举办。通过“三月三”活动促进文化交流，弘扬民族大团结。“三月三”不仅是广西的民族文化，更是中国的民族文化，广西正让“三月三”成为世界的“三月三”。

中华优秀传统文化是习近平总书记十八大以来治国理念的重要来源。在中国文联十大、中国作协九大开幕式上习近平总记指出：中华文化延续着我们国家和民族的精神血脉，既需要薪火相传、代代守护，也需要与时俱进、推陈出新……习近平多次强调中华传统文化的历史影响和重要意义，赋予其新的时代内涵。

沐浴党的十八大春风，贯彻落实习近平总书记重要讲话精神，“壮族三月三”同样赋予新的时代内涵。生活在动听山歌处处唱响的美丽壮乡，本来常有喜悦相伴，而从2014年开始，“壮族三月三”广西全体公民放假两天，更让人多了一份民族自豪感。广西壮族自治区人民政府要求本区各级政府及有关部门要提高认识，充分利用地方资源，加强对“三月三”等民族节庆重大意义的宣传报道，并组织引导开展相关民间的活动。从2017年起，自治区、南宁市和青秀区又首次在城市中心举行了丰富多彩的节庆活动，“三月三”从传统民间“歌仙会”、“歌圩”，上升到地方政府重要民族节庆活动之一，更是成为各地争相打造特色民族文化旅游品牌的重要抓手。“三月三”不仅为寻常百姓喜欢，更是带动了广大市民群众热情参与，还吸引了无数中外游人乐在其中。

缤纷三月三：青秀乐翻天

在连续3年成功举办青秀区民族风情文化旅游节的基础上，2017年3月，青秀区首次大规模地举办了以“缤纷三月三 欢乐青秀游”为主题的“三月三”文化活动，以含蕴千年壮族文化为纽带，通过举办“谁是真龙”舞龙大赛、壮族服饰秀、民族风情巡游等系列活动，让历史与现实的交融、传承与创新的交汇、科技与人文的交聚托起壮乡首府南宁首善之区科学发展的新形象。

欣逢盛世，各族同欢。“三月三”开幕式当天来自青秀区及周边县区的10支舞龙队在南湖之畔参与“谁是真龙”舞龙大赛，精彩激烈的比赛引得市民群众里三层外三层围观助威。而由240人组成的民俗风情巡游方队尤为吸引人的眼球，沿着南湖全程约1.2公里的巡游，一时引得周边万人空巷。由非物质文化遗产芭蕉香火龙和青秀区长塘、南阳、伶俐镇、刘圩等镇的麒麟舞、斗竹马、吹木叶、南阳大鼓、斗春牛、八音、舞狮等组成的具有地方乡村民族特色的表演，让市民不出市区、不到乡镇就能充分感受“壮族三月三”乡村特色民俗活动的独特魅力，南湖之春盛旷空前。

与此同时在青秀万达广场举行的“春日踏春季 狂欢‘三月三’”活动，冰淇淋鸡蛋仔、西域烤骆驼、长沙臭豆腐、宾阳酸粉、武汉豆皮……上百种美食让市民的味蕾感受了一次“舌尖上的‘三月三’”。青秀区还推动“三月三”进社区、进校园、进景区活动，同时举办城区文化发展研讨会暨项目推介会，进一步深化节日内涵，与社会各界齐唱《青秀美》、共庆“三月三”。

在明媚的春光下，“三月三”期间，青秀区各乡镇还开展了丰富的民俗活动迎接游客。尤其是在已经成功晋级国家3A级景区的南阳镇花雨湖景区还举办了花雨湖“三月三”文化旅游美食节，万人野炊、百对新人婚纱摄影、300亩花海及美食品尝等活动，让人在放松身心的同时，更能感受到百亩花海的浪漫气息

在春暖花开的季节里，走进如诗如梦的绿城画卷里，聆听动人的传说，唱响优美的山歌，舞动吉祥的腾龙……南国花正开，莫悔花期过。来年“青秀三月三”还有更多的精彩值得期待，来年“天下民歌眷恋的地方”——南宁还将唱得更加响亮，来年“壮族三月三”必将奏响新的乐章。

（原载2017年《青秀文艺》第1期）

杂谈“非”

今春至夏，人们谈“非”色变，且由此引起的反响不亚于此前刚刚宣告结束的“伊拉克战争”，都是“非典”惹的祸?!

所谓“非典”，即非典型肺炎，英文的缩写是SARS，译音为萨斯。巧的是这个名词与一度引起超级大国美国人极度敌视的“萨氏”（萨达姆）同姓同音。不同的是这回受“萨斯”殃及最让人担惊受怕并被害苦了的是亚洲国家和人民，特别是中国成为重灾区。

世界旅游组织日前说，“非典”的扩散给航空旅行造成的破坏大于伊拉克战争，它给许多旅行目的地造成的影响比去年恐怖分子在巴厘岛制造的爆炸还要严重。亚洲地区的分析人士认为，“非典”已经使经济蒙受了巨大的损失，仅旅游业一项就损失了150亿欧元。国家情报中心认为，“非典”将使今年的国内生产总值降低1.5个百分点。中国国务院承认SARS造成的经济损失以令人不安的方式威胁着中国的经济，因此必须采取措施。

是非之战（徐铁军 作）

虎狼之“非”何等来头？查遍

汉语大辞典，对“非”的释义有：跟“是”相反，即不，不是；不合理的，不对的；以为不对，不以为然，非笑（讥笑）、非议等。常见词组或成语有：“是是非非”、“明辨是非”、“痛改前非”、“为非作歹”、“非难责备”、“无可厚非”、“非常时期”等。除了“不以为然”有些麻木，除了“非议”有些过分，除了“非常时期”有些特殊，除了“为非作歹”有些可恶，除了“非法行为”为世人不齿，其它本“无可厚非”。

然而造字释词的古人不曾预料“非”与“典”聚合却是一枚“重磅炸弹”，猛然让今人伤透了心。

早在孩提时代就常听到“非礼”一说，本是有耍流氓行为之嫌，可时过境迁之今日时髦女郎遭遇时，不再发出“非礼啊！非礼啊！”的呼救声。从此给一些常生非份之想之流壮了色胆，致至“色胆包天”。“非法同居”是挑战传统道德，破坏家庭幸福，伤风败俗之丑行，可开放时代的人们要么熟视无睹，要么习以为常，也就难怪《新婚姻法》及人口计生基本国策对“包二奶”、“包二爷”、“养小蜜”及“未婚妈咪”、“超生游击队”等现象进行法定劝阻且要绳之以法时，仍有人置若罔闻、我行我素。有关部门年年“扫黄打非”，可个别地方“黄、赌、毒”及非法盗版屡禁不止，山东有人骗逼打工少女入“魔窟”……这些都应受到“非难责备”。对惯于干“非法勾当”、“为非作歹”之徒，党纪国法一再三令五申，整治打击力度加强再加大，可总有人冒天下之大不韪。

“非典时期”，“三只手”又非常活跃起来，仅日前一个多月的时间里，北京反扒民警就在公交车上抓获“盗贼”280多名；张雅辉居然用“非典”敲诈两所高校负责人；一些不法分子“黑心黑手”搞非法经营，妄想趁机大发“非典”横财；南宁5名男子非但不配合防“非典”测体温工作，还顶风动手打伤车站保安；此前有人防“非典”不利，失职、渎职，当罢官，当严办……

“当官不为民做主，不如回家种红薯。”此乃千古良训。国家一挖再挖腐化堕落贪污受贿“蛀虫”，成克杰、胡长清伏法教训深刻，可身为祁阳县梅溪镇派出所原所长的唐春霖却执法犯法，仅半年时间就敲诈勒索百姓钱财28万元之巨；云南省原省长李嘉廷位居高官6年时间里竟“笑纳”人民币1810万余元。此等非人理性作祟，终会自尝恶果，唐春霖于羊年春天被昔日同事送进大牢深刻反省15个春秋，李嘉廷于5月9日在北京一审领死缓……

看来，任何“病毒”感染甚至恶化、腐化都有其滋生的“温床”和蔓延的过程，生物学如此，生命学如此，人生学如此，“非典”亦如此，警钟当常鸣，世人啊！

当然，于“非”也有振奋人心的一面，这不“非”与“常”搭配就有“非常光荣”、“非常高兴”等响亮的词眼。

据说“非常”二字的兴奋点最早源于香港某影视节目主持人的匠心独具，《非常男女》和她都一度异乎寻常走红。后来大陆的商家有所启发，大胆引“非常”于商战，并迅猛叫响了“中国人自己的可乐——非常可乐”品牌。再后来又有不少人跟风“非常”而上，大打“非常”造势战，给一度沉寂的国货及国产品牌火了一把“非常光彩”。

亚洲金融风暴“非常时期”，中国政府作出“非常决策”：始终保持人民币不贬值，受到国际社会欢迎和肯定；采取积极财政政策和稳健的货币政策，扩大内需拉动经济增长，中国一跃成为亚洲经济增长热点；推行“非常旅游黄金周”一石击起千层浪，潜力巨大的中国旅游市场勃发旺盛生命力。

“非典非常时期”，高层决策要求采取“非常措施”夺取防治“非典”与经济建设双胜利。

中国政治家们重申，尽管发生非典，但是中国的经济活力没有受到损害，最近一届广交会就在国际参与方面取得成功是明证，“创造了投资和进口的历史记录”。国家财政部坚持表示，中国有能力消除这种疾病，因为“最近一些年经济的迅速增长能够确保预防和控制这种疾病”。世界旅游组织预计，旅游业的发展将在 2003 年的下半年出现反弹。

祸兮，福兮？“非典”带给我们“非常伤害”，我们应该从中汲取“非常教训”，取得“非常收获”。国际货币组织发言人托马斯·道森在一次记者招待会上，对东盟国家特别是对中国在抗击“非典”方面所做的努力感到高兴。他特别赞扬了中国政府与国际社会，尤其是与世界卫生组织积极合作的态度。国务院 5 月 7 日举行会议，提出一系列经济措施，旨在减少非典造成的损失。国务院要求，共同努力确保贸易增长，增加国内消费和在今年第二季度的经济持续发展。在抗击“非典”，迎战灾难的过程中，勤劳勇敢、不屈不挠，讲团结、讲奉献的伟大中华民族精神又一次放射出夺目光彩，尤其是“白衣天使”用生命捍卫“天职”的可贵精神和崇高品质再次感召世界。

世界是纷繁复杂的，维护和平与稳定大局的重任仍然“非常艰巨”。恐怖分子用“非常手段”搞恐怖袭击，绷紧全球反恐神经；美英等国以反恐和销毁“非常规武器”（大规模杀伤性武器和化学武器）为名对伊拉克“非法开战”，国际法准则及联合国权威又一次受到严峻挑战；中东和平进程非常艰难，印度拒绝巴销毁核武器提议，朝核问题起风波……

但愿这些都不是另类国际非常流行“非典”，只是国人应该由是引起非常警觉，非但要“万众一心、众志成城、科学防治、战胜非典”，而且要消除另类“非典”，而且要尽快把工作中心转移到“一心一意谋发展”上来，强我国力，扬我国威。正如温家宝总理敦促所有领导人要不惜力量控制“非典”和努力减少经济损失。他告诫各级地方政府，要求改善经济形势和及时解决可能出现的任何问题。

值得非常欣慰的是，种种艰辛努力和迹象表明，“非典”很快就会被人类21世纪的高度文明征服，美国疾病防治中心负责人朱莉·格贝尔丁博士一度非常兴奋——世界科学家在短时间内就破译了导致“非典”肺炎的新型冠状病毒的全部基因密码，“我认为这是人类历史上前所未有的科学成就”。一介草民妄自议论此等“大是大非”之事，明显有些浅薄，难免会引起一些“非议”。杂此只得一再自我掌嘴，权当是庸人自扰，人们大可一笑了之、“非礼”之。

（原载2003年5月《南宁交通征稽》杂志第3期）

稽查员赞歌

骄阳似火
你白杨一般挺立
那身橄榄绿
早已被渗渗汗渍勾画
不言苦和累
心中只有稽查
面对误解和咒骂
握紧的拳头变军礼

披星戴月
你小草般顽强
那顶国徽帽
掩不住憔悴的纹痕
不知疲和惫
心中只有夜查
发现冲卡与逃费
斗志昂扬一路追

亲聚友约
你昙花般滑头

那高大身影
来不及片刻停留
无怨无悔
查补规费为国家
挥手亲人和朋友
步履矫健踏征途

（原载 2003 年 4 月《南宁交通征稽》杂志第 1 期）

夏日新荷闹春色
清静湖塘盎生机
翩翩起舞涌浪波
点点红杏含苞绽
隐隐探头似娇羞
婷婷玉立温温柔柔
他日回眸出水芙蓉

新荷已露尖尖
绿叶花红相映辉
关爱呵护重创建
文明新风日月拂面
上上下下梳妆打扮
出得污泥而不染
南宁征稽风采花蓉荷靓

（2003 年 7 月《南宁交通征稽》杂志第 6 期封底图及配诗）

相约征稽艺苑

三羊开泰，福禧好运来。南宁交通征稽人伴随着南国四月的明媚阳光一天天扬眉舒展……

天道酬勤，百卉争妍，举国上下共同描绘小康社会宏伟蓝图，征稽战线劳作奔忙集聚世纪大通道建设资金，冰心一片为实现广西跨越式发展奉献心血和真情。

身心疲惫，真情流露，闲情有约《征稽艺苑》。

记得初春我们曾经有约，二度“宣传通知”，给你发过请邀函，唯愿你我心甘情愿并灿然。

今次《卷道语》再次语重心长：承蒙各级领导亲切关怀和众人的辛勤努力，一块反映南宁交通征稽工作特色及精神风貌的宣传阵地诞生了，也是一扇反映每一位征稽职工五彩缤纷内心世界、交流情感的亮丽窗口，也是上下左右相连相通的“纽带”和“桥梁”。祝愿她成为绿城交通征稽行业中的佼佼者，但同时还需要大家精心呵护，齐动手共浇灌多施肥……

浓春盛情相约，相约《南宁交通征稽》，相约《征稽艺苑》，诚邀各路同仁、各界友人繁忙工作之余心扉尽启情感园。

不希喧嚣噪杂之热烈，只求宁静而致远；不求高谈阔论，不受“上乘”之嫌，但求“大珠小珠落玉盘”；不管生孔熟面，相逢何必曾相识？“武林高手”也好，“小试牛刀”也行，欢迎“再战江湖”，就算是“小荷才露尖尖”也可一展身手。

谈工作、谈生活、谈学习、谈感想……实话实说，直抒心声，畅谈人生，只管尽兴侃来，不必保留，不必腼腆，不必犹豫，“有话好商量”。

欲言又止，举笔却停，也许你面对《征稽艺苑》还是“茅塞难开”、“无话可说”，主持人这就为你抛砖引玉。

本期《有感于一届职代会》出自基层职工代表黄能礼，他心存南宁处发展大计，会场归来自然有洋洋千言要倾吐；直属所所长黄钟凭借对岗位工作的高度责任感，通过对某一件事情亲身经历，心中激起无限感慨，短短数百言言简意赅地表达出思想观念；在全区综合执法交叉稽查活动中，广大路政、征稽人员忘我奋战在稽查一线，涌现出了一大批先进事迹和感人场面：余晋超等“老骥伏枥”带头稽查，王芳等稽查一线“半边天”“巾帼不让须眉”，黄生平父女稽查战场演绎现代“打仗父女兵”，杨英邦、覃金玉“伤病不下火线”心中只有路查；谢福多“忠效不能两全”父亲病逝时他还在带队稽查的路上……这其中又该有多少可歌可泣的《稽查员赞歌》，还有在其它岗位上默默奉献的人同样也在演绎着一个个动人的故事……不妨把你所知道的故事都细细讲来。

是的，人生的确有太多的“烦忧”，张国荣巨星陨落，我等凡夫俗子当然有些感怀。作为心忧时代发展主旋律的征稽工作者坚定必胜的信念，顽强拼搏，与时俱进，讲爱心，讲奉献，同样大有文章可作……

除了工作和学习，想必身处大都市的你业余文化生活也是丰富多彩的，琴棋、书画、摄影、游记、影视观感、评球杂技、保健常识，还有你所掌握的小绝活，只要有爱好就能陶冶情操，只要健康有益、积极向上都可拿来《征稽艺苑》展示并收藏，与大家共享可乐。

悄悄走进《征稽艺苑》，也许有人开始了深夜伏案奋笔疾书……

（原载 2003 年 4 月《南宁交通征稽》杂志第 1 期《征稽艺苑》开栏语）

倾诉喜怒哀乐，直言家事国事，让我们相约北部湾，让我们相约《大排档》：

相约《北部湾大排档》

凭任海风吹老岁月，这一片蓝色的港湾始终为我们敞开温暖的胸怀……

你是饱经沧桑的海中人，我是来自远方的“赶潮人”，他是迷恋大海的多情人，我们都是一心创闯大业的奋斗者，我们都是开发这片热土的耕耘者，我们都是打扮这座美丽滨海城市的默默奉献者，同时我们又都是这个五彩缤纷世界里的寻常百姓。

为了今天，为了明天，我们不约而同逐鹿在南中国海边。也许我们实属初次谋面，你不必腼腆，你不必犹豫，特为寻常百姓服务的《北部湾大排档》从今往后时时刻刻欢迎你勇敢地走来。也许你面对她早有满腹话儿要诉说，可千言万语又不知从何启口；别急，请你先坐下来，热心的主持人这就抛砖引玉向你表白，一句话，你想说什么就说什么，只要是你的真心话。只要你金口一开，包你蕴藏多年的“话匣子”能流出感人肺腑的心语来。马三艺先生是来自黄土高坡的“打工仔”，不管是西北风，还是东南风，当他走遍了南北西东，初次来到北海时，就感觉到受尽了“流落”街头的委屈，便直言不讳地吐出《“文化人”闯海不容易》的酸楚来。庞红女士可算是土生土长的“老北海”，也是万千“工薪族”中一员，多少个日子里意欲竭力扮演好“家庭主妇”和普通营业员的角色，无奈生活中困惑几多，总想找个知心朋友诉说诉说，于是初次相识《北部湾大排档》便把老百姓最关注的《“脱缰的野马”不能再野了》的心声和盘托了出来……

海水是碧蓝的，也是苦涩的，大千世界是繁杂的，人生之路并非总是铺满鲜花，作为个中百姓的实在，对当前各种社会问题，所经历的各种人和事，都会有不同的心态，不同的感慨，你都不妨直说，实话实说，还有你所遭遇的酸甜苦辣，也不妨如同面对你的亲朋好友向她《北部湾大排档》一吐为快……

斯时斯情，不如我们从现在相约，让我们相约北部湾，让我们相约《大排档》。

辟一方尽情聊侃的园地，敞一扇“风声雨声声声入耳”的窗口，露一份“家事国事事事关心”的情爱。《北部湾大排档》让老百姓过把瘾！……

（原载1996年7月《北海开发导刊》杂志第1期《北部湾大排档》开栏语，并同时并配发由本人采写的两篇范文《文化人闯海不容易》、《“脱缰的野马”不能再野了》，赢得了无数外来“闯海人”和普通市民的青睐，为该刊增彩“添粉”不少，成为该刊最具影响力的栏目之一）

相关链接一：

文化人闯海不容易

虽算不上真真舞文弄墨的人，但凭我多年来练成的一手“小绝活”也还是可以“行走江湖”混口饭吃的。三年前，人到不惑仍不安分的我不顾领导、家人们好心相劝毅然砸掉自己的“铁饭碗”，过上了浪迹天涯，卖弄诗画的飘泊生活。

几年里踏遍了不少历史名城，熟悉了不少风土人情，结交了不少同道文化人。回味流浪的岁月，倒有无限“自由鸟”的感慨，也有遭遇失落的酸楚。

相比之下，北海是我所到的城市中文化建设较落后的，“文化沙漠”的讽喻在我来此之前早有所闻，只是内心深处始终对北部湾畔这颗曾经耀眼一时的新星充满好奇。“明知山有虎，偏向虎山行”。真没办法，黄河文明的土著传人生就我的个性。

耳听为虚，眼见为实，也只有当我真真闯入了“茫茫沙漠中”之后，才感受到了对“绿洲”的深情，对甘霖的渴望。乍到北海，没来得及安营扎寨就迫不及待来到象征北海文明的北部湾广场闹市地段，摆开了“文化小地摊”……

果不其然，一天、二天、三天过去了……真还没有一个“知已者”光临。且莫这里真还是一片少有人至的“沙漠”地带，10多个日子里我仍然用怀疑而又期盼的眼光渴望着来来往往的人流……

终于，一个阳光明媚的日子，我盼到心中的那片“绿洲”，渐渐有人开始注意我的诗画了。正如蜜蜂发现了鲜花，正当愈来愈多的人们围过来观赏我的诗画，请我当场以姓名作诗露几手，正当我诗兴大作，挥手泼墨，也正当我感慨北海“文化人”其实也有不少时，突然人群外闯来几位身着制服的人不由分说把我的“心血”统统收缴了。这一回我成了彻底的“光杆司令”。从六朝古都洛阳走出，寻访过全国政治、经济、文化中心北京，游过东方明珠上海，到过厦门、深圳等经济特区，还涉足过“天涯海角”海南，算是走南闯北经历风雨的我，这一次有点伤透了心，因为我生平所到之处还没有被人“粗暴干涉”的现象。据说我的行为有碍于该城市的文明，我一时真想不通，难道作为一名文化播种人的出现也会有损该城市的文明吗？

后来的后来，我仍然铁下心来继续坚持在“文化沙漠”里开展“游击战”，既为个人求生计，也为当地播种绿洲。不是吗？我的诗画一张张贴进了千家万户的墙壁上，自然成了北海人民喜爱的一幕幕温馨的家中风景。真心希望有关部门对我们“文化人”网开一面，留得住播种人，不怕“沙漠”不变绿洲。诚然，一座文明卫生的城市加强严格合理管理是很有必要的，但我只希望有关工作人员应当改变一下工作方法，树立良好工作形象，应该说这也是目前北海市狠抓“质量年”工作的一个方面。我想在有关部门正确引导下，北海的整体人文景观是可以春色满园，甚或风景这边独好的！

（原载1996年7月《北海开发导刊》杂志创刊号《北部湾大排档》开栏范文之一，讲述人：马三艺，男，43岁，原河南省平顶山文化馆干部，现下海多年刚来到北海当城市街头卖画人）

相关链接二：

“脱缰的野马”不能再野了

物价问题是人们最关注的问题，在我们北海，这匹“脱缰的野马”一度野性放任着实惊吓过不少人。好在，政府及有关部门先后采取了相应对策，从一定程度上“搞掂”了一些。可是，随着新年的到来，随着北海抢抓新的机遇加快经济发展步伐，这匹跃跃欲试的“野马”又在表现种种让人担忧的迹象。虽然市里明确要求今年的物价涨幅要控制在10%左右，但一些严重离谱的现象仍然时有发生。

我作为一名每天都要主持生计的“家庭主妇”，自然最关心也最了解“菜篮子”

的变化情况。总的来说，在叫卖声声的菜市场里，还是可以看到“野马”拴上缰绳后表露出的“温柔性”，不过这野东西有时也会见机行事让人们大吃一惊，造成一些令人恐慌的气氛。在市场里时不时地会冒出一些季节性的“新品种”，其高昂的价格会让人不敢把它们归为小菜类，这是一种“一个愿打，一个愿挨”的“高明涨价法”。而一旦遇上雨天，市场里的大多数东西要看涨 20%~30%，实在叫人想不通。听起来似乎也有其“借口”，一则雨天备货不多“物以少有为贵”嘛，二则雨天经营者备货较为辛劳也得涨些“辛苦费”呀。一旦遇上节假日，“菜篮子”也会“趁节上涨”，会涨得消费者咬紧牙关掏腰包哭笑不得。仅就“吃肉”来说吧，平常每公斤猪肉（中肉和瘦肉）的价格在 13~20 元左右波动，而到春节前夕就涨到了 18~28 元，而春节期间最高峰涨到了 30~40 元。总之，每逢其他大小节日，市场里就会有高抬物价、短斤少两现象时有发生。

也不知这些经营者随意涨抬菜价时遵循过什么准则，算过什么比例没有，如此涨下去，又有几多工薪阶层受得了。尤其像我这样的家庭叫我们怎么过日子。我在市里一家百货店上班，丈夫又是一名普通工人，两口子月收入加起来不足 800 元，又无其他“外水”可捞，家里上有 60 多岁的公公、婆婆，下有个十来岁的儿子，既要维持全家人的生计，又要供小孩上学，我再怎么样精打细算、省吃俭用也难以支持这个家。有什么办法呢，唯有勒紧裤腰带过日子了。

真心希望有关部门从根本上限制“野马”的野性。这样为普通市民、为工薪族、为外来投资者都可以展示一种真真正正安定、幸福、温馨的北海环境和实实在在的“北海服务质量”。

（原载 1996 年 7 月《北海开发导刊》杂志第 1 期《北部湾大排档》开栏范文之二，讲述人：庞红，女，35 岁，北海市某百货商店职员）

垂钓冠头岭

欢乐黄金周，有朋自远方来，没有美酒佳肴，只有一道“小鱼豆腐汤”主打，外加几碟小菜，众人坐定，有说有笑，好不开怀。席间，以汤代酒，满堂乐趣，事皆缘于当日的冠头岭垂钓之收获。

海中小鱼数条，配以白嫩豆腐数片，清炖片刻便成靓汤，出锅前细盐少许，洒入葱花一把，闻之淡淡清香，入口如乳汁醇甘。这第一碗鲜美鱼汤当敬远道广州而来的黄君先尝。黄君是一位拥有华南片区庞大销售网络的青年书商，常年在南方各大都市来回奔忙，北海一游梦想已久，初来乍到众友人安排陪钓款待，黄君乐不可支。尽管当时烈日晒得全身上下火辣辣，拍岸惊涛不时从脚拍打到头，但黄君依然安如磐石稳稳站立在一块礁石上。1 分钟、2 分钟、10 分钟、20 分钟……黄君双手紧握长长的钓鱼竿，两眼目不转睛地盯着浮于水面的红色鱼漂，整整一个小时过去了没有任何动静。其他诸君或已移步开辟新战场，或已上岸小憩避太阳，或已兴趣全无只等鸣金收兵，惟有黄君守在同一阵地不动摇。

功夫不负有心人，就在黄君已感口干舌燥，疲惫乏力之时，他突然看到红色鱼漂正在缓缓下沉。说时迟，那时快，黄君猛然回手扬拉，终于，一条色彩斑斓的小鱼被拉出水面。

“有鱼啰！有鱼啰！”激动不已的黄君禁不住连声呼喊起来。闻声，正在岸边小憩的两位友人赶忙跑过去协助黄君拉线起鱼……

黄君第一次旅游北海，也是第一次置身茫茫大海里钓鱼，更是第一个在诸君都毫无建树的情况下开杆起鱼的，他的心里不知有多兴奋。更重要的是，黄君锲而不舍地坚持垂钓并拔得头筹的不俗表现，正是带给大家树立坚定信念的动力，让他受享“头功”理所当然。

“这第二碗当敬范君!”已近不惑之年的范君早年在万里之遥的北疆支边时体验过“砸冰取鱼”的生活，但来到北海七八年已是资深媒体人的他，一副深度眼镜里藏着无数《老鬼故事》（范君用老鬼笔名讲述情感故事，在当地报刊上开辟专栏连载，吸引了不少青年读者追捧），只是本次垂钓一向沉稳的范君显得有些猴急，只见他在齐腰深的海水中时而挥杆，时而更换鱼饵，时而来回移动，换了五六个“战场”，总是难见有丁点儿收获。好在黄君起鱼后他得到了一些启示，不再“游牧”，而是吃下“定心丸”开始了放长线钓大鱼。

此招果然奏效，范君静候了一会儿工夫后，无意中拖拉鱼线时钓上一条，再拉，又是一条。此时的范君钓鱼，邪门到家，有的钩到了鱼身，有的钩住了鱼尾，诸君好生纳闷，或许这就叫“姜太公钓鱼，愿者上钩”吧。看来，这回“渔老大”的宝座已经非他莫属了。

也许是被胜利冲昏了头脑，正在范君起鱼得意忘形之时，一不留神一个浪涛打来将他眼镜打落水中，没有了眼镜的他居然一下子变成了无头苍蝇，慌乱中又一阵浪花袭来把范君连人带杆卷进了深水区，深谙水性的他好几次都没能挣扎出水面，好在众人及时伸出援手才把他当作“大鱼”拉上岸来。经历过“险中求”的范君当然值得来一碗鲜汤压压惊。

田君乃蒙古大草原人，三年前偕妻子带上草原驰名品牌南下北海打市场并顺利立足。商场如战场，难得闲暇以钓鱼为乐，而且每次都要借机投身大海搏浪一阵，方显他壮如草原之牛的强健体魄。说来也巧，当日田君搏浪水域正是随后范君钓鱼最多的区域，席上众人戏言正是田君大动作才引来了同样喜好冲浪的鱼儿们。

在下来自洞庭鱼米之乡，打小水里来浪里钻，不仅常常垂钓江河湖汊，还敢水中捉鳖虾。由于鱼竿有限，在下当日只得礼让，自告奋勇打理后勤保障，顺便偷得闲来安然自在海中游。不过，当众君身披七彩晚霞胜利归来时，接下来就轮到在下好好露一手了。

佳年又佳节，好友喜相逢，尝罢鲜汤饮鲜啤，笑语欢声随风起，滨海明月共与醉。“北海此行可以说是我人生中最快乐最开心的一天!”从广州来的黄君最后一语定鼎。他说他还准备在美丽的北海小住一段时日，与友君再去冠头岭钓一次鱼。

老少皆宜，健康有益；冠岭归来，趣乐无边。垂钓、捕鱼，亲手做鱼汤，此类体验式活动应当上升为北海旅游的一大开发点乃至亮点项目。当然安全是第一位的。“潮起匆撒网，潮落赴归航；归来日已晚，洗手弄汤羹。”走出喧嚣都市，亲近蔚蓝大海，归来“弄汤羹”，个中滋味一定让你回味无穷。

（原载《北海日报》2002年10月13日“星期天刊”，同年同月16日《北海广播电视报》以《钓鱼趣谈》为题转发）

五月情怀

五月，漫过含苞绽放的春潮，尽让郁绿的世界百卉吐艳，

嗡嗡蜂群酿蜜，翩翩飞舞蝶恋花。

明媚的光，和煦的风，如诗如画的滨海五月总关情。

蓝蓝的天，蓝蓝的海，蓝蓝的五月里几多蓝蓝的梦。

五月，勤劳的农夫卷起裤腿，深深踏入沃泥，奋蹄的老黄牛层层犁开道道浪痕，耕耘着汗水，耕耘着收获，牛背上钟情的八哥鸟和奏着一曲希冀的欢庆。

载满船船落日余晖，撒入大海张张渔网，一条船一首歌，一张网里一个梦；岁月流年，万盏渔家灯火凭任海浪摇曳，摇不醒渔村人甜甜的梦乡。

润滋五月的晨露，薄雾清新的白桦林中，公园里、古道庭院内早已隐约着闻鸡起舞的虔诚族或气吞山河或潜引丹田或欢跳一曲迪斯科，探觅着如柏松翠青长生的奥妙。

温馨在五月的阳光下，云游四海的迁客骚人笔锋挥豪，海阔天空，身心洒满追寻的执着者，携手礼拜天的小家庭飞出繁华的都市，躺落郊外的草坪，品味着野炊的人生。

徜徉五月的沙滩，天涯知己一步一个脚印，沙亦绵绵，情亦绵绵……

拥抱在五月的大海里，热吻苦水任潮涌，情人之旅风无阻，涛声没去伊人在……

撞上了五月的播种，十月怀胎还会远吗？

（原载 1997 年 5 月 15 日《银滩旅游报》）

云儿飞走了还会回

没有千叮咛万嘱咐的缠绵，没有狂热飞吻的浪漫，只有莫名其妙的手势在玻璃窗外遮遮掩掩，难道这就是男子汉送别恋人时的风度？

随着一声撕心裂肺的汽笛长鸣，火车游龙般徐徐消失在他朦胧的视线里。南国的冬季乍暖还寒，站台上送行的人们依稀散去，唯见他断了魂儿似地伫立在风中。心上的云儿分明已被北上的列车无情地载走了，离别是千言万语一时竟难于述说，而那笨拙的“I LOVE YOU”手势根本没有让云儿读懂。斯情斯景，谁言男儿有泪

反哺之情（麦大刚　摄）

不轻弹？

他和云儿本是江南水乡同龄人，可命运之神没有让近在咫尺的他俩相遇，而是缘分的天空让他们在迢迢千里之外的海滨相会了。千年等一回，他说他前世找她找了整整五百年，今世又等了她足足30年。她说她前世欠他的孽债，今生今世这就还他。

同时沧桑闯海人，相见未晚倍珍惜。阳光、沙滩、海风、老榕树、三角梅，从此这座新兴滨海城市里的一切都为他俩迷醉。

在他心中，云儿是纯洁的化身，有如蓝天上的白云。他可凭任云儿在他厚实的臂弯里撒娇，哭鼻子，甚或吵吵闹闹。为了云儿，他甘愿赴汤蹈火，甚至上九天揽月。

在她眼里，他是百折不挠的硬汉，她可为他的事业加油添彩，她愿分享他的所有忧和愁。为了他，她心甘情愿天涯海角共漂泊。

大海自有其深邃莫测的魅力，但海水是苦涩的，尤如咀嚼黄莲。不知何时起这对身心有些疲惫的人儿低声吟唱起："他乡的生活实在太难……"

人生的确艰难，做女人更难，就像云儿，近日她有个海外亲属正准备借西部大开发东风回家乡投资兴业，正需要云儿这样的好帮手，云儿正想换个环境施展才华，还可以实现她多年来想为家乡作些贡献的愿望，云儿的心从此再也无法平静。可一向顺云儿心意的他在此节骨眼上却变得优柔寡断起来，他说他实在不甘心就此放弃在这座城市里未竟的事业，有付出就必定会有收获，他还是坚信这个理儿。有无法割舍的依恋，还有无限的期盼，云儿也和他一样，对这里的一草一木都是深情的，毕竟这里也是他俩共同的第二故乡。他劝云儿不要轻易放弃，云儿也常常无声哭泣。

其实云儿最懂他的心，她从来也不会伤他的心。可这一回云儿内心的苦水已泛起漪澜。又一个彻夜难眠的晚上，云儿再一次静静地躺在他温馨的港湾里，只想听一听他俩最喜爱反复讲述的故事："不爱江山爱美人"、"冲冠一怒为红颜"、"霸王别姬"……

粗心的他果真绘声绘色地为她讲完了一个个千古佳话，可当新一轮红日从海面上升起时，云儿还是满腹心事地登上了回乡的列车……

"先生，请走好"，不知何时一位热心的工作人员把他请出了火车站出口处，南国城市的现代气息又向他迎面扑来。豁然回望蓝天，一朵钟情的白云正朝他的方向依依飘来，刹那间他仿佛真正读懂了什么：云儿飞走了，云儿还会回！

（原载2002年5月9日《北海日报》围城内外版）

丝路“船说”（组诗）

“如林的旌旗在海风中猎猎作响，身着汉服的人们面色严肃的对着海面和天空，烈酒的滋味在风中张狂，一声号响，浩浩荡荡的海船一齐下海，满载梦想和宝藏，系着岸上多少人的魂牵梦萦……”一位作家深情的写道：远在两千多年前的西汉，北部湾上的明珠便开始听到了海洋的呼唤，开启了我国的“海上丝绸之路”，开启了北部湾丰富而璀璨的海港文明……

遥望北部湾壮美而宏大的航海图，北部湾开放开发如今已上升为国家发展战略，回味昔日的荣光与骄傲，穿越千年的梦想，续写神话，再创新辉煌。

航海大时代

泱泱中华秦汉一统耀盛世/开疆拓土共筑幸福家园/陆海并进丝路连/东方文明天下传

航洋壮举当惊世界殊/南珠古郡所辖海疆富庶地/浩瀚海洋呼唤你/璀璨海港北部湾/载满梦想和宝藏/千帆竞海磅礴行

出征美丽港湾

旌旗猎猎海风林/一马平川良港辟/古汉码头歌舞起/多情阿娇别阿龙/北部湾畔好儿郎/列队肃目对海天/碗瓷豪饮烈味狂/号角齐鸣离箭弦/长风破浪会有时/直挂云帆济沧海

和谐东南亚

海风起兮/蓝天日丽/勇敢的水手踏歌起/嗬嗨！嗬嗨！嗬嗨！/佛光塔影在前浪在后/阿娜多姿万种风情/载歌载舞迎贵宾/异乡珍宝易绸丝/花果飘香沁心脾/睦邻友邦共欢庆

阿拉伯天外来客

大风起兮云飞扬/电闪雷鸣狂浪起/海鸥搏击傲长空/壮士神勇破险阻/金字塔影天外客/商旅驼峰往来梭/阿拉伯鼓乐始起/吉普赛女郎聚集/翩翩起舞万人迷

深海茫茫思故乡

红日一轮东方升/使命在肩续航程/万里千里总关情/日落彩霞映满天/潮起潮落寂静夜/深海茫茫幕色苍苍/远航的阿哥思故乡/阿妹记否当初允诺/归来夜深人静时/恩爱私语为佳期

风声水起北部湾（雷时稳　摄）

神秘地中海

特洛伊古城/宙斯的情人/古希腊寓言神话动听又诱人/爱琴海的传说不再神秘莫测/满山遍野的无花果树/就是宙斯当年爱情的果实

蔚蓝色的浪漫情怀/海天一色/艳阳高照的纯美自然/一览硕果累累的柠檬树橄榄林/又闻薰衣草玫瑰茉莉奔放香馨/地中海风格异域美/交织古建筑及花田土黄与红褐色

艺术家之城/英雄之岛伊兹拉/金银首饰玻璃瓷器装饰品任选/撒丁岛民生性淡泊/从容地度过百年有余/地中海美食海鲜是主题/橄榄油蔬果乳酪与葡萄酒/风味无穷人间天堂/商贾云集穿梭忙/黑头发黑眼睛黄皮肤常捧场

东西文明载“船说”

作别西天的云彩/满载收获的喜悦/故土早已入梦乡/忽闻乡夜曲/归思欲沾巾/乡书不可寄/秋雁又南回

千帆竞发舸争流/有请神灵共护佑/风高浪急无所惧/凯旋归来齐欢喜/中华儿郎书传奇/东西文明载“船说”

（2010 年 2 月 25 日于南宁，为《印象北部湾·起航》演出而作，2018 年 10 月补充）

闲情有约《珍珠滩》

轻柔海风拂面，日丽阳光温馨，漫步软软沙滩，尽享天伦人生……

玉女出水勤采珠，奇光异彩巧天工，劳作奔忙绘珠城，闲情有约《珍珠滩》。

记得我们牛年曾经有约，也是在夏日的滨海，我们用夏天般的热情阵阵来风：我们创办《北海交通征稽》就是要进一步发扬成绩，加大交通规费征收工作的宣传力度，树立交通征稽良好形象，就是要在有车单位、车主与交通征稽部门之间架起一座相互联系相互理解和沟通的桥梁，使之成为征缴双方联络情感的纽带。

曾蒙各级领导关怀及广大读者厚爱，《北海交通征稽》初尝赞誉的喜悦，欣慰之余是鼓励是鞭策，深感不能有负众望，只愿锦上添花，飞架“彩桥会”……

虎年继续有约，《珍珠滩》盛情相约。相约在海滨，相约在《珍珠滩》，诚邀各路同仁、各界友人喜相会，“有话慢慢说”。

不希喧嚣嘈杂之热烈，只求宁静而致远；不求高谈阔论，不受“上乘”之嫌，但求“大珠小珠落玉盘”；不管生孔熟面，相逢何必曾相识？不妨走进《珍珠滩》睇睇，些许是寓乐休闲又一去处。

谈工作、谈生活、谈学习……直抒心声，畅谈人生，只管尽兴侃来；不必腼腆，不必犹豫，只要你勇敢地走来，“有话好商量”。

聚会《珍珠滩》:《文摘长廊》意味深长；《幽你一默》笑口常开；《谜语故事》猜想天开；《海阔天空》诗兴大作；《人生驿站》人情味浓……

欲言又止，举笔却停，也许你面对《珍珠滩》还是“茅塞难开”、“无话可说”，主持人这就为你抛砖引玉。

本期《金项链》出自富丽华大酒店的于永华女士，同是这个时髦年代的年青女性，但她至今还没有“金项链”、“金戒指”之类的饰物，其无需堂皇的理由是：“也不是因为叶的吝啬，而是自己以为要不要已是无关紧要的事。因为我们的生活并没有因为这条金链而改变什么。虽然我和叶还不富有，但我们过得很充实，我们真心地互爱着，并没有被物质的富贫所左右。我们是相互依存的，不用一条金链来捆锁，彼此的信任已经打铸了一条闪光的金链，又何惧日月的侵蚀，海浪的冲刷。”

是的，人靓又何需“那劳什子”作饰物，文章的升华何止是表达一种纯真的“爱情”，我们同样能从中悟出诸多人生的真谛。在我们的工作中，在我们的生活中，不为“金色”所左右，又该演绎出多少可歌可泣的动人故事……

（原载 1998 年 3 月《北海交通征稽》杂志第 1 期《珍珠滩》开栏语）

最好的玫瑰

东子是我的男朋友。初识他，那英俊的面容配上那身征稽员的制服更是显得风流潇洒，让我心动。可听说干他们这行每日早出晚归的辛苦万分，有时还要加班，心里不免又凉了半截。我心目中的丈夫形象可是温柔体贴又浪漫的。

东子最初来找我总带着一帮同事来，与他们混在一起听他们讲各类征稽趣事，

抬花轿（麦大刚　摄于南宁市良庆区那马镇）

听他们倾诉干这行所遭受的白眼及无奈，久而久之，我的心也随他们一起经历酸甜苦辣，慢慢地理解了他们。日子过得飞快，一切似乎水到渠成的我们进入热恋阶段。我也慢慢不再为东子没时间陪我而发牢骚，也不再为与东子亲热时“CALL 机”骤响而不满，有时看着他疲惫而歉意的样子，心中总涌起许多柔情与怜惜。

与东子相爱以来，做得最多的事是沿着林荫道从城东走到城西，每一棵青翠大如华盖的榕树都成了我俩爱情的见证。逢他偶尔有空闲，拉他上街逛商场，可他每次不到一小时便大呼小叫，赖着说走不动了。可为了工作他每天日晒雨淋地不下八小时，也不见他叫声累，真让人奇怪。

上个月东子出差，才走第二天，便感觉自己像无帆的船，看来我的生活中已不能缺少这个“呆子”了，我等着他带来戒指与玫瑰。

东子回来后，带着一堆奖章证书之类的东西来见我，一见面，他居然深情款款地对说我：“嫁给我吧！”我说东子与你在一起一点都不浪漫，东子却说这世界上最浪漫的事是我和他一起慢慢变老；我说东子与你生活一点激情都没有，东子又说平平淡淡才是真嘛；我说东子你没带来玫瑰，东子指着那些奖章证书，握着我的手，“这些便是最好的玫瑰。”唉，看来我是等不到有他送玫瑰的这一天了。我哭着倒入他怀中：“是的，我要嫁给你了！”

（原载 1998 年 9 月 15 日《广西交通征稽》报）

我的人生“第一刊”

“外面的世界很精彩，外面的世界很无奈……”情歌王子齐秦一首经典代表作唱出了无数热血青年的心酸和无奈。那一年，还是20多岁“小白脸”“愣头青”的我因为向往外面的精彩世界，在没得到父母和所在单位及政策体制完全同意或许可的情况下，顶着世俗的强大压力和冷嘲热讽，我毅然决然“闯海”到了北海。

第一次被“炒鱿鱼”

当同样来自内地时任《沿海时报》社副总编辑段先生仔细翻看了我递上的厚厚的作品及稿费单“剪贴本”后，当即表态等过几天带我与将从外地出差回来的总编辑见了面后就可以上班了。3天后我顺利见到了史总编，同样递上我的“应聘见面礼”，他不想多看，而只要我作个简单的从业能力介绍就行了。我稍加思索回答到：在这个“剪贴本”里面有3个重点和亮点，一是其中有一篇我的同学于1992年发表在中国人民大学校刊上的文章题目叫《商经班里的“新闻记者”》，故事的主人翁就是我，我大学里学的商业经济管理专业，但我

作者漫画像

从小就喜欢写作，因此一有空我就常常跑到新闻班当旁听生，而且时不时写些稿子到处投稿，就自然成了班上的业余“新闻记者”了；二是我在我家乡的广播电视台工作时，有一篇长篇通讯稿获得了湖南省“好新闻二等奖”；三是我在我家乡的一家市级地方报工作时，曾在《湖南日报》同期同时发表了2篇新闻稿，这在省级党报史上是少有的。“看来还有两下子，等下就请段总带你到新闻部报到吧！”就这样，优雅的史总编和热情的段副总编干脆利落地把我给“收留”了。

大约上班20天后，还在不断熟悉当地人文环境和报社事务，仅跑回3条新闻稿的我，突然接到时任新闻部主任李明的通知要我马上到财务室领取工资，我兴奋地领回了200元，并表示要找机会用我在北海的“第一桶金”答谢一下有关领导。然而，就在暗自我高兴时，在经过李主任一番诸如北海经济形势不太好，报社经营遇到了前所未有的困难，需要进一步进行机构改革和精简人员的解释后，我终于明白了我已经被提前“炒鱿鱼”了。

这是我的人生中第一次“被炒”，但好强的我死也要让我死个明白，我一定要找到“被炒”的真实原因。在我的一再追问下，有知情人告诉了我实情。原来，是因为我的一次迟到被人放大了：我这才想起两天前我接到报社通知，让我参加新上任的市委书记、市长杨基常接见香港《文汇报》记者采访的一个记者见面会，因路况不熟悉，错把“北海迎宾馆”当成“北海宾馆”了，当我满头大汗赶到会场时，会议早已如期进行，而报社另派的记者早已在座。

事后虽然这位同事对我有些同情，采取了帮我联名发稿的补救办法，以挽回一些影响，但这事还是被部门负责人抓住了“把柄”。因为“迟到”我被“开了”，北海给了我这位新来乍到的求生者一记响亮的耳光，让我终生难忘。本来对这座不大的城市还没搞清方位，现在又要重新找工作，我的麻烦来了。而更麻烦的事还有后头，在我失望地离开报社的第二天，报社食堂通知我3天内将停止我的“搭伙”，办公室通知我一周内要搬离报社集体宿舍。在一个人生地不熟的城市，一旦没有了“吃住”保障就意味着危机来了。但自恃有“剪贴本”在身并有第一次被《沿海时报》顺利录用的经验，我并没有预感到危机的来临。

然而当我接连几天找到《银滩旅游报》、《北海建设报》、北海广播电视台等几家屈指可数的新闻机构的老总们求职时，都被当面回绝了，因为他们自身在当时都比较艰难的形势下根本不需要新人。我原想凭“剪贴本”入门的理想之路是走不通了，我一天天变得心慌焦虑起来，更揪心的是报社一天一个要求搬走的“最后通牒”简直要人命。而此时，我口袋里原先的200元薪水钱已所剩无几了，接下来不仅安身之地成了问题，而且吃饭也成了大问题，于是我索性把剩余的钱全凑在一起买回了一箱方便面（整箱可批发价买便宜，平均每包 0.27 元）准备“打持久战”了：一是继续厚着脸皮赖着不走，悄悄跟原同事和新来的同志打商量，等他们都上床之后我再在他们的床与床之间狭小的过道上打个地铺将就睡一晚；二是肚子饥饿时就泡一包方便面吃，而泡方便面的开水最初是向房东讨要的，次数多了或遇半夜三更不好意思敲人家的门，就只能干吃或用自来水泡了；三是一边艰难地度日，一边马不停蹄地继续跑北海人才市场找工作。

同属我国最早的沿海开放城市，北海较之于广东深圳等地是最难找工作留不住人的地方，却是我始料不及的，也只有身处其境才会有切身体会。（这一点是广西北海的一大“特色”，也是这座城市最大的“败笔”所在，这种体会和感悟在以后的日子里还会逐步加深。）既然机缘巧合或命中注定选择了北海，我决不能退宿，决不能半途而废，再难我也要想办法在这里稳住脚跟，尽管当时我也明显感觉到了众多外来人员的一片撤退的之声，甚至看到不少外来投资者“哀鸿遍野”的惨状，也有好心劝我尽早离开。但我不能就此打道回府，也不能将当时的处境向家乡任何人透露，因为我不想让家人“失望”，不能让他人“冷眼”甚至“耻笑”。

年度最强台风中的“生命之缘”

于是我决定放下身段摆低姿态，即便从“民工”做起我也 100 个愿意，因为首先要解决温饱问题已是当务之急。记得那天我求职归来有气没力地走到距离“临时住地”还有大约一公里的地方时，突然一阵狂风骤雨袭来，我只好躲进路边的一家小米粉店避一避，原来当年最大的一场台风来临了，当地政府和有关部门早已预报和发出过警示，我却因为忙于找工作早已把这茬事给忘记了。50 来岁的店老板是当地人，最初他认为我是来店里吃米粉的客人，他很热情地招呼我坐下来，但感觉又不好意思，因为台风来了他正准备关门，也不想再做生意了，可生意人在眼下风雨交加的情况下又不便叫客人走。已多日没进过丁点油星的我虽然早已是腹中饥肠辘辘，也很想当一回他的顾客吃上一碗热气腾腾的米粉，但店老板又怎知此刻的我早是已囊中羞涩，根本无钱买他一碗粉吃。于是我只好强装笑脸说，我已离家很近了，在这里避一下风雨就走，您尽管关门就好了，不会误您的事的。

“那好，反正我老婆已赶在台风之前回到家了，现在外面风雨这么大一时半会儿你也走不了，那我就早点关门，我们哥儿俩再喝喝茶聊聊天吧！”店老板说着就走向店门口准备拉下卷闸门。“呯！”突然只听得呼呼的风雨中响起一声巨响，好像打雷一般，但又是雷声，我感觉有事发生了，我连忙警觉起来冲向店老板。“啊！”眼见店老板一声惊叫，突然一个后仰就要倒地。说时迟，那时快，我一个箭步冲上去张开双臂紧紧抱住店老板使出浑身力气又是拉又是拽，硬是把他拉进了就要闭合的卷闸门内。好险！原来，在店老板拉关卷闸门的一瞬间，突然一股强大的进门风袭来，把店面上的店名广告牌给吹落砸了下来，受惊吓的店老板本能地后退，一个踉跄险些倒地，而他的一只脚不知何时伸到了卷闸门外，如果不是我及时出手把他拉进来，后果不堪设想……

店外狂风暴雨还在肆意地拍打着门窗，我生平第一次领受了书中描述过的台风的威力，远比自认为在洞庭湖边长大算是经历过的大风大浪还要大得多，凶猛得多。只是做梦也没想到就会在这里千里之遥的北部湾、北海这个初来乍到之地有此亲身体验，而且是以这种特别尴尬的形式体会。但接下来，我所有的苦楚都会在美食面前转化为无限满足和无尚的庆幸，十分感激的店老板一定要煮上两大碗猪脚粉，并拿出他平时最喜欢喝的当地自酿的米酒（北海本地人自称土茅台），请我吃个宵夜以示答谢。是的，也许是店老板自己经过这一番折腾早已腹中有需，也许是店老板早已看出了我当时的处境顿生怜悯之情，也许是任何世间有血有肉的动物在饥饿面前都会露出真实的面目，早已闻香而痴的我还有什么可以隐晦的？我自然而然投入到了店老板的盛情之中，而且这场只有我们两个本来素昧平生的人参加的宵夜，伴随着外面一刻也没有停歇的风雨声和我们两人无话不说的谈笑声一吃就是一个通宵。先狼吞虎咽地吃下一碗软软的米粉，然后大口大口地啃下那入口就能满嘴流油的猪脚，再豪饮一杯杯香香的米酒，其中滋味真是没齿也难忘……

从此北海“猪脚粉”成为我人生的最爱，以后只要有空我都会跑到黄老板的店里吃上一碗，而且多年后我离开了这座城市但只要有机会再到北海我都会选择吃“猪脚粉”，当然首选就是要找到黄老板的店里。遗憾的是后来的后来我与黄老板失去联系，但黄老板和“北海猪脚粉”已成为烙印在我永远挥之不去的记忆和思念之中。没多久，“北海猪脚粉”已成为继“北海海鲜粉”、“北海海鲜粥”之后又一大名特优传统小吃之一，深受当地市民和外来游客喜欢，虽然大多数人们喜欢的理由不会有与我相似的故事渊源，但至少离不开有黄老板这样的一批北海当地人的辛苦付出。

真是无巧不成书，也许天意，就是与这位黄姓店老板（后来我亲切地称他为黄大哥）“偶遇”和一夜之间的奇缘交情，却成就了我俩深厚的友谊，也带给了我接下来的事业曙光。两天后，猛烈的台风终于消退，但无情的风雨却把本来已显萧条的北海打得遍体鳞伤，大街小巷到处都是倒伏的被拦腰折断或连根拔起的树木，满城都是“秋风扫落叶”及污水横流的痕迹，几乎所有的商家店面都有被吹破或吹落的广告牌，所幸没有人员伤亡。我庆幸及时躲进了黄大哥店里避开了被台风所伤或被大树、广告牌“所砸”，黄大哥也庆幸有我拉了他一把，不然我俩就有可能成为北海台风过后的“新闻”，我庆幸我俩“大难不死必有后福”，我更庆幸在黄大哥的店里得到了一条重要的消息。这天，黄大哥请来的一位做广告牌的师傅，无意中他听说了这家广告公司因受这次台风影响业务量急增急需请人帮忙的消息，于是黄大哥首先想到了我。

求之不得的我如同找到了“救命稻草”，干起工作来当然卖力又认真，尽管几乎是日夜赶工，但我都是一心扑上去做，很快得到了公司上下的肯定。可是，几天后公司老总亲自发了100多元的辛苦费给我后，不仅不想再留我，而且还急于要把我推销出去。原来，这位何姓老总来自湖南，长我几岁，也许是看在老乡的面子上他认为我在他的公司做太屈才了，他建议我继续发挥特长做回自己喜欢的，于是他向我推荐了一家已经倒闭的杂志社，他说他曾在这家杂志社当过美编，虽然大部分的人已经解散了，但至少他本人是不甘心的，而且最重要的是还有一个人比他更不甘心，他希望我尽快找他谈谈，一定会有收获的，有可能的话到时还可以拉他一起合作做。

三个月“绝处逢生”

在充满信心的何总鼓励和引荐下，在南珠东路48号一栋4层临街居民楼里，在2楼一间配套的老总办公室里，我见到了一位说一口流利北方话的男人，他约年方三十六七，戴一副深度眼镜，有些知识分子的样，给我的第一印象是加分的。听我说明来意，他也毫不掩饰地介绍起他的想法：他说他姓张，大名长青，来自大西北甘肃兰州，是改革开放后北海市政府引进的人才之一，现为中共北海市委政策研究室正科级干部及专家，经历过北海这些年的改革开放发展进程尤其是3年前的“北海开发热”，并代表市委创办了《北海通讯》杂志，在北海房地产炒得最火热的时期发挥了重要宣传作用，也创造了辉煌的社会效益和经济效益，但随着国家实施宏观调控政策，“北海热”这两年的降温下来，进入了调整期或者叫“休眠期”，所以杂志也就生存不下去了，大部分人员都已各自散去，不过还留下了这栋空楼和部分办公设备等不动资产。目前北海新的市领导班子已调整到位，种种迹象表明北海已处于“蓄势待发”之时，因此我是有想法希望“重振旗鼓”的，但这事急不来，还得等合适的时机，一则要向新的市委领导汇报征得同意，二则要筹集到一定的启动资金才能得市政府的财政支持，三则要有合适的专业人才及重新“招兵买马”。而要创造以上这些条件都是需要时间的，而且还不一定有把握，因此这段时间我一直觉得倒是无所谓，你今天的到来而且还有这么多的想法，与我不谋而合，也许真的这就是一种缘份吧！不过我还是要把话挑明了讲，现在的形势和条件都摆在你眼前了，你可以先试试，办公室随便你用，吃饭问题你可在一楼小商店搭伙，这夫妻俩也是原杂志社留下来的，也是你湖南老乡，住的地方整栋楼任你选一间，就是现在没能力给你发工资，一切都得靠你自己。

当我听说有地方可住，有地方可吃，有地方可办公后，我心里感到无比兴奋，我一切都愿意，我一切都答应下来，我一切都承诺得相当有底气，仿佛我心仪多年的妙龄女子突然向我伸出了橄榄枝，瞬间拼发出的激烈爱情火花已把我的前行之路照得透亮，充满幸福。

说干就是行动，按照约定分工，根据时代进步和新形势发展变化的需要，原杂志要重新更名，暂定名为《北海开发导刊》，由张代总编辑负责跑审批手续和广西区刊号，同时由张总向市委办申请初步认定我的入职身份并给我开据正式工作介绍信和印制好名片，由原留守下来的夫妻俩负责办公室和后勤保障工作，而我的主要任务是根据市委关于创办《北海开发导刊》的筹备方案，负责筹集创办经费和提前做好杂志的宣传发行工作。3 个月后，我的努力终于见到了成效，累计筹集经费已经足可以出版印刷刊物一年了，当我与一名市局领导谈妥有关事宜时，已是 1995 年的农历大年三十中午了，我匆匆赶往南宁的亲戚家要好好的吃一顿年夜饭并汇报工作成效。

我的人生“创刊号”

有了启动经费保障，张总编负责跑刊物审批和刊号的干劲就更足了，而且进展得很顺利。这天我俩又一次面对面坐下来谈了很多，他唯一有点担心的是对我写大稿写长稿的水平没有太多把握，我回答说可以试试，约半个月后一篇长达 5000 字的手写稿《“黑狼”向阳光海海岸扑来》摆在了张总面前。“好！好！好！”张总一口气看完连说声称好：“就这么定了，从现在起正式批准你成为编辑记者，你的工作重心也马上转入全面负责组稿和编务工作，要不要继续增加力量或到人才市场招聘帮手由你自已定，反正给你3个月时间第一期创刊号杂志要出来。”就这样，从来没有独立创办过刊物的我又一次被推到了“风尖浪口”，尽管有“大姑娘上轿头一回”的感觉，但我一点也不曾推迟过，一点也不曾紧张过，一点也不曾犹豫过，也许这就是作为湖湘人的我天生就有的一种“不认输”特性，凭此“拼命劲”也就没有办不成的事。又或许是“饥饿”或者“困境”所逼，就能激发人的潜能，而人的潜能一旦被激发出来，就是“迸发”出无限的创造力，又或许是人一旦被逼到“绝境”就有可能“绝处逢生”吧！多年后，每当回想起那段刻骨铭心的经历，始终悟不透当年为什么能做成那些事，为什么能写出那样的文章，为什么能办出那么精彩的刊物。

1996年7月1日，在举国上下庆祝我们伟大的中国共产党党成立75周年之际，由中共北海市委主办的《北海开发导刊》创刊号NO.1正式出刊，从最初的一个念想，到初步酝酿，到“试试看”运作，到正式决定创办，历时不到10个月，有如“十月怀胎”一朝呱呱坠地的初生婴儿降世，带给了太多人惊喜和惊奇。该刊的成功问世，成为继1992、1993年“北海开发热”之后连续低潮多年的北海市一大重振旗鼓的“号角手”，创造了当地多个第一，在当地政界和社会各界引起强烈反响。因为《北海开发导刊》是中共北海市委主办的综合性月刊，是当时北海唯一一份探索性、开放性、导向性和窗口式刊物，承载了太多人的盼望和期许。

正如时任广西壮族自治区党委副书记、北海市委书记、市长、本刊编委会主任杨基常在“发刊词”中指出：市委主办的《北海开发导刊》正式创刊了。这是我市宣传工作中的一件大事，值得祝贺。“九五”计划已经拉开了北海新一轮发展的历史性大幕。国家发展战略重点正在向中西部转移，北昆铁路即将开通（后来改称南昆铁路），北海作为中西部沿海开放城市，新的机遇伴随着挑战正扑面而来。市委创办《北海开发导刊》，就是要在新的历史背景下，坚持党的基本路线，围绕市委中心工作，弘扬北海精神，宣传北海优势，引导北海开发，促进北海发展，为我市实施“以港兴市”、“科教兴市”战略，聚人心，增信心，鼓实劲。

此外，《北海开发导刊》面世后，100多家当地年党政部门和企业通过各种方式表示祝贺，受到广泛好评和看好。正如该刊封面醒目的“形象标志”诠释：《北海开发导刊》问世了，海纳百川是她的胸襟！负重开拓是她的精神！

《北海开发导刊》成为本人人生中从无到有创办的第一本刊物，我称之为我的人生第一“刊”。也为本人从洞庭湖的一只“小麻雀”灰头灰脸闯海一年多终于立足北海奠定了坚实基础，并从此扬眉吐气且挤身当地“文化人”之列。我的人生也因此得到改变，并给自己定下了一条“铁规”：从此在我的人生中不能再出现被人“炒鱿鱼”的可能，要“炒”也只能是我先“炒人”。

《北海开发导刊》创刊号既已闪亮登场并吹响了前行的冲锋号，接下来的第二期、第三期、第四期……没有理由不一期比一期更加精彩，没有理由不一次比一次取得更加可喜的成果，没有理由不一天比一天壮大起来。在各级领导和各部门、各单位及广大热心读者的大力支持和精心呵护下，在杂志社上上下下坚持不懈的奋斗和努力下，《北海开发导刊》已名声在外了，作为编辑部负责人和首席责任编辑的我当然跟着“沾光”。几个月后我被市委组织一位领导点名要求参与全市农村基层组织建设的宣传工作，于是我采写的《“基础工程”撑起一片蓝天——来自我市农村基层组织建设的报道》、《螺江之路》、《春风雨露化甘霖——中央组织部部长张全景视察北海农村基层组织建设纪实》等作品先后在《北海日报》头版头条、《人民日报》“农村经济”专版、《北海开发导刊》1997 年 1 月第 1 期上发表，尤其是《螺江之路》一文在《人民日报》发表后成为北海那几年内少有的在中央级媒体上正面发声的文章，受到市领导的高度赞赏，还被北海市党的建设和农村基层组织建设领导小组评先嘉奖，但我婉拒了物质上的重奖。1997 年新春伊此，在市委、市政府召开的全市总结表彰大会上，我又作为全市宣传工作先进典型走上领奖台，成为全场聚光焦点。而此时，我在《北海开发导刊》收获爱情后，刚在湖南老家举办婚礼，完成人生一件重大喜事回到北海还没有几天，真是喜上加喜。

一念之间的关键人生抉择

很快，我人生的一次重要机遇来临，见于我的突出表现，市委组织部领导找我谈话，有意帮我把工作关系稳定下来并可直接进组织部，但恰在此时我在工作中结识的刚上任负责人的北海市交通征费稽查处机关党委书记、主任李志强也诚意邀请我加盟，同时还有几家单位也把我当“香饽饽”征求意见。经过一个月综合考虑后的 1997 年 6 月 2 日，我谢过市委组织部领导的好意，毅然走进了北海市交通征费稽查处早已备好的办公室，于是才有了我创办《北海交通征稽》、《南宁交通征稽》和《广西公路征稽》等我人生第二、第三、第四刊的续集，及续写并见证北海、南宁和八桂交通征稽和壮乡公路交通发展进程的独特人生经历。

从结缘和慷慨走在这条壮乡公路交通不平凡之路，我前前后后花了长达 10 年的时间，而且正是我的青壮年华之际，在这条路上有过希望、有过风光、有过欢笑、有过泪水，有过辛酸，诚如世间之路本是曲曲折折的，并非总是铺满鲜花，同样会有荆棘和险阻相伴。也许这就是命运的安排，20 年后的今天回想起来，也很难评判这条路走得对与错，反正对与错也就在一念之间，人生短短几个秋，不会让我们做太多的选择题，选 A 就是 A，选了 B 那就得放弃 A，我又能多说什么？

但有知情人和好心人还是为我那“人生最宝贵的 10 年”鸣不平，他们认为如果当年我继续留在《北海开发导刊》或者选择听组织部领导的话，完全不应该是我现在的工作和生活状况，完全可以走上另一条更光明的人生轨迹。因为在《北海开发导刊》当年一同创业的领导和同事以及后来的继任者和再后来的我的师弟的师弟，几乎都得到了当地党委政府的提拔和重用，都要我比这位创始人或元老的级别要高，混得要好，活得要好，事业更成功，人生更精彩、更潇洒！

这就是我的人生“第一刊”，也可以说是我的人生“第一坎”吧。“刊上”有我的血汗及心血凝聚成的结晶，“坎上”有我的艰辛及青春奉献的印记，无论“创刊”还是“跨坎”，只要在前行就会有希望，人生有“四刊”呈现，人生有“无数坎”相伴，舍我其谁！

（2018 年 8 月 19 日于南宁）

这是一个创意变为现实的传奇，一个海归文化创业的传奇，一种创新文化产业的传奇，一个引领世界文化旅游潮流的传奇——

《印象·刘三姐》炼成传奇（上）

多年来，广西能够在全国叫得响的文化品牌不多。然而，《印象·刘三姐》却首开先河成为中国最有影响力的演出之一，成为中国实景演出的开山鼻祖，成为中国文化产业经典和国际品牌。2010 年 10 月 29 日，《印象·刘三姐》进入首届中国国际旅游文化节设立的“影响中国文化旅游发展贡献奖”奖项之一——“影响中国旅游的一部旅游演出”前三甲提名名单，这是广西人的骄傲。《印象·刘三姐》自 2004 年 3 月 20 日正式上演至今，已经连续演出了近 3000 场，观众超过了 800 万人，其影响甚至已经超过了美国的百老汇。这一场史无前例的文化演出的背后，有些什么成功的秘诀？其间又发生了哪些鲜为人知的传奇故事？

梅帅元提出“山水实景演出”创意

故事还得从 12 年前说起。1998 年，在广西已是大名鼎鼎的时任广西壮剧团团长的梅帅元，正在为戏剧的出路而焦头烂额。他的作品《歌王》、《妈勒访天边》和《乡村社戏》，分别 3 次获得中宣部的“五个一工程奖”。其中，《歌王》还荣获“文华”大奖，这也是迄今为止广西壮族自治区唯一一次拿到中国戏剧界的最高奖。可是，获得如此高殊荣的《歌王》拿到市场上却走不通，可怜的票房根本无法体现其艺术价值。梅帅元为此苦苦地思索着，怎样寻找一条与市场接轨的艺术之路，让中国的艺术能够产生经济效益。

出国考察时，他专门去看了美国百老汇经典剧《猫》、《西贡小姐》、《美女与野兽》等，除了艺术上的震撼，100 多美元的高额票价和剧场里狂热的观众让他更受刺激。这些演出在美国是非常赚钱的产业，为什么在中国大陆就没有类似的操作模式呢？

漓江山水总是给广西本土出生的梅帅元很多灵感。写剧本时，他喜欢在江边闲散地住一段时间。点点渔火唱晚，萦绕袅袅炊烟，江畔洗衣的村妇，满树的桂花，成片的梯田，草地上悠闲吃草的牛儿……

他还曾亲眼见过渔民养的十几只鱼鹰合力捕起一条十几斤的大鱼，眼前的这些景象保持了千年之后，依然那么和谐，打动人心。

可否以眼前的山水为舞台背景，在漓江上演一出围绕刘三姐传说的大型歌舞表演？请中国最顶尖的制作团队创作，甚至让张艺谋来导演？

这个梦想太新奇了，前所未有，听过的人都拍手称妙。但是说到真正实施的可能性，大多数人都摇摇头，觉得太梦幻了，甚至笑话梅帅元是个“癫仔”。

就在这一年，广西壮族自治区文化厅新上任的厅长提出了做大做强广西文化产业的思路。

当时兼任广西壮剧团和杂剧团团长的梅帅元，产生了将漓江风景做成文化产业的想法，他很快写成了一个项目建议书交给文化厅，厅领导认为这是一个好创意，立刻上报广西计委并很快立了项。1998 年 5 月 26 日，广西文华艺术有限责任公司成立了，梅帅元披挂上阵，正式开始筹备运作，项目暂定名《漓江第二景》，后更名为“实景歌剧《刘三姐》”。

北京请“高人”

1999 年，梅帅元毅然辞去一切官职，全身心投入实景歌剧《刘三姐》项目的开发。他拿着广西文化厅的 20 万元前期经费，独自从南宁来到桂林，开始尝试商业化运作。

1999 年初秋，梅帅元带着构想和方案来到北京找到了正在太庙导演实景歌剧《图兰朵》的张艺谋，力邀张艺谋加盟。梅帅元向张艺谋进行了绘声绘色地描绘后，张艺谋表示有一定的兴趣，会择机到桂林考察。

不久，张艺谋果真亲自组织人马来到了桂林考察，十分看好这个项目。1999 年 11 月 8 日，项目公司桂林大自然文化产业有限公司成立，开始筹划大型实景歌剧

《刘三姐》，张艺谋还同意以他的名字命名成立一所艺术学校，为以后的演出培养和储备专业人才。2000 年 1 月，张艺谋漓江艺术学校正式成立，张艺谋担任名誉校长，开始向外招生，大造声势，广聚人才。

张艺谋加盟后，广西相关部门及梅帅元信心大增，立即着手加强宣传攻势和引资力度。项目开始对外进行招商引资，很快有香港公司意向签约投资。有关部门决定再加一把火，2000 年 7 月 15 日，该项目在北京隆重举行了新闻发布会，著名导演、歌剧《刘三姐》艺术总监、总编导张艺谋先生率全体主创人员，向全国 40 多家主要媒体的 70 多名新闻记者，发布了桂林山水大型实景歌剧《刘三姐》的有关情况，并回答记者提问。

至此，似乎一切都是朝着理想化的方向发展的，可是只有当家人梅帅元最清楚其中的艰难。当初，只有 20 万元起家，来到桂林的梅帅元，到 2000 年底时，已经身无分文了。为了融资，他的一个合作伙伴因借了钱无法偿还，甚至被人家告到了法院。

原来，虽然有很多人看好这个项目，但真正敢于投资的人却寥寥无几。

梅帅元怎么也想不通，这么好的一个创意，就是得不到资金的支撑。

这时候梅帅元也打算彻底放弃“刘三姐”了，他办好了出走他国的护照，随时准备彻底告别伤心地。

漓江渔歌（雷时稳　摄）

“天使”投资人降临漓江

就在梅帅元准备离开广西这块伤心地的时候，2001 年春节来临了。

勃发现代化气息的上海机场，人声鼎沸，熙熙攘攘。在拥挤的人流中，出现了一个急匆匆的身影，他就是要赶往南宁老家准备陪母亲过年的黄守新。突然，黄守新被一个人拉住了，那人一把抱住黄守新，兴高采烈地问道：“‘黄海龟’，你不是在美国吗？怎么在上海呢？”那人就是时任广西区文化厅厅长，是黄守新 10 年前在共青团南宁市委工作时的领导。

厅长向黄守新问起了他别后 10 年的情况。黄守新告诉老领导，自己现在已经学成归国，现在是美国威达国际管理公司中国执行总裁，负责首都机场、上海机场、广州白云机场的媒体网络建设，目前已建成了亚洲最大的机场媒体管理网络。

厅长也给黄守新谈了广西发展文化产业的设想，并热情地邀请黄守新回家乡创业。

3 天后，为了表示对黄守新的欢迎，厅长特意在广西文化厅主持召开了一次广西文化产业发展工作座谈会，有不少广西文化艺术界精英和大师们到场。实际上，这是一次文化项目推介会，唯一的受推对象就是黄守新，这位他们心目中的“留洋专家”。厅长顺便向黄守新推荐了一个计划总投资规模达 2.5 亿元的“大项目”，他还告诉黄守新，该项目是广西文化厅的一个重点项目，厅里已委任梅帅元在负责运作，但由于资金到不了位等原因在两年多的筹备时间里一直没有进展，已是厅里的一大“心病”，这个项目暂定名“实景歌剧《刘三姐》”。

黄守新当时还是没有被这个项目打动，因为他在上海还有事业在做。但是，黄守新的到来，给了梅帅元一个启发：这个“海归专家”肯定有想法，动员他加入，没准能够成功！

阳春四月，阳光明媚，激情荡漾。梅帅元专程来到黄守新位于上海金茂大厦 25 楼的办公室，这让黄守新有些吃惊。在梅帅元的真诚相邀下，两个经历完全不同的人终于有了一见如故的感受，黄守新被梅帅元为艺术、为事业执著追求的可贵精神所打动，更为梅帅元描绘的美好前景所吸引。

5 月，黄守新专程从上海来到了桂林市，梅帅元热情主持接待，他迫不及待地要立即把黄守新带进如诗如画的漓江风景中。眼前的美景的确让人陶醉，梅帅元山水歌舞的激情，也把黄守新给感染了，两颗心在山水间产生了碰撞。桂林山水果然名不虚传，初来乍到的黄守新由衷发出赞叹。

可当黄守新来到梅帅元的办公室一看，却顿时心里凉了半截。穿过闹市，走进茂林修竹，梅帅元引导着黄守新来到了位于漓江边上的一幢闲置别墅里。然而，这里的真实状况让黄守新大失所望：他甚至在想，是否是一个“圈套”，是梅帅元想让他为其收拾“乱摊子”的：

一是桂林大自然文化产业公司所租用的办公场所已有数月没有交房租了，文档打包，人去楼空。

二是公司账上无分文，还负债累累。其中有位合作伙伴还因四处筹集资金无法偿还，被人告发涉嫌诈骗锒铛入狱。

三是梅帅元也准备要背井离乡远走海外了，他说他早已办好了移民澳洲的护照，但他还心有不甘，就看黄守新的决心，他才做最后的决定。

四是租用市郊工人疗养院暂时办公的张艺谋漓江艺术学校财务告急，近百名学生生活堪忧，只有一名看门大叔和一名财务人员在坚守。无能为力、忧心忡忡的胡校长急得四处求“佛”，寻找资金救急。

据以上四点，黄守新当时给出的结论是：

一是桂林大自然文化产业公司名存实亡；

二是“实景歌剧《刘三姐》”仍然是纸上谈兵；

三是“实景歌剧《刘三姐》”项目岌岌可危，负责人梅帅元面临严重经济危机和信誉危局，随时有可能背井离乡远走海外；

四是张艺谋的声誉受到严峻考验。

不过，黄守新是一个拿得起放得下的人，他索性借此机会痛痛快快地畅游一回漓江。

也许这正是梅帅元的高明之处，也许是漓江山水实在是太有诱惑力了，也许黄守新本就是性情中人，在他与梅帅元游玩了漓江之后，黄守新与张艺谋一样同样看好阳朔山水，并对梅帅元有了一个全新的认识，对“实景歌剧《刘三姐》”项目的态度发生大转变：他认为梅帅元的创意很不错，项目是好的，只要包装好了，资金可以“迎刃而解”。但是艺术家出身的梅帅元尚在商海中学习游泳，需要专业的支持。这么好的一片山水，这么美丽的传说，如果不把她们利用起来，真的是辜负了这片好山好水。

说干就干。就在这年5月，黄守新最大的一笔投资630万元全部汇到了梅帅元指定的大自然公司账户里。当梅帅元收到这笔款时，真的有点喜出望外，他悬在心中的一块石头终于落地了：他不用远离家乡，出走海外了。

更让梅帅元惊喜的是，不到一个的月时间，黄守新就放弃了在跨国公司年薪上百万的高职高位待遇，毅然来到了桂林，同梅帅元一起，开始了长达近3年的“刘三姐”的职业经理人生涯，担任了“刘三姐实景歌剧”项目的第一任董事、总经理。

（原载2010年11月（下）《今日南国》杂志总第169期，该文为《山歌唱出十个亿：印象刘三姐幕后的故事》一书（2011年3月由西苑出版社出版）出版前的精简宣传稿之一）

《印象·刘三姐》炼成传奇（下）

高明：职业经理人对“刘三姐”动“砍刀”

置身漓江山水中，黄守新只有在这个时候才能静下心来对“实景歌剧刘三姐”项目进行仔细思量。经过深入研究，他认为最初的“实景歌剧刘三姐”这个项目太虚了，投资要2.5个亿，这么大的投资，回报周期太长不说，能够参与的单位和个人也太少了，这是犯了经济学原理大忌。于是，这个在国外研读MBA的管理者、在美国银行工作多年的投融资专家，决定挥动大“砍刀”，狠狠砍向“刘三姐”。黄守新也顾不得梅帅元的心疼，把其中华而不实的东西一概去掉，最后只剩下了一些可以实际操作的项目。经过黄守新这么几轮刀砍斧削，梅帅元原计划2.5亿元的投资项目最后只需要8000万元了。当时预计年盈利3000万元，回本3年就够了，这样的条件，可以吸引大量的投资者。

接着，黄守新又提出要把他先前投入的630万元启动资金全部用来购地，梅帅元实在担心，钱到时候不够花怎么办？一个要购地，一个只同意租地。

围绕如何使用眼前有限的资金问题，两人争得不可开交。这时候的梅帅元心里直发怵。梅帅元担心的是，项目小了张艺谋真还不一定看得上，就是看得上，几千万的投资仍还是个未知数。与其做大项目难随愿，倒不如看菜吃饭就地搞一个“农家乐”之类的小项目算了。梅帅元与黄守新交心，提出想用630万元在这漓江边上搞个民俗特色餐馆配套表演艺术招待来自五湖四海的游客，就连名字都想好了就叫“刘三姐渔村”。他坚信合两人之力，一个抓经营管理，一个搞些文艺节目组织，同样能做成大事业。黄守新又何尝不想在这真实的世外桃源里过上梅帅元描述的神仙般的生活？但他不想这么过，他对梅帅元说，我与张艺谋大导演一样也是冲着《刘三姐》这个实景歌剧来的，要是搞什么小渔村的话，我就不来投资了。

黄守新主张买地，理由是当时的地比较便宜，而且只要项目上去了，地就值钱了。然后，就可以利用这块地来向银行贷款融资。在黄守新的力争下，他们通过共同努力最终以 5 万元一亩的价格，在阳朔书童山下的漓江边上，用 600 万元购买了 110 亩土地。正是这个决定，才有了后来的向企业融资，向银行贷款等项目的顺利推进。

机缘：化工企业被“忽悠”进“文化圈”

把投入的钱全部拿去买了地，梅帅元不由得暗暗为“刘三姐”捏了一把汗，要是融不到资，光有这块地有什么用？而黄守新毕竟是经过大风浪的，他在暗暗等待时机，寻找着一切可能的机会。

一次偶然的机会，梅帅元家乡的一个朋友来找他办事，这人名叫邝义怀，是广西宜州市一铜业公司负责人，他向梅帅元说起在宜州有一家公司很有实力，经营也不错，而且他与公司的领导很熟知，如果有需要他可以帮引见引见。他说的这家公司就是广西维尼纶集团有限责任公司，一家大型国有企业。梅帅元凭直觉说不行，化工企业从来没有涉足过文化产业，怎么可能会投资呢？

当时的广维集团是一个做实体经济的国有大型生产企业，为国家重点扶持的 520 家骨干企业之一，而且建成投产 20 多年里，企业效益一直很好，他们也从来没有涉足过文化产业、旅游产业等无形产品，让这样一个企业来投资“实景歌剧《刘三姐》”几乎是不可能完成的任务。

黄守新却感觉到了这是一个好机会，因为宜州是刘三姐的故乡，是刘三姐出生的地方。同时，黄守新了解到“广维”正面临着转产，发展文化和旅游产业正是“广维”的好机会。

他鼓动梅帅元回老家看看。梅帅元果然不负所望，把宜州广维集团的领导请到了阳朔。在黄守新的一轮游说下，广维集团的领导高层对这个项目动了心。这年 5 月，梅帅元与黄守新又亲自来到广维集团，参加了广维集团的职代会，在会上进行游说。两人说到激动和高潮部分时不时场下报以阵阵热烈掌声。一切都来得相当愉快和顺利，没想到当天到场的 95%的广维职工都投了赞成票。

一个文化旅游项目就这样被介绍到一家化工、化纤企业。广维集团董事会仅用了一个月时间便做出了投资决定，并将3000万元资本金打入了该项目账户后，才派出代表人员到阳朔具体洽谈项目合作事项。

2001年7月18日，由广西维尼纶集团公司与广西文华艺术有限责任公司共同组建的桂林广维文华旅游文化产业有限公司成立，覃济清出任董事长，由此，实景歌剧《刘三姐》项目正式动工。

惊险："广维"资金链断档，《刘三姐》再临生死劫

在黄守新等人的操控下，书童山下大兴土木，开始了实景剧场的建设，并开始了实景歌剧的导演。但是，出乎覃济清等人意料的是，钱如流水一样被花掉，很快就出现了捉襟见肘的局面。

当文学艺术上升到表演艺术并与实际生活结合起来，就免不了会出现无数次惊心动魄的局面。对此，实干家、企业家出身的覃济清等人也许从来不曾遭遇过，眼看着艺术大师们的每一次更新，广维人的心就跟着哆嗦一次，因为覃济清等人当下总算搞明白了一个道理，原来的方案一经修改，资金就要不断往里头追加。

"我们搞工业产品所有的投入都是可控的，有预算的，但是搞艺术这个投入和我们原来整个使用的模式不一样，投下去了，刚刚做好的东西，第二天可能又不行了。后面还有多少次？我不知道。这个时候我才知道这趟水有多深，资金没法控制。"覃济清说起这事至今还有些后怕。

3000万元已经基本花完了，还得要重新贷款。还好，覃济清不愧是有远见的企业家，凭着多年的信誉，在项目刚刚启动时，他就与一家常有过往来的金融机构打了招呼，对方也答应了1900万元的贷款。然而，到了用钱的关键时候了，覃济清万万没有想到被本该守信用的人开了"空头支票"。

如果这个贷款拿不下来，前面的3000万元打水漂，后面的事有没有办法，这个项目怎么发展，怎么再做下去。这时，公司里面的不同意见放大了，覃济清等人面临从来没有过的困惑和尴尬。

幸运：银行争相伸出"橄榄枝"

没有了资金血液的输送，"刘三姐"项目眼看着就支撑不下去了，"广维"不得不决定转让项目以挽回一些损失。黄守新担心"广维""贱卖"了事，便与"广

维”签订了转让协议，并支付了300万元保证金。

为了不让这个项目胎死腹中，黄守新接连出击，先后拜访了自己在美国的合作伙伴以及深圳华侨城的老总们，数经谈判后，深圳华侨城有意接手该项目。然而，天有不测风云，此时的漓江却爆发了“遇龙河风波”，当时国内首富刘永好欲花10亿元买断漓江山水，被有关部门紧急叫停。这事明显影响了华侨城的投资情绪，只得遗憾地放弃了收购“刘三姐”。

这时候的黄守新面临着从未有过的极大压力。自己先前所有的付出真的打了水漂事小，一纸合约还让他欠下了“广维”数千万元的债务，回想自己辛辛苦苦为了《刘三姐》日夜奔忙，换来的却是眼前的一副“烂摊子”，心中像打翻了五味瓶一样真不是滋味，为什么会弄成当下不可收拾的局面，黄守新百思不得其解。

“塞翁失马，焉知非福？”尽管与华侨城的合作没有成功，但是华侨城的介入，就是对黄守新所坚持要做的事业的最大肯定，就是对《刘三姐》现实价值的一次权威鉴定，就是对旅游文化产业巨大市场空间和巨大投资价值的一次现身说法。

这让那些过去对黄守新、对《刘三姐》项目持怀疑态度的人们发生了转折性的变化，尤其是当地银行也看到了“金光闪闪”的生财之道，纷纷向《刘三姐》项目伸出了橄榄枝。

当地工商银行首先提出了给《刘三姐》贷款1600万元的设想，并频频邀请黄守新等人进行洽谈。当地农业银行更是抛出了一个更加诱人的计划：可以全部解决《刘三姐》的资金难题。对此，“广维”更加坚定了信心，同意为贷款担保。而且重新继续当上了《刘三姐》的东家。

当第一笔贷款2000万元打到“广维”的银行账号上时，覃济清激动地说了一句话：“感谢农行雪中送炭！”又一次的绝处逢生。谁会想到，这样一个文艺演出，资金的贷款竟然是农业银行，投资人竟是一个化工企业。这一次，终于万事俱备，剧组的排练顺风顺水，《印象·刘三姐》终于撩开神秘的面纱，展现在众人面前。“台前的《印象·刘三姐》，展现的是恢宏、壮阔、迷离；幕后的映出的是人生百相，有机缘、有巧合、有釜底抽薪、有雪中送炭。然而，最重要的是坚持，看准目标的坚持。不是吗？”央视国际《财富故事会》主持人潮东对这事给予的精辟评点耐人寻味。

有了资金保障，艺术家得以集中精力进行创作。在梅帅元、张艺谋的邀请下，王潮歌、樊跃正式加入“印象”剧组。随后，几位艺术家在阳朔举办了盛况空前的第四届“阳朔渔火节”，其中的压轴戏《锦绣漓江》就是以书童山漓江山水为真实背景，被誉为《印象·刘三姐》的预演，奠定了《刘三姐》在书童山的“江湖地位”和在阳朔旅游中的品牌地位，表明张艺谋和王潮歌、樊跃“铁三角”正式形成。

（原载2010年12月（上）《今日南国》杂志总第170期，该文为《山歌唱出十个亿：印象刘三姐幕后的故事》一书（2011年3月由西苑出版社出版）出版前的精简宣传稿之二）

挥动的“左右手”

——感以国际“金棕榈奖”得主张国荣演艺生涯

四月的香江已是春江水暖、生机勃发的娇媚季节，可“哥哥”却这般忧郁、困惑，最终“金马”《Stand up》“洒脱一跳”，巨星陨落。

震撼、惊愕之余，惟愿“愚人节”“恶作”再现，然张国荣哥哥真的只留下“呢很辛苦”、“不能再忍受”《Untitled》“绝唱”，就匆匆“谢”别了“各位朋友”。

《这些年来》，名人雁过，艺人花落，生死谜题几人能解析。《霸王别姬》千古演绎，然其“金棕榈”生涯及艺术生命里的《三文治》和《Virgin Snow》当《阿飞正传》《风继续吹》。

《不羁的风》《追》《爱火》，《金枝玉叶》的《锦绣前程》如此惬意。寻常百姓《家有喜事》《红楼春上春》享《豪门夜宴》只有《偶然》，可《金枝玉叶》之流相比《偶然》之辈常生“豪门”事端，香港文华酒店楼下那滩“殷红”久久令人揪心。

才女作家三毛《情人节》《陪你倒数》《星月童话》刻骨铭心的《Summer Romance》，却因《缘分》《烟飞烟灭》魂断异域沙漠《Final Encounter》；一代艳星陈宝莲《Hot Summer》《新上海滩》《夜半歌声》香消玉殒，《红颜白发》《倩女幽魂》凄婉阑珊江南夜；演艺巨星张国荣《烈火青春》《求爱反斗星》，《纵横四海》《左右情缘》《红》极一时，《金枝玉叶Ⅱ》度《侧面》《色情男女》又《东邪西毒》《胭脂扣》，自演《杀之恋》……缘何《柠檬可乐》的《龙凤智多星》和《大富之家》，偏在《香蕉成就时Ⅱ》过不去那道“坎”。霸王《枪王》，奢求《金玉满堂》，还是《为你钟情》?《射雕英雄之东成西就》人物也好，《失业生》也罢，只要是

《有心人》就得沐浴《风月》。

鄙人早已过了《一片痴》年代，一生笨拙横竖不会逢人遇事《九星报喜》甚或《喝彩》《鼓手》，也从不曾想《爱慕》他人《花田喜事》，只愿“伦常”国度多“宽容”。

《杨过与小龙女》《第一次》《春光乍泄》时《恋栈冲绳》，情结《新最佳拍档》，说好《圣诞快乐》时温存《红色恋人》。不幸《大热》刚临，《蓝江传反飞组风云》突起，从此“杨过”孑然遥思《流星语》。哀兮，恨兮，《缘分》的天空何以总不随人意，《I Like Dreaming》《当真就好》，国荣出道和复出歌坛时始终深深呼喊，可《有谁共鸣》?《霸王别姬》悲壮兮：“我本是美娇娘，不是男儿身。”

无论什么人走到今天这步实属不易，正如国荣曾代蝶衣言：之所以有今天，都是一步步走过来的。这回他又义无反顾地走了，且是一走了之，但活着的人们并没有过分“渲染”，应该是予其为人和口碑评颁“致敬大奖”，假使国荣冥下有知当感欣慰。研究表明类似“无望一跳”的背后都有“抑郁症”不散的阴影，且有从外向内蔓延之趋势，也许《安娜玛德莲娜》“感染”凡夫俗子真是“国际流行”，难道哥哥的《异度空间》真已登峰造极。还是哲人会讲理，世间万事万物皆有“内因”和“外因”“始作蛹”，就像国荣之“心痛”《白发魔女传Ⅱ》，所以“痛”所以有“病根痛源”。人生的确有太多的无奈，“鲜花”与“荆棘”总是同生同存，此乃亘古自然法则。要紧的是身处纸醉金迷时代的“宠儿们”如何把握好“名利资本”，不妨多练一练“自我克制”功夫，然否一旦遭遇《地裂天陷》何凭自救自拔。

也有请天下本性善良的人儿时时刻刻坚定起顽强生活的勇气和信念，敢于迎战《倩女幽魂Ⅱ人间道》一切磨难。除此，这世界还应多一点温存和关爱，多以己之“心痛”抚人之“心痛”，这或许也是避免“悲剧”重演的一剂良方。

一骑绝尘（陈宁生　摄）

既然太累了，就安心歇会儿吧！国荣哥哥，不管你在《异度空间》会不会念起《当年情》《梦到内河》……想必世人会永远记住你的名字——张国荣和你留下的“20世纪百年金曲”冠军《MONICA》及你的《英雄本色Ⅱ》“金像”，还有你仍在“至尊乐坛”不停挥动的《左右手》。

注：张国荣从1977、1978年参加“亚洲业余歌唱比赛”获香港地区亚军，发行首张个人专辑《I Like Dreaming》，拍摄首部电影《红楼春上春》出道，到1993年主演《霸王别姬》获国际“金棕榈奖”问鼎影帝，歌曲《追》获香港电影金像奖“最佳电影歌曲奖”提名红极一时；又从1995年加盟滚石唱片，发行专辑《宠爱》正式复出歌坛，到2002年拍摄电影《异度空间》登临巅峰。20多年演艺生涯共经历了发行个人专辑和拍摄电影并获各类大奖90多辑部（次）的大事，“金棕榈”够沉够甸。现精选其中大部分作品及大奖名串联成文，虽难免有些牵强，谨此表达对张国荣哥哥的怀念。

（原载2003年4月《南宁交通征稽》杂志第1期）

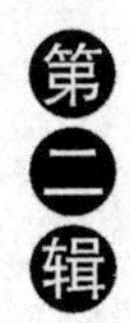

纪实与思考

“急流涌进，不进则退。”在多重机遇和挑战来临之际，八桂大地在深入实施“富民兴桂新跨越”战略中，所付出的努力和心血是坚实的，也是艰辛的，同时也给人以启迪与深思。

“换脑”的迫切性

连日来，八桂大地掀起了新一轮解放思想再讨论热潮，不亚于炎炎夏季里的热潮涌动的广西新一轮大开放、大开发及跨越式大发展的新热点……

“解放思想，实事求是”是邓小平理论的精髓，中国改革开放20多年取得的辉煌成就正是得益于这一伟大理论的正确指导。面向新世纪，面向未来，面临新的机遇和挑战，党的十六大又进一步继承、发展为“解放思想，实事求是，与时俱进”的科学论断，这亦即是“三个代表”重要思想的精华。从此，13亿中国人民开始了在“三个代表”重要思想的指导下，豪情满怀地向着全面建设小康社会奋斗目标迈进。

换脑（徐铁军　作）

“小康社会”有准确的数字衡量标准，笔者这里就通俗地描述为“幸福社会”，亦或说就是我们的“幸福生活”时代。毋庸置疑，美妙的宏伟蓝图已绘就，为此，我们没有理由不为我们的美好前途着想，更没有理由放弃自己的幸福生活。实质上这种幸福生活离我们也仅一步之遥，关键要看我们能不能真正解放思想，大胆跨越这一步。

所谓解放思想，就是“解锁”，就是要解除禁锢我们思想的一些陈旧、落后的思想观念，就是要敢于跳出条条框框的制约，就是要敢于破旧立新，就是要放弃畏缩心态及由此而形成的一切不合时宜的“沉渍”。

上个世纪90年代初一曲“春天的故事”奏响，一股“敢”风劲吹，迅猛带来了以深圳为代表的沿海开放城市的崛起和超常规发展，并因之出现了可怕的“珠三角”发展现象。以江泽民同志为核心的第三代中央领导集体决策进一步扩大对外开放程度和水平，短时间内又带来了以上海、以浦东为龙头的“长三角”神奇发展效应……

与珠江一衣带水、与广东毗邻而居的广西应该说受惠于改革开放大好形势也取得了不菲成绩。然而，同时被列为沿海开放城市的北海之于深圳已远远落伍，“南北钦防”较之于“珠江三角洲”保守估计也落后了20年。对此，笔者曾深入珠江三角洲进行过长达2个月时间的实地考察，虽然只能算是“走马观花”，但耳濡目染最大的感受是这里的思想观念的领潮性和开放意识的强烈性及由此带来的工业化和城乡一体化水平，对广西来说还得奋勇追赶，同比长江三角洲也是值得广西学习的“大哥大”。

经济势力的比拼，究其实质是人的比拼，是人的思想比拼，看谁的开放意识强，看谁真正解放了思想、更新了观念，也就是说看谁“换脑”抢先一步。反之，思想不解放导致的后果就等同于不进步，等同于落后，不敢说只能过贫穷生活，但至少还停留在“温饱线”上，这与“全面小康”的差距究竟有多大不言而喻，这些正是我们这次解放思想再讨论要充分认识的中心问题，每一位广西人的确到了解放思想再讨论并付诸实际行动“换脑”的攸关时刻了！

时空跨入崭新的21世纪，全球经济一体化及世界多极化是大势所趋，中国正成为世界经济强林之中的闪亮点。“入世”进程稳步推进，“中国—东盟自由贸易区”将引领世界之最，西部大开发如火如荼，中国大市场诱现勃勃商机，广西大发展的新机遇和挑战同样正扑面而来。城镇化建设步伐加快正日渐缩小广西城乡差距；“136工程”的成功实施正带来首府绿城形象光彩照人；“广西旅游大省（区）”叫响的同时正吸引着海内外投资者的慧眼；以南宁、北海等城市为代表的房地产升温又红火，使得广西正成为“招凤引蝶”又宜“安巢”的乐土；西南出海大通道建设日显突出和完善；广西正走向东南亚，正走向世界。国际国内形势发展逼人，广西大跨越正迫切需要广西人进一步解放思想，与时俱进。“急流涌进，不进则退”，广西又到了新一轮大发展的生死存亡之际，若果这一次再落伍、再落后，届时4700万壮乡人民决不会答应。

作为肩负广西社会经济全面发展“先行官”重任的广西交通征稽人，与时俱进更是义不容辞，“换脑”更应率先而动。然而，由于种种原因（如税费改革等），前些年广西交通征稽人的思想明显陷入了“保守派”的泥潭，行业发展相对也出现了“欲拔不能”的被动局面。坚持“改革、发展和稳定”的方针是党和国家保障社会经济稳步发展和长治久安的大计，只有改革，才有发展，只有发展，才有稳定，三者互联互促互进，任何以改革为托词而自甘落后的思想和言行都是不应该的。“税费改革”是国家的大政方略，利国利民，每一个交通征稽人应积极支持改革，参与改革，大胆投身改革。

南宁交通征稽早些年也落后了，无论是办公工作条件，还是对外征收服务环境，还是单位整体文明程度都与首府征稽形象及首府城市的发展需要不相衬，深究其因，又是因为一些人年年等待观望国家改革，不思进取，甚或说这些人根本不愿意适时“换脑”，结果既导致一些人从思想麻木演变为胸无大志、人生前途渺茫、情绪波动、人心浮动、队伍不够稳定，又忽视了单位自身建设和发展，最终社会形象打折扣，外部征收环境恶劣，征收工作难度加大。这些都是南宁交通征稽人在开展解放思想再讨论时要深刻反思的又一主题。

落后并不可怕，最重要的是痛定思痛，痛下决心，及时采取切实措施尽快扭转被动局面。值得欣慰的是，今年来，在自治区交通厅、自治区公路局及南宁公路局党委的正确领导和大力支持下，在南宁处新领导班子的带领下，经过全处干部职工的辛勤努力，仅短短半年多的时间南宁处上上下下就发生了翻天覆地的变化。处机关及市内 4 所办公征费环境变了，机关工作作风改善了，职工服务意识增强了，单位形象和知名度提高了，征收任务已超额完成上半年计划。这些成绩的取得正是源于处新一届领导班子认真贯彻落实“三个代表”重要思想，团结和带领全处干部职工进一步解放思想，实事求是，与时俱进，开拓创新，锐意进取的结晶。

然而，在充分肯定成绩的同时，我们还应当清醒地看到我们的工作中存在的一些实际问题和突出问题，诸如南宁处上半年检查考核中指出的系列问题，实在让人有些忧心。俗话说：“没有规矩，不成方圆”。处新领导班子决策的建章立制规范管理，就是要把全处上下和基层各单位及每一位职工的思想，统一到与时俱进，开拓创新，共谋发展的大局上来，从而把整个行业、整支队伍带人崭新的 21 世纪。然时至今日，仍有一些人要么思想僵化，停留过去；要么一味“循规蹈矩”，不思进取，自设障碍；要么思想游离，我行我素，当“独行侠”；要么官僚主义严重，服务意识差劲；要么形式主义盛行，工作作风浮散。如此一来，就会导致政令不通不畅，规章不遵不循，制度不落实不到位，工作不认真不负责，集体不团结缺乏凝聚力，根本无从谈起统一思想，齐心协力完成好上级布置的任务，一个单位的管理也无从谈起制度化、规范化、现代化。显然这种局面的出现就会跟不上形势发展的需要，其命运又是落伍，新世纪的每一个智者都是不甘认此命的。对此，南宁处的有关科室和基层所深刻反思过后该警醒了！以找查问题规范管理行为为主宗旨的上半年度基础管理“擂台赛”已告一段落，各所在比分数高低的同时，另一场“擂台赛”紧接着应该打得更激烈、更残酷……

“落后就会挨打”这是天底下不公平却是合理的道道。一俟南宁处2003年年终擂台赛分出高低时，一些思想依旧保守者，一些拒不执行上级管理要求者，一些知错难改者，一些不愿“换脑”者，都是要“挨打板子”的，个别人为造成恶劣影响者除了换位换岗换人外，恐怕还得“丢乌纱”、“丢饭碗”……

鼓紧催人急，与时俱进千帆竞，大胆解放思想，大胆“换脑”，豪情满怀奔小康正当是时，而且非常迫切。

（原载《2003年8月〈南宁交通征稽〉杂志第7期“解放思想再讨论专稿”》）

编后语：今年来，广西区党委作出解放思想再讨论决定，不仅对广西进一步扩大对外开放水平，加快经济发展步伐具有十分重要的意义，同时对广西尽快实现富民兴桂新跨越和全面建设小康社会目标有着直接推动作用。

显而易见，此次开展解放思想再讨论，就是要求全区各行各业付诸实际行动解除各种束缚发展的障碍及种种条条框框，简言之就是要为广西的发展“解锁”，从思想上、从行动上革除“藩篱”，惟此才能真正实现广西的新跨越。

作为担当经济发展“先行者”重任的公路交通部门更应当成为解放思想的“先锋”，从本期起编辑部特精选一批“解放思想再讨论专稿”对此作精辟阐述和深刻诠释。对我们交通征稽部门来说，“切实转变工作作风”，“增强五个意识”，彻底清除“形式主义这一解放思想的最大障碍”等正当是时。不然为什么一些人的工作作风依然转变不了？不然为什么一些人的服务意识和创新意识还是跟不上时代发展的需要？不然为什么处领导一再强调抓工作要实而再实，却总有一些人华而不实搞形式？不然为什么我们身处的大都市即将或正在因“树立经营城市资产新理念”而日新月异变化，却有人知之甚少？究其根源，问题在思想上，毛病在观念上，是一些人的思想不够解放，是一些人的观念没有更新，是一些人的开放意识和创新意识的欠缺，是一些人仍然存在官僚主义和形式主义的障碍……看来“换脑”的迫切性的确已相当迫切！

实质上，道理很简单：只有解放思想改革创新，才能谋求交通征稽工作的新发展：只有尽心尽力为国家多征收交通规费和税，才能支持大力发展交通事业；只有交通基础设施完善好，才能促进城市的繁荣，才能促进经济腾飞；只有社会经济的快速推动，才能早日实现全面建设小康社会的目标，才有我们的美好未来。

解放思想，实事求是，与时俱进，是“三个代表”重要思想的要求，是时代发展的需要，是广西加快发展的动力源，是南宁交通征稽再创辉煌的关键。

创新打造广西首个国防教育一条街

——青秀区大力开展国防教育的实践与启示

国防教育及双拥工作是维护国家长治久安的战略任务，是社会稳定、经济发展和部队建设的重要内容。多年以来南宁市青秀区始终把这项工作作为每年的重要宣传任务来抓，紧紧围绕中央、自治区、市的工作部署，坚持以《国防教育法》为依据，贴近城区实际，深入开展国防教育及双拥宣传工作，及时报道反映我城区国防教育及双拥工作情况，挖掘典型，组织实施各种宣传活动，为我城区国防教育及双拥工作的开展营造良好的氛围，为推动我城区向更高水平广西第一强区迈进，争当广西县区科学发展排头兵作贡献。

一、点上做强，面上拓展，深入开展国防教育及双拥宣传工作

抓点带面是新形势新任务对我们开拓进取，创新工作，探索一条适合我城区深入开展国防教育工作新路子的好形式、好办法。扩大国防教育、双拥宣传的覆盖面是提高全民国防意识、双拥意识有效方式，也是我城区近年来的一大努力方向，在对原有国防教育阵地和基地做大做强的基础上，着重在广度上不断拓展。

一是对全区中小学新生进行军训并开设国防教育课，暑期开展“少年军校”、“少年军事夏令营”活动。联合人武部、消防大队到学校开设国防知识、消防知识讲座，从学生抓起，把国防教育作为学校德育工作的一项重要内容来抓，从小培养少年儿童爱国、爱军情感，增强拥军、国防意识。我城区的桃源路小学是南宁市最早成立少年军校的学校之一，多年来，学校坚持“以国防教育为载体，全面实施素质教育”的办学理念，取得了显著的成绩，赢得了社会的赞誉。学校先后荣获“南宁市国防教育先进单位”“南宁市军（警）民共建标兵单位”、“南宁市双拥模范先进单位”、“广西壮族自治区军（警）民共建精神文明先进单位”、“全国少年军校示范校”等荣誉称号。从2007年成立少年军校的民主路小学，为激发学生爱国热情，增强国防观念和国家安全意识，培养艰苦奋斗、吃苦耐劳作风，提高学生综合素质，学校与广西武警总队联合开展军训计划，由武警官兵负责进行基本军事项目的训练，看到学生的精神风貌发生很大改变，老师和家长们都露出了欣慰的笑容。

二是扎实开展爱国主义教育、国情区情市情教育、国防教育等宣传教育活动。2007年春节在大年初一成功地组织了3000多名群众参加了升国旗仪式。2008年，组织参加南宁市迎奥运舞蹈大赛，荣获老年组一等奖、青年组二等奖的好成绩。2009年，我城区认真部署，广泛发动，扎实推进百首爱国主义歌曲进机关、进学校、进企业、进社区、进乡村，在全区掀起了抒发爱国激情，讴歌美好生活的热潮，在辖区范围内共举办爱国歌曲大家唱比赛共53场。特别是在南宁市举办的合唱比赛中，青秀区合唱队荣获“一等奖”；在自治区举办的“爱国歌曲大家唱”合唱比赛中，青秀区合唱队代表南宁市参赛荣获“一等奖”。

三是组织开展青少年爱国读书教育系列活动。2009年，组织开展青秀区青少年“改革开放三十周年”爱国主义读书教育活动征文、演讲和讲故事比赛，城区选送的小选手在6月初荣获自治区特等奖，并选送参加全国比赛。2010年5月组织我城区青少年“辉煌共和国”读书教育活动征文比赛、讲故事比赛、演讲比赛等系列活动，并从中选拔了优秀选手到南宁市参赛，取得了好成绩。

四是联合新闻媒体开设专栏加大宣传力度。主要协调《南宁日报》、《南宁晚报》和南宁电视台等新闻媒体联办专题栏目和节目《国防教育之窗》等，加大面向全社会的宣传教育力度，做到每月都有国防宣传内容见报或播放，使之成为国防教育的一个相对集中、固定的宣传阵地。

五是组织编印学习资料及发放宣传单。主要编写印制各种国防教育政策知识、征兵宣传、双拥宣传的宣传单，利用节庆日、“三下乡”等各种机会，进农村、进企业、进社区、进学校广泛向全社会发放、扩大宣传面，把国防教育深入到基层、深入到群众中去。

二、创新举措，广西首创，打造青秀区国防教育一条街

近年来，青秀区党委、政府按照上级领导的要求，深入扎实地开展各项活动，国防教育工作取得了优异成绩。2009年青秀区党委新班子上任以来，更加重视国防教育工作，按照自治区党委常委、市委车荣福书记打造更高水平广西第一强区的指示，力争在国防教育工作方面先行，力争有新的突破，区委反复研究决定，在新民路开展打造国防教育一条街，就是要以这条国防教育街的成功打造，以点带面推动青秀区国防教育向更高水平迈进，也是着眼于新形势下开展全民国防教育的实际需要，就是要结合青秀区自身特点和实情，切实保障和推动青秀区国防教育示范建设的有力开展。从 2009 年 5 月起，作为主要实施单位的城区宣传部把打造国防教育一条街当成城区党委、政府工作中的一件大事，按照市国防教育办公室的要求，与城区武装部联合，组成 2 个调研小组到乡镇、街道、社区、村进行了围绕国防教育工作的专题调研活动，并在 6 月初形成打造“青秀区国防教育一条街”调研报告。

在区委主要领导和城区党委、政府的高度重视下，城区宣传部联合各有关部门全力以赴、全力推进，按照高标准、高质量、高速度地把这条国防教育街建设成为南宁市乃至广西国防教育的一个样板工程和民心工程的要求，做了大量工作。特别是作为承办单位的城区宣传部、人武部以及打造国防教育一条街办公室全体工作人员以一流设计、一流施工、一流速度、一流效果的工作标准开展工作，精雕细琢，真正做出了精品、创出了品牌；城区机关各部门、各街道、镇、仙葫开发区、各事业单位也把关心支持国防教育作为义不容辞的责任，积极配合支持工作，为国防教育事业提供了强有力支撑；市有关部门也给予了指导支持，新民路沿街各单位及一些热心人士也大力支持配合。增强市民国防教育观念，激发军民爱国拥军、爱民奉献的政治热情，是打造国防教育一条街最直接的目的，截止到 2010 年 5 月，总投资 100 多万元的青秀区国防教育一条街全面建成。主要项目有国防教育室、大型电子显示屏、国防教育展板、宣传长廊、将帅灯柱、英雄灯柱等，并命名了一批国防教育林、将军树、红军树，国防宾馆、国防商店、国防饭店等。大型户外电子显示屏是当前最先进、最流行的宣传传播方式之一，我们坚持每天早上 8 时到晚上 22 时不间断轮流播放《中华人民共和国成立 60 周年庆祝大会》（含大阅兵及盛大游行）、《中华人民共和国成立 60 周年联欢晚会》、《历次国庆大阅兵》（原名《国庆纪事》）、中央电视台第七频道《军事天地》相关内容以及南宁市、青秀区党委、政府和驻地部队联合开展国防教育、爱国拥军等方面的内容。

这些国防教育和爱国拥军新举措，不仅在首府南宁城市里打造出了一道道亮丽风景线，更以一种亲民、贴近的形式向市民群众展示着国防教育知识和信息，让每天数万人次计的过路过往群众和参观人员在潜移默化中受到了国防知识教育，由衷地产生一种自豪感和责任感到，成为南宁市军民接受以爱国主义为核心的国防和双拥教育的一个新途径，而且得到全市军民特别是广大青少年学生拍手叫好。尤其是这条特色街的打造属广西首创，得到广州军区、区市领导的高度赞扬。

同时还投资30多万元在城区武装部打造了一个现代化的国防教育室，共设置了30多快面板及大量图片、武器模型实物等，同时运用声光、电子遥控、DVD播放等先行技术设备，详尽地介绍了从1840年鸦片战争到抗日战争、解放战争、抗美援朝、对越自卫还击战等情况，重点展示了新中国成立60年来我军现代化、正规化建设取得的辉煌成就，让受众从屈辱的历史过去过渡到拥有强大国防实力的今天，受到强烈的震撼教育，由衷激发爱国爱军热情。“青秀区国防教育室”的建立为国防教育活动提供了良好的教育新平台。采用生动活泼、通俗易懂的语言和图文并茂的形式，融思想性、知识性、可视性于一体，为全民国防教育经常化、规范化、科学化地开展提供了阵地。

三、把握主题，创新形式，大力营造“拥军优属拥政爱民”鱼水情深的舆论氛围

国防教育、双拥宣传作为我城区宣传工作的一个重点，是我们宣传新闻工作者的共识，从每年年初工作计划到阶段性工作安排，始终列为工作重点。重点联系《南宁日报》等市以上新闻媒体，进行精心策划安排，开辟“国防教育知识”和“双拥情”等宣传专栏。近年来我部平均每年被新华社、人民日报、广西日报、南宁日报、广西电视台、南宁电视、南宁电台等多家媒体采用的新闻稿件达1200多篇，其中有五分之一是我区国防教育及双拥工作的新闻报道、文学作品。同时指导和要求各乡镇（街道）、社区设立宣传栏，定期出好国防教育及双拥宣传专栏，在国防教育日、征兵等大型宣传活动中还组织宣传车进行巡回宣传。每年都在城市主要道口和车站等主要场所设置双拥宣传牌，充分利用工地围墙、公交车、灯箱广告牌等进行国防教育政策和知识宣传。

通过整合报纸、广播、电视、网络、宣传栏、广告牌等各种宣传形式的优势，做到报纸有字、电视有像，电台有声，网络有形，大力宣传中国人民解放军在巩固国防、维护国家利益、支持国家建设的重要地位和作用；宣传人民解放军在维护社会稳定、抢险救灾、发展生产、保障供给等方面作出的巨大贡献；宣传我区各条战线上的优抚对象在积极参与社会改革和促进三个文明建设中的先进事迹；宣传在拥军优属活动中涌现出来的先进人物和典型事例，在全社会营造出“爱我中华、强我国防”、“拥政爱民、拥军优属”军民鱼水情深的浓厚氛围。

“这个荣誉属于南宁这座美丽的城市，属于南宁市全体市民，是这个城市养育、培养了我……”这是2010年5月6日晚，刚刚荣获第十四届“中国青年五四奖章”荣誉称号、由我区、我市宣传推出的重大典型“爱国为民的好战士”黄胜新从北京载誉归来和记者说的第一句话。

由于黄胜新在2008抗震救灾表现突出，黄胜新被公安部消防局记个人一等功，被自治区党委评为全区抗震救灾优秀共产党员，并作为奥运火炬手参加了祥云火炬在南宁的传递活动。2008年抗震救灾立功至今，黄胜新先后在南宁等地做了十几场先进事迹报告会，并受到自治区、南宁市等多级政府部门的嘉奖。黄胜新英勇的抢险救灾事迹也早已家喻户晓，成为南宁市街头巷尾的美谈。这与我城区宣传部门积极配合南宁市和全区各大新闻媒体做好“典型树立”密不可分。

民拥军情切，军爱民意浓。正是我城区“拥军优属拥政爱民”鱼水情深的舆论氛围的营造以及青秀人民拥军优属的博大胸怀，深深地印在驻邕部队官兵的心坎上，激发了大家“把青秀区、把南宁当故乡，为全区全市的振兴无私奉献”的极大热情和自觉行动，每年一届的中国—东盟博览会、植树造林、抢险救灾等重大活动现场，处处留下了子弟兵战斗的身影。驻邕部队的广大指战员在守疆卫国的同时，情系第二故乡的热土，还积极支援地方重大项目和公益事业项目的建设，为青秀区为南宁的经济社会发展作出了重要的贡献。

（2013年12月荣获南宁市青秀区“共筑强大国防 建设美丽家园”国防教育征文比赛二等奖）

没有“最美” 只有“更美”

——青秀区打造全国“最美志愿服务社区”纪实

近日，新华社和中国文明网公布了“最美志愿者”、“最美志愿服务社区”等先进典型名单，南宁市青秀区新竹社区成为广西南宁市唯一获得全国“最美志愿服务社区”殊荣的社区。

成立于2000年12月的新竹社区位于南宁市青秀区中部，滨临被喻为壮乡首府南宁“心肺”的美丽南湖畔，是一个混合型社区，在这里生活和工作的人群有两大特点：一方面有居民住宅楼101栋，常住户3712户，大多数居民是老南宁的拆迁户和老企业的下岗人员，文化素质参差不一，困难户比较多，而且老年人多，需要照料的人多；另一方面辖区驻有自治区党委机关、中直、区直、市直机关以及企事业单位36个，大多数单位条件比较好，而且人员素质高、思想觉悟高、追求进步的年轻人也不少。如何结合实情，在“志愿服务”上作出一篇优秀文章，多年来新竹社区不断探索新思路，走出了一条具有鲜明特色的社区志愿服务新路子，其经验做法值得学习推广。

一、依托“互助互帮”传统风尚，发挥社区组织在志愿服务中的坚强主导作用

居户邻里间“互帮互助”，过去在新竹社区是一种传统风气，如何把传统发扬光大，而且要做到有组织、有计划、有规模地在全社区开展帮扶活动，并吸引更多的人参与进来，最终形成主动帮、都来帮、人人帮的可喜氛围，新竹社区始终在思考在谋划。

（一）强化管理，精心组织。“积善成德，而神明自得。”（《荀子·劝学》）社区居民自发形成的传统风气，就是社区开展“帮扶”工作的良好开端，加强管理和组织引导，找准可靠载体，就可以达到“积小善而成大德”的效果。新竹社区志愿服务工作领导小组应运而生，党委班子亲自挂帅，并把共建单位作为主体纳入到成员单位中，形成由社区牵头、辖区单位主动参与、居民群众自愿加入的志愿工作体系。领导小组定期研究部署社区志愿服务工作，制订并实施开展社区党员、青年志愿活动的工作方案，使志愿服务活动更有效。同时，建章立制，规范管理，保障社区志愿服务工作有序顺利开展。

（二）整合资源，形成合力。社区以单位、职能部门为依托进行全范围地动员，尤其是注重发挥公职人员、党员、学生等群体示范带动作用。一方面，尽量将辖区内所有公务员、工勤人员发展为志愿者，实现公务员与志愿者两个身份的统一，促进了职责与公益的融合。另一方面，积极吸收中青年加入到志愿者队伍。着力规范志愿者注册登记，优化志愿者队伍结构，推进志愿服务“注册制”，作为他们参与社会志愿服务的“身份证”。

通过整合辖区资源，联系、带动广大居民群众尤其是党员、团员青年等服务力量，形成有一定规模、有组织的志愿服务队伍。在新竹社区开展志愿服务的，不仅有专业的、社会的、辖区的、单位的，而且还有外来的。目前，新竹社区共有志愿者 1423 人，其中有注册志愿者 1283 名，实现了志愿者队伍从传统的“单一结构”到“全民参与”的转变。

（三）政府助力，打造阵地。社区是党和政府联系和服务居民群众、加强城市管理的基层组织，是构建和谐社会的重要基石。南宁市、青秀区贯彻落实中央全面推进社区建设决策部署，对新竹社区的办公服务用房改造建设给予了重点支持，2011 年近 2000 平方米的社区多功能服务中心建成。这个中心集政务服务、学习教育、文化娱乐、体育健身、技术培训为一体，开设了志愿服务站、图书室、健身房、书画苑、远程教育培训中心、儿童乐园等。加上社区多年精心打造的 1200 多平方米中心花园及配套建成的“大家乐舞台”和全民健身场所形成重要的活动阵地，居民群众与志愿者在这里随时随地可以开展关爱空巢老人、关爱残疾人、关爱留守儿童等多项志愿服务活动，搭建起社区志愿服务的新平台。

二、开展有的放矢的“精准帮扶”，推进社区志愿服务到户到人到位

志愿服务不能停留在口头上服务，要做到有的放矢的帮，真帮、实帮，帮助确有需要帮的人和事，最终实现志愿服务服务谁，帮助谁的一致目标。

（一）进楼入户，精准帮扶。欲帮助他人首先得学会了解他人，做到入百家门，了解百家事。为准确、全面了解社区居民群众的真实情况，新竹社区党委一班人长期以来坚持走街穿巷，进楼入户，不仅了解各家各户的基本情况，而且通过谈心谈话和反复多次交流，掌握每个需要帮助对象的真实想法和实际需求。社区原党委书记覃燕青就曾经被辖区居民亲切地称为“小巷总理”。拆迁户老霍文化少，身体有缺陷，家庭贫困，内心自卑，经常情绪不稳定，随时有激发邻里矛盾的潜在风险。了解这一情况后，覃燕青经常登门与他谈心聊天，给予鼓励，主动与他结成帮扶对子，帮他申请低保，帮他解决家庭实际困难等。当女儿参加工作后，深受感动的老霍主动退出低保，将福利让给了他人。苏飞云因残疾不便出门，家境困难，一度对生活失去信心，当社区现任党委书记覃毓宁了解实情后，接力帮扶及时跟进，还帮苏姐落实了辖区单位与她结对帮扶，直到她脱贫为止。

几年来，类似老霍、苏姐这样经过结对帮扶脱贫的有 10 多户，目前还有需要帮扶或正在进行帮扶中的弱势人群有低保 17 户、残疾 39 户、空巢孤寡 37 户、高龄 140 户（部分有交叉）。新竹社区“精准帮扶”之路任重道远。

（二）因需设岗，各尽所能。在摸清了社区多样化的个性需求后，新竹社区又把原来由党组织直接管理的社区志愿者服务站分别细分为：扶贫帮困队、爱心助老队、医疗义诊队、环保卫生队、就业创业队等 12 支爱心小分队，每队又因需设岗分别吸收成员 10 至 50 人，同时设置相对固定的服务项目。在不同岗位上的队员们各

出征（周少南　摄于南宁青秀万达）

尽所能，经常走进社区开展慰问孤寡老人、扶弱助残等爱心服务活动，把爱心传递到社区的每一个家庭、每一个角落，成为和谐社区建设的一只只活跃力量。

（三）小小“微心愿”，传递大温暖。随着信息化时代的快速发展，新竹社区把高科技手段引入志愿服务中，为居民群众开展征集“微心愿”活动，作为在职党员进社区活动的一项长效机制。活动开展以来，共收集到居民微心愿 385 条，已经完成 326 条。自治区党委办公厅、组织部、宣传部等单位在职党员纷纷到社区报到，积极认领微心愿，还长期结对帮扶社区 30 多户困难群众。

在此基础上新竹社区又建起了“爱心超市”，为辖区内困难群体提供每月 50 元的免费商品和互换交流平台，让社区居民将家庭富余物品拿到超市进行互换。

三、创新方式方法打造品牌，不断提升社区志愿服务品质

志愿服务不是简单的服务，更不是粗放的帮扶，怎么帮，如何帮，而且要帮就帮出成效，要在志愿服务活动中，不断提升社区志愿服务的品质。

（一）爱心储蓄，暖流涌动。为了在想提供服务者与需要帮扶对象之间，搭建一座更加便捷的“爱心桥”，新竹社区首创成立了“爱心储蓄所”。无论是本社区居民还是社会人士，只要具备参加服务的基本技能、素质，愿意提供志愿服务的人员都可以通过注册登记，成为该“储蓄所”的蓄户。“储蓄所”的日常工作由社区负责，如被服务对象需要服务时，只需向社区提出申请，社区即根据“储蓄所”储存的志愿者有关信息，就近安排志愿者为其提供服务，为居民提供有针对性的帮助，让志愿者的专长有“用武之地”。

随着爱心储蓄卡的不断扩大发行，一股人与人之间互相关爱的暖流在这张红色卡片的牵引下，在社区里源源不断涌动。经历十多年的发展，“爱心储蓄所”早已成为新竹社区志愿服务的一个品牌。

（二）专业服务，走得更远。有心做好事，不一定就做得好，有心助帮扶，没经验或难以开展。如何把社区居民自发的志愿服务，提升为有质量保障的专业服务？新竹社区联合南宁市乐益行社会工作服务中心提供专业支持，确保了志愿服务的品质。乐益行负责培训志愿者、培育骨干力量，通过中心社工+社区志愿者跟进部分服务等方式，提高志愿服务的水平。此外，在志愿服务培训方面有丰富经验的广西八桂义工协会，也经常对新竹社区给予专业指导。

（三）创新形式，拓展内容。针对学校下午放学后或寒暑假期，孩子没人管没人带，家长担心发愁的新问题。新竹社区专门组织小区居民中的教师、有文体专长的爱好者做志愿者，并设置专窗向社会招募志愿者，开展了“5 点半课堂”以及

"学校放假，社区开学"等系列活动服务。家住社区的梁雅丽教师，自从做了志愿者后，下了班就忙碌在社区的"5点半课堂"，为放学后的孩子们辅导语文、数学等课目，她还把自己家的钢琴搬来，让孩子们享受音乐的熏陶，每天沉浸在快乐的音符中。有绘画特长的黄婧，是社区向社会招募来的一名志愿者，假期一到就给社区的孩子们免费上绘画课。

像梁雅丽、黄婧这样的志愿者一批批聚集到新竹社区，他们承担着音乐、绘画，书法、英语、乒乓球等各种兴趣课课程，让孩子们安全、快乐地度过不在学校的时光，也解决了上班族家长们的后顾之忧。

四、实现志愿服务常态化，为社区志愿服务队伍不断壮大提供不竭动力

"雷锋叔叔没户口，三月来四月走。"然而常态化的志愿服务有效解决了"雷锋"的"户口"问题，让"雷锋"随时都在小区居民的身边。这是广西日报以《这里的"雷锋"有"户口"》为题，对新竹社区留住"活雷锋"给予的高度赞赏。

（一）浓浓人情味，融融其乐情。新竹社区开展关爱空巢老人"邻里相伴"志愿服务，每年重要节日都会组织社区志愿者与社区孤寡老人、空巢老人一起吃年夜饭，包汤圆吃饺子，赏明月吃月饼等，营造出的其乐融融之情，让这些老人深感社会大家庭的温暖。"子女在外面买了新房，想接我们过去住，但我们不愿意，还是喜欢这里浓浓的人情味。"社区居民刘粤源阿姨真情流露。而参与活动的志愿者也会在耳濡目染中受到感动，并转化为对空巢老人及帮扶对象的不离不弃，对志愿服务工作的不懈坚持和追求。

此外，社区坚持"五必访"制度，也是志愿者常留的一大法宝。"五必访"即有新志愿者搬来必访、志愿者家庭有新生儿的必访、志愿者有困难的必访、志愿者有生病住院的必访、志愿者有去世的必访。志愿者也是常人，也需要关爱和帮助，社区"人情味"十足了，志愿者的心暖了，奉献他人的情就更真了，动力也就更足了。

（二）角色可"互换"，"雷锋"永常在。新竹社区现有的1283名注册志愿者中，一半以上是社区居民。在这里，志愿者和受助对象的角色随时可以"互换"，邻居有困难，大家帮一把，不仅要留下外来的"雷锋"，还要让社区居民自觉地学雷锋、当雷锋。小区38栋的罗阿姨受到志愿者们热情的服务后，深受感动，主动要求注册成为社区一名志愿者，发挥所学专长帮助他人。原社区低保户陈秀珍，爱人病故，小孩辍学，得到了很多人的帮助和鼓励。社区还为她争取到了公益性岗位，自治区党委的志愿者捐款给她儿子学习驾驶技术，掌握了一门求生的本领。在众人帮扶下脱困的陈秀珍主动退出低保，上岗前，她特意找到社区“爱心储蓄所”要求成为该所的“储户”，用自己的爱心回报社会。

（三）居民得实惠，志愿者受教益。新竹社区每月都有志愿服务计划、每周有服务活动，而社区居民的互帮互助更是随时随地发生，所有在这里开展志愿服务的志愿者们，还能在志愿服务中受到尊重，实现自我提升，与社区居民形成长期互动的良好氛围。在关爱未成年人“邻里相携”志愿服务活动中，孩子们得到健康快乐成长，为之付出心血的志愿服务者倍感荣光。在维护社区环境“邻里相助”志愿服务活动中，34 名“银发巡逻队”队员，坚持每天轮值徒步巡查，成为一道弘扬文明新风的流动风景。在推广文化新竹“邻里相悦”志愿服务活动中，一场场精彩的文艺演出，既是社区向广大居民群众进行社会主义核心价值观宣传教育的生动教材，又是居民群众享受丰富多彩业余文化生活的好去处，同样也是文化志愿者展示才艺的好机会，还有更多的志愿者在这里得了文化熏陶，提升了素养。正能量在这里“好戏连台”。据统计仅 2015 年新竹社区开展集中志愿服务活动共 182 次，参加志愿者服务人数约 11000 人/次，受益居民约 10000 人次。

“让居民得实惠，让志愿者受教益。”随着新竹社区长期秉承的志愿服务理念逐步深入人心，志愿服务队伍日益壮大，志愿服务社会认同感、受尊重感、成就感正不断加深，得到服务的群众又进而加入到服务他人的志愿者队伍中来，良性循环，志愿服务精神薪火相传，为志愿服务源源不断注入了动力源泉，构成和谐社区的坚实基础。没有“最美”，只有“更美”，在已然成功斩获“全国最美志愿服务社区”殊荣的基础上，新竹社区必将在不断实现社区志愿服务常态化的道路上结出更加丰硕的果实。

（原载 2016 年 9 月中共南宁市委宣传部《南宁宣传》杂志）

南宁首个“新时代讲习所”在青秀区揭牌侧记

6月15日，南宁市首个“新时代讲习所”揭牌仪式在青秀区新竹街道新竹社区举行。南宁市委常委、宣传部部长、副市长邓亚平，自治区党委讲师团团长吴海清，青秀区委书记唐小若，党的十九大代表、自治区宣讲团成员、市四医院艾滋病科护士长杜丽群共同为“新时代讲习所”揭牌，并向新竹社区讲习员代表赠送学习书籍。市委宣传部副部长冯力致辞，青秀区委常委、宣传部部长、副区长李永耀主持活动，南宁市各县区及城区相关部门领导参加揭牌仪式。

据介绍，“新时代讲习所”是宣传贯彻党和政府各项措施、助推乡村振兴战略、决战脱贫攻坚、决胜同步小康的重要抓手，是加强基层党建、密切党群干群关系的重要渠道，是培育和弘扬社会主义核心价值观、正确引领社会风尚的重要载体，是展示基层新气象、干部群众新风貌的重要平台。南宁市对创建工作高度重视，认真贯彻要求，抓好落实，以实际行动扎实推动学习宣传贯彻习近平新时代中国特色社会主义思想往实里走、往深里走、往心里走。

随后，邓亚平一行参观了“新时代讲习所”。详细了解讲习所的阵地建设、制度管理、活动开展等情况。邓亚平部长对社区开展的讲习活动及社区建设表示赞赏，强调要充分利用“讲习所”这一平台，扎实做好习近平新时代中国特色社会主义思想和党的十九大精神宣讲工作，要制定好学习制度，完善学习内容，建好宣讲团队，力争把讲习所办成一个学习、宣传、阐释习近平新时代中国特色社会主义思想的重要教育阵地。

仪式结束后，首场讲习活动开讲。杜丽群为社区“新时代讲习所”的讲习员和党员群众进行示范宣讲，给全市创建工作提供了样板，参加观摩的各县区、各单位人员将把首个讲习所的好经验好做法带回去，传开来，迅速行动起来，积极推动“新时代讲习所”工作的全面开展。标志着南宁市基层理论宣讲阵地建设迈入新的阶段，基层理论宣讲工作将更加制度化、规范化、常态化。

据了解，南宁市将整合各乡镇、街道，村（社区）现有的党委学习室、村级服务中心、农家书屋、“道德讲堂”、“远程教育中心”等阵地，将创建1800多个“新时代讲习所”。并从当地党员干部、教师、产业带头人、“土专家”、“田秀才”、贫困村党组织第一书记和驻村工作队员中遴选讲习员，组成讲习队伍。按照“七有”即有场地、有机构、有师资、有制度、有标识、有资料、有经费的创建标准，完善场地建设、健全制度、建强队伍、丰富内容、拓展形式，做到年度有计划、月月有安排，围绕党的理论知识、社会主义核心价值观、改革开放40周年、自治区成立60周年等主题进行宣讲、同时开展各种知识技能培训，努力打造具有南宁地方特色、深受群众欢迎、推动经济社会发展的宣讲品牌。

（原载2018年7月《南宁宣传网》）

青秀区打好“组合拳”开创新局面

全区宣传部长会议召开后，青秀区迅速组织全城区宣传思想文化战线认真学习领会会议精神，及时研究部署下阶段和新年全城区宣传思想文化工作，打好“组合拳”开创宣传工作新局面。

以打造学习型典范城区为主线，理论武装工作抓好“六个一”。一是在城区本级建立健全一套完整的学习制度并进行规范化上墙；二是在城区本级创建一个标准化的学习室，以此为示范扩至全城区 22 个党工委全面建成有标准化的学习室；三是组建城区本级理论宣讲团和扩充大众宣讲团；四是在城区基层党组织中创建一批理论学习基地，最终达到所有基层党工委全面建立有理论学习基地；五是统筹加强全城区党员干部的学习教育及全民素质提升；六是尽快建成城区社会科学智囊团。

以服务党委政府工作中心为大局，对外宣传工作突出“四个新”。一是开设新的专题栏目。继续在媒体开设“实干青秀”、“青秀好人”、“美丽青秀”活动实时新闻等专栏，同时，按照社会主义核心价值观的 24 个字基本内容，在城区筛选出 12 名道德人物（或者先进集体）进行宣传。二是设计新的公益广告。以“德耀青秀”为主题，选取两位青秀区分别荣获南宁市道德模范、美德少年的先进人物以他们的声音录制成公益报时两个版本轮流在南宁电台、广西电台的广播节目中每天重复播出。三是策划新的系列报道和专版。配合动画人物“青青秀秀”的形象设计专栏角标，以青秀区深化改革新举措、生态乡村建设、旅游发展、精神文明创建、经济转型、结构调整、园区经济发展、文化建设、践行培育社会主义核心价值观、群众路线教育实践活动、保障和改善民生、依法治国等各领域工作为选题，策划有影响力的系列报道和图文专版。四是组织新的体验活动。组织辖区市民对城区开展

“整洁畅通有序大行动”和“美丽青秀·生态乡村”活动前后对比，用市民的语言述说出青秀变化的感受，述说基层工作的酸甜苦辣。

以创建全国文明城市为重点，精神文明抓好“四个一”。一是贯穿一条主线——培育和践行社会主义核心价值观。将培育和践行社会主义核心价值观作为新一年的工作主线，贯穿全年工作始终。在建设“我们的价值观”宣传展示阵地方面，精心打造新竹社区、凤岭北社区、民族东小学、桂雅路小学、茶花园路、青秀路等6个市级试点，确保出亮点，成精品。与南宁电视台合作开设“电视道德讲堂”节目，利用电视化的语言和更大范围的传播平台，宣传青秀区践行社会主义核心价值观的模范集体和个人。在未成年人中广泛开展培育和践行社会主义核心价值观系列活动，做到每个学校各有特色，亮点突出。二是狠抓一个重点——创建全国文明城市。将创建全国文明城市工作作为全年重点工作，结合“美丽青秀·整洁畅通有序大行动”、南宁市文明县区测评以及群众性精神文明建设日常工作抓实抓好。打好精神文明创建基础工作，及时调整文明委领导、成员单位名单，完善文明委会议和未成年人思想道德建设工作联席会议制度。做好各级文明单位（文明社区、文

飞驰的和谐号（麦大刚　摄于南宁市青秀区屯里）

明村镇等）培育及申报工作。继续实施文明有序提升工程，推进诚信制度化建设。完善“善行义举榜”建设，继续做好发现和推荐身边典型工作（包括身边好人、道德模范、美德少年、优秀志愿者等），进一步推进“讲文明、树新风”公益广告宣传。三是加强一个建设——未成年人思想道德建设。通过“做一个有道德的人”、洒扫应对、认星争优、日行一善、“我们的节日”等载体，在未成年人中开展培育和践行社会主义核心价值观活动。立足建设“一校一品”，打造特色，整体推进“我的中国梦”主题教育活动。利用中央专项彩票公益金，建好用好伶俐镇乡村学校少年宫。按照每个月分头整治、每季度集中整治的原则继续开展社会文化环境整治工作。四是用好一支队伍——志愿服务队伍。成立青秀区志愿服务联合会，深入推进志愿服务队伍建设，将志愿服务常态化落到实处。按照南宁市建设社区志愿服务站的规范要求，打造一批志愿服务示范站点。组建街坊邻里美丽志愿服务队。用好网络文明志愿者队伍，宣传网上正能量。

以贯彻落实全面深化改革和全面推进依法治国决策为大背景，网宣管理工作打好“五场仗”。一是建好“网信指挥部”。积极搭建城区网信领导小组办公室，全力推进城区网络安全和信息化领导小组工作。发挥城区网信领导小组及其办公室的机构作用，组织策划网络宣传、民意汇集、舆情应对、网站管理、网军建设、网评引导、网络技术保障、网络人才培养和信息化建设等一系列与互联网有关的工作。充分发挥城区网信办“指挥部”职能，科学规划，综合协调，服务城区经济社会发展大局。二是抢占“舆论主阵地”。管好用好“青秀发布”官方微博微信账号平台，专人主管运营，保证信息发布的频率，增强信息可读性和安全性，努力提高网民关注度和满意度。同时，积极推动城区各部门各单位开通官方微博微信。围绕城区重点工作，策划专题网络宣传。指导各单位加强信息采编和及时更新，策划网络宣传主题，宣传青秀好故事，展示青秀好形象，网聚青秀正能量，抢占舆论主阵地。三是掌握“舆情火力点”。网络舆情管控是工作的重中之重。一方面是增强突发舆情应对能力。不断完善舆情应对机制，推行运用应急预案。组建网评员和咨询专家团等队伍。定期或不定期召开舆情分析会议。做好网络评论引导工作。二方面是增强网舆监测技术能力。在保持日常重点监看和深化舆情信息合作的基础上，购置配备专用系统软件和移动办公设备，以提高网舆常规监控能力。四是管好用好“网军队伍”。一方面是抓好网评员（网络信息员）队伍管理。在辖区各部门各单位中布设网络信息员（即行业网评员），在基层党工委和重点部门选定骨干网评员，组建一支党性强、积极性高的网评员（网络信息员）队伍。通过召开会议和举办培训班来促进网络信息员队伍建设，不断提高网络信息员的业务能力。二方面是积极发挥舆情应对专家团作用。三方面是打造网信办（网研中心）的精干团队。补满人员编制，进行岗位设置，明确职责分工，实行绩效管理。通过创造培训和交流学习机会，提高专业技能和素质。五是积极报送“网络情报”。

以习总书记在文艺工作会上讲话为指导，文化工作重点打造“一平台三亮点”。一平台：就是打造好青秀书画苑；三大亮点：即一书一画一展。一“书”即《青秀故事》。组织作协、摄协等协会及社会名家，抓紧时间编纂《青秀故事》一书，全方位展现青秀区的靓丽风采。一“画”即漓江画派画青秀。邀请广西著名的书画流派——漓江画派的艺术家们到青秀区采风，画青秀的山、水、人、居、禽等特色景物，展现文化青秀、魅力青秀、美丽青秀、和谐青秀。一“展”即青秀10年辉煌路书画展。

（原载2015年2月自治区党委宣传部《宣传信息参考》第2期）

青秀区发展多元开放文化
营造可持续发展环境

近年来，青秀区紧紧依托丰富的社会文化资源和独特的区位环境优势，积极加大文化基础设施建设投入，不断健全完善各级文化组织，精心策划组织大型节庆、文艺展演等文化活动载体，创新文化产业发展机制，形成了兼具民族化、国际化、现代化特性的文化特色，不仅丰富了人民群众精神文化生活，促进了文化事业及产业的繁荣发展，还为城市的可持续发展营造了一个良好的社会文化环境。

一是积极加大文化基础设施建设投入。从2006年到2011年，青秀区对基层文体设施建设累计投入近2000万元，4个镇全部建成乡镇综合文化站并重新装修、配备文体设备，建设了6个村级公共服务中心、36个村级文化活动室、71个村级篮球场、107条健身路径、37个农家书屋、1个全国信息资源共享工程，并给其中大部分的场所配套了文体设施。目前，辖区内室内外的文体活动场所总面积达到244万平方米，按青秀区总人口70万算，人均达3.5平方米。

二是不断健全完善各级文化组织。青秀区通过积极扶持文艺团体发展，充分利用辖区25个专业文艺团体、130个业余文艺团体，自2006年以来共举办163项2500多场文化活动。

三是精心策划组织文化活动载体。青秀区已经打造出一批独具特色和影响力的群众文化品牌：连续两届举办的社区文化艺术节以“群众踊跃参与，节目精彩纷呈”的特色深受辖区居民欢迎；2010年首次举办的乡村社区和谐文艺大展演则搭建起“百姓大舞台”，城乡居民同台演出，演绎和谐，传递快乐；针对弱势群体开展文化活动，如组织残疾人参加各类残疾人艺术节、书画展，举行外来务工人员艺术节、趣味运动会，并将文艺演出、流动图书馆等送进工地；挖掘民俗文化亮点，伶俐镇渌口坡“百家宴”、长塘镇甜瓜旅游美食节、军山庙会等特色活动打响品牌。

四是大力发展现代化、高品质文化。独特的文化场所是青秀区发展现代化、高品质文化的基础。南湖公园流光溢彩、如梦如幻，是全市最大、最美的夜景灯光公园；南湖名树博览园集名树、亚洲最大的激光水幕电影综合水景于一体，是全国先进城市文化广场；南宁国际会展中心是广西最大、现代化程度最高、配套设施最全的会展中心；南宁市打造中国水城的标志性项目——民歌湖、目前国内最大的公益性体育园区——南宁李宁体育园等也都坐落于青秀区。更重要的是，作为广西壮族自治区党政军首脑机关所在地，首府南宁的政治、经济、文化、科技、教育、金融、信息和会展中心，以及中国-东盟博览会的主要活动地，青秀区发展文化产业特别是高端文化产业的优势明显。

五是积极打造文化产业投资平台。青秀区大力培育市场主体，开发文化资源，积极开展文化产业招商引资工作，文化产业发展态势喜人。自2006年来，辖区文化和新闻出版物经营单位总量由原来的600多家激增至900多家，增长50%，结构也不断优化。据统计，目前辖区内投资5000万以上的高档娱乐场所共有10家，超过50%的娱乐场所投资都超3000万以上。

青秀区还积极用文化提升城市品质，用文化筑造城市的“软实力”。现在，青秀区已成为最为炙手可热的投资置业区域：高品质居住区逐步形成；越来越多的中国500强、世界500强企业强势进驻；经济社会各项事业继续保持领先发展态势。

（原载2011年12月市委宣传部《宣传思想信息》，获南宁市“好信息奖”）

围绕宣传思想“重点”
提炼舆情信息“亮点”

青秀区在人员少、任务重的艰难情况下，狠抓信息报送工作，先后采取举办综合业务提升培训班、写作技巧培训会，下发宣传思想信息报送指导意见，出台有关激励方案，及时下拨工作经费等措施，极大地调动了各基层党工委及有关单位写稿组稿的积极性，有力地促进了全城区宣传思想信息报送工作顺利进展，取得了突破性的好成绩。全年报送舆情信息共 300 多篇（条），被采用 56 篇（条），其中在自治区党委宣传部《宣传信息参考》、《广西宣传》上稿 9 篇，在市委宣传部《宣传思想信息》、《南宁宣传》上稿 12 篇（幅），在南宁宣传网上稿 25 篇，有 1 篇调研报告获全市三等奖。2015 年青秀区被自治区党委宣传部和市委宣传部采用的稿件大幅提升，总分位居全市第二名，创下了青秀区此项工作的历史之最。

充分认识工作重要性，各级领导高度重视。信息工作是宣传思想工作的重要组成部分，是客观反映一个宣传部门工作的一面镜子，在交流工作、反映情况、服务决策等方面发挥着重要作用，搞好信息报送工作既是新常态下做好宣传思想信息工作的必然要求，也是新时期宣传干部必须掌握的基本功。一是作为城区党委一把手的区委书记不仅主抓理论武装和干部学习工作，还亲自批示要求区委宣传部要加强宣传思想信息报送工作；二是区委常委、宣传部部长定期听取舆情信息工作汇报，给分管副部长和具体经办人员交任务、点题目、压担子，要求舆情信息工作要围绕全城区宣传思想文化工作的重点、亮点等及时加大分析力度，认真进行归类总结。三是凡是向上报送的舆情信息，分管副部长都要亲自把关修改，理论文化室严格督促各镇、街道和其他部门，保证舆情信息能及时的、有效的报送。

建立信息管理网络，注重提炼特色亮点工作。一是建立了由宣传部、各基层党（工）委（包括宣传文化系统各单位、宣传部本部内部各办公室）和社区（村）等组成的“三位一体”信息工作网络，将焦点对准社会各个角落，注重时效性，“第一时间”采编宣传信息，收集基层干部群众对各种热点、难点问题的思想反映。先由城区宣传部根据市委宣传部的要求，向辖区各基层党工委及宣传文化系统各单位、宣传部本部内部各办公室发出信息报送的指导意见或相关收集信息的要求，再由各基层党工委向所在的社区、村等基层一线征集信息线索，然后由下而上级级报送，对于时效性强的优质信息源则可以开劈“直通车”越级报到城区宣传部分管领导或负责同志专设的信息通道上，再城区宣传部加工整理好上报市委宣传部调研室，确保了重要信息不漏失。二是在全城区设立 30 多个信息点，主要由各镇、街道、各部门及宣传文化系统各单位和宣传部内部各办公室（中心），通过多渠道收集宣传信息，为采编有价值的信息提供了有力依据和有价值建议。三是结合开展与宣传思想文化相关的重大活动，认真总结提炼创造性开展工作的新思路、新举措、新经验、新成绩，形成重点突出、亮点明确、经验典型、措施具体、操作性强和分析透彻的宣传信息。

参加 2018 南宁青秀区创意生活节新闻发布会

加大考核督促力度，保障信息报送工作顺利工展。一是对宣传思想信息报送工作实行量化管理，将此项工作任务纳入城区年度思想政治工作目标管理责任制考评重要内容，并把舆情信息的报送数及采用数同时纳入对各基层党工委的年度考核中。二是加大培训力度，推进基层信息员对舆情宣传信息撰写要领的掌握。年初，我们举办了综合业务提升培训班，邀请上级专家对全城区各基层单位的信息员进行全方位的培训，同时不定期举办小型写作技巧培训会，对一批业务骨干进行重点培养和专业指导。三是做好督促推进工作，做到每季度召开 1 次舆情信息工作推进会，对一段时间以来全城区舆情信息工作情况、存在的问题和不足等进行认真的分析和研究，并对阶段性的舆情信息工作进行动员、部署、安排。

加大经费投入，明确奖惩措施。为了充分地调动各基层党工委及有关单位写稿组稿的积极性，制定相关激励方案，明确奖惩措施，既有适当的物质奖励，又有精神鼓励，同时还有处罚办法。一是设立信息奖励工作经费，对完成信息任务好的基层单位保证及时下拨工作经费，对完成任务好的单位和个人，按篇数给予一定物质奖励，对完不成任务的单位和个人取消年终评先资格。二是每半年度对各基层单位信息报送及采用情况进行通报，让大家比比成绩、比比进展，比比脸面，让各单位受到相应“奖惩”，不能对信息报送工作应付了事。三是在年终时评选一批信息工作先进单位和先进个人，与其他工作一起在全城区宣传思想工作表彰会上一同表彰，虽然只能是以精神奖励为主，但激励作用依然很明显。

（原载2016年6月市委宣传部《宣传思想信息》，成为2016年全市调研和舆情信息工作会上经验交流发言材料，本人荣获2015年度南宁市舆情信息工作先进个人）

当地处南中国海滨的北海首开把土地推向市场的创举——以“出让土地成片开发”为突破口，迅猛掀起一度惊世的北海开发建设热潮后，人们对土地再度刮目相看。

大作土地开发文章，既实现了北海超常规发展的梦想，又使北海陷入了持续三年之久的“土地困惑”之中，下一轮北海的腾飞能否再借土地为突破口？

广西壮族自治区有关领导指出：“北海过去的发展在于土地，现在的困扰也在于土地，将来的希望还在于土地。”

盘活北海

——北海盘整土地述评

正如昔日的北海凭借土地开发一度成为世人瞩目的热点，眼下人们关注的焦点是：北海市新近出台的又一重大举措——土地盘整。

有目共睹，土地盘整工作已作为北海市改革的重头戏唱了起来，再向土地要辉煌似乎有一呼百应的号召力。不管怎么说，土地对北海的影响是不寻常的。正如广西壮族自治区有关领导所说：“北海过去的发展在于土地，现在的困扰也在于土地，将来的希望还在于土地。”

回眸土地

古南方“丝绸之路”的始发港，处北部湾畔，占地面积 3337 平方公里，背通大西南，面向东南亚，享有得天独厚的区位优势和自然条件……这就是北海，一片古老而又神奇的土地。

任凭风吹雨打，饱经沧桑。这片土地有过不平凡的经历。1984 年，北海被列为全国首批十四个沿海开放城市之一，但由于种种原因，只是平平淡淡过了几年。1992 年小平同志南巡讲话如一声春雷，北海人意识到北海不能再错过良机了。经过深深反思的阵痛后，北海当时的最高决策者们伫立在这片不再甘愿寂寞的土地上，找到了北海自身的感觉——大胆酝酿推出了拉动北海冲刺的战略决策：出让土地成片开发，以“低门槛”来“引凤筑巢”。实践证明，北海率先把土地推向市场，在短短的时间内吸引了大量资金、技术和人才，迅猛完成了建设和经济发展的原始资金积累，构建了一个初步现代化港口城市的框架是一大创举。有如航海家哥伦布发现新大陆，几乎一夜之间北海成了海内外开拓者的“淘金地”。北海火爆起来了，更火爆的是因土地开发而拉动的房地产炒卖热，一时间把“北海热”推向了巅峰。

与此同时，在土地开发过程中，北海市集中土地使用权有偿转让取得的资金投入基础设施建设。据统计，1992 年以来，累计投入资金 50 多亿元，重点进行铁路、港口、机场、城市道路及供电、供水、通讯、排污等基础设施建设。公路四通八达，钦北铁路已建成通车，港口吞吐能力进一步增强，已建成万吨级以上的码头泊位 4 个，5000 吨以下中、小泊位 16 个，机场扩建进展顺利，已基本建成“海陆空”立体交通体系；全市实现了城乡电话程控化（超 10 万门），同时开通移动电话和无线寻呼（已达 240 信道和 20 万户），邮电通讯名列全国地市级城市百强第 10 位；14 条 50~120 米宽，总长 169 公里的城市主干道网已基本建成通车。市区至铁山港一级公路全线贯通，构筑了宏大的城市新框架；供电现有 110 千伏输变电线路一条，220 千伏输电线路二条，并建有一座自备调峰火力发电厂；市区日供水能力 27 万立方米，供电、供水能够满足城市生产、生活的需要。1992 年，北海市被评为全国 40 个投资硬环境优秀城市之一。北海市城市也不断发展壮大，1994 年 12 月，经国务院批准，北海市区行政区划从原来的 275 平方公里扩大到 957 平方公里。

凭借土地开发，北海迅猛抢占了“超常规”发展的制高点，一座新兴的城市在北部湾诞生了。“仅两年的时间，北海走过了深圳特区起初五年所走的历程，北海的城市建设创造了中国城市建设历史上的奇迹。”《光明日报》记者采访北海后的简短评语把北海凭土地开发带来的辉煌作了最好总结。

盘整土地

正如一位伟人的断言：“激烈得快，平复也快”。在国家宏观调控政策的“急刹车”下，北海开发热急骤冷了下来，而且这一冷就是三个年头了。

“八五”期间北海土地开发成绩骄人，但也出现了一系列重大问题，而且也正是这些问题的存在，使今日的北海陷入了从未有过的“土地困惑”之中，也成了障碍北海社会经济全面发展的一大重要因素。

过分依赖市场的调节忽视了政府行政手段的干预作用，批租了大量未经“熟化”的土地，造成土地供求关系严重失衡，市场不规范，土地开发利用率不高，用地结构不合理，战线过长，摊子过大，建设零星分散等系列土地开发中留下的“后遗症”。具体地说，自 1992 年到 1994 年底，北海已批租土地总面积达 67.75 平方公里，占城市规划建设用地的 80%，大大超过了城市土地出让比例的上限。而且到 1995 年底，真正已经投资开发的土地不足出让土地总量的 1/5。

土地的过量批租，一方面导致政府手中土地存量匮乏，面对新来的投资者及其它方面的所需用地，政府只有被动地玩“空手道”了；另一方面，既造成了大量土地闲置、荒废，没有得到及时开发利用，又使众多投资者把数十亿的资金积压在土地上，变成了“死钱”，不利于开发商的进一步发展。

北海某房地产公司的老总说：当初他带着一帮人和数百万元资金赶潮而来北海，由于经验不足，就连他们自己也不知道现在他们手中留有的 100 多亩土地和一些房产曾经过了多少次转手炒卖，结果真正的“炒家”赚了钱飞了，留给他们的是一个沉重的包袱。现在，卖出去无人要，种一些庄稼又不会，养奶牛那片杂草根本不适合奶牛的胃口，重新开发启动无能为力，真不知该怎么办才好。

据有关方面统计提示：北海的房产形势喜忧参半。一方面北海已建成了大批商品房、商住楼、写字楼等；另一方面还有 1/3 的房产在建设或停建之中，另有 1/3 的房产半途而废困死在土地上了。退也难，进也难，是当前北海大多房地产商的普遍心态。

土地过量批租、开发利用不够，引起严重的“丢荒弃耕”，也催人警醒。据北海农业部门调查，北海市耕地面积为 119.7 万亩，其中丢荒面积达 31574 亩，占 2.64%。其中银海区、海城区、铁山港区和合浦县开发区分别丢荒 26273 亩、3081 亩、2220 多亩。据银海区反映，因开发建设、修路等影响农业生产导致农作物损失的，面积就有 8195 亩。北海市半丢荒已丢荒面积之大是惊人的，据初步估算，年直接经济损失达 4000 万以上。搞开发土地被征，或圈而不征，征而不用，使北海市郊一些农民无地耕种成了无业农民。有的农民分得了一点春苗费、安置费后，务农意识淡薄，有的把钱全部花在修自己的“安乐窝”，有的“坐吃山空”，养成好逸恶劳不良习惯，社会不安定因素也由此而生。因此，各级地方党委政府及广大农民也强烈要求回到土地上，复耕土地。

北海市委、市政府经长期深入调查研究后，在认认真真总结经验教训的基础上，经报请自治区批准，今年4月16日出台了《北海市人民政府关于盘整土地及促进房地产发展的办法》，进行土地盘整。主要目的旨在：盘活困死在土地上的大量资金，促进房地产市场的活跃，促进土地市场规范化，为北海在新一轮经济发展高潮来临之前减轻压力，卸下包袱，排除障碍，确保北海经济建设稳步、健康、快速发展。简言之土地盘整的根本目的在于盘活土地，盘活北海。

杨基常书记说：北海有今天，归功于把土地推向市场的道路，但由于经验不足在土地批租产生积极作用的同时，也存在一些问题。这些问题得不到解决，既难以实现我们确定的发展道路，又难以使土地得到最终开发，也就是说，土地问题困扰了下一步的城市建设和深化改革。鉴于此，市委、市政府及时出台了土地盘整政策，这也是我们深化改革，练好内功，为下一步发展创造一个良好基础的具体措施。市委、市政府对土地盘整寄予厚望。

土地盘整工作开展以来，不仅得到上级领导的赞赏和认可，引起了深圳、广州、海南、三亚等兄弟省市的关注，更重要的是得到了与土地盘整有直接利害关系的大多数开发商的理解、支持、配合。

6月1日，废止了蓝线图用地单位共139家，总面积达7.79平方公里。7月2日，31家用地单位的32幅规划红线图有了处理结果。下步盘整对象是占批租面积3/4的大大小小的10个开发区。总的来说，社会各界反响是正常的，还没有出现大的抵触情绪和行动。

截至记者发稿时止，多方面的信息反馈表明土地盘整工作已取得初步成效。房地产交易明显上升，到8月31日止，房地产交易中心已受理房地产交易543宗，市政府通过土地盘整已收回了11.1平方公里的土地，为下一步的招商引资和开发创造了条件。

跳出土地

土地盘整是事关北海市发展大局、建设大局的大计，市委、市政府领导多次强调要求全市各单位全力支持这项工作，齐心协力，共同把这项改革重头戏推向深入。当记者请市盘整办负责人谈谈下步盘整工作的设想及前景时，他们始终充满信心：

虽然这项工作目前难度还相当大，问题也还有不少，但我们深信只要全市上下团结一心，认真研究解决问题的最佳办法，只要众多开发商以北海的发展大局为重，通力配合此项工作，土地盘整一定能达到预期目的，也一定能成为启动北海发展的新的拉动力。

土地开发夯实了北海的基础，土地盘整正逐步解决土地开发中的遗留问题，困惑已久的房地产也正复苏，北海复活再现曙光。在此前提下，选择北海新的拉动力，树起北海更强硬的支撑点，北海下一步发展大有希望。

但据有关业内人士分析：严格地说，北海之所以出现今日严峻的被动局面，也是与过去的北海发展单单依赖土地开发为拉动力，以至出现了北海只有房地产“独行侠”支撑北海的原因分不开。因为“一枝独秀”的房地产业得不到相关产业的支持，也难以带动相关产业，最终导致城市经济畸形发展甚至停滞不前。因此，把握北海下一步发展，研究北海新的拉动力，还迫切需要我们跳出土地看北海发展，跳出土地选择北海强大的拉动力。

广西区建设厅有关领导视察北海后指出：对北海来说，旅游业不是解决财政问题，而是制造人气。工业也可以搞，还可以搞农业，将盘整收回来的土地发展优质、高效、集约经营的农业。等到城市建设确实需要这些土地时，再用也不迟。北海可以发展的另外一个产业就是住宅产业。在八十年代的经济大潮中，广西失去了很大机遇，如家电行业、服装鞋帽行业的发展明显落后，下个世纪可以大力发展的产业是住宅产业。因为居民居住质量要提高，住宅建设要实现产业化是社会发展的必然。北海要借土地盘整之东风，将住宅产业作为再创辉煌的重要产业来扶持。

世纪之交，新的历史机遇可遇不可求，北海没有理由坐失良机。

（原载1996年9月《北海开发导刊》杂志第2期，并于2000年2月被中共北海市委、市政府评为1997—1999年度社会科学优秀成果佳作奖）

世界未来学会预测：2000 年，世界人口 32%将住在城市，到 21 世纪末，住在城市的人口将会增至 90%。

世界城市化进程给城市的发展提出了更加严峻的挑战：必须超前、合理、全面规划，增强城市环境保护意识，严格控制城市环境污染。否则，人人都可预见，未来不堪重负的地球之最大公害将首先在城市爆炸。

“黑狼”向阳光海岸扑来

——来自北海外沙内港的调查与思考

“狼”行拂晓，几人警觉

也许人们还会记得，不久前发生在“海湾”的那场大战，当以美国为首的多国维和部队最终摆平了那场战争之后，恼羞成怒的伊拉克不甘速败一气之下点燃了那座蕴藏量巨大的油田。大海燃烧了，阿拉伯国家的蓝天被滚滚浓烟吞噬了，全球再次为之震惊。面对滔滔海浪卷着黑尘、油污及战争垃圾向波斯湾沿岸涌来，全世界惊呼：“黑狼来了！”

北海，南中国海一座新兴的滨海城市，因其占据北部湾畔特殊的地理位置，赋有上天独宠的自然环境，素有“阳光海岸”的美誉，且凭其醉人的风光吸引了无数海内外投资者及旅游观光者，促进北海在历史机遇的呵护下，在短短的时间里从一个小渔镇迅速发展成为今天初步现代化的港口城市，并使之逐步成为中国沿海一颗璀璨的明珠。

然而，令人遗憾的是就在“五湖四海，携手并进”共同描绘珠城美好蓝图之际，有人阵阵发出惊恐的叫声：“黑狼来了！”北海外沙内港面临严重环境污染！

一个寒风萧萧的日子，当记者赶到北海内港两岸调查情况时，昔日外沙桥附近那叫卖声声，人头攒动的海鲜一条街也难闻到那浓香扑鼻的海鲜味了，取而代之的是从内港里散发出的阵阵令人作呕的恶臭味。伫立茫茫大海边，往日那蔚蓝的大海上“惊涛拍岸，卷起千堆雪”的壮丽景观也“海市蜃楼”般惘然逝去了，看到的是黑沉沉的海水夹杂着油污、垃圾、黑淤泥等随风翻滚着。据周围群众反映，遇到大热天，从内港飘逸的恶臭味还会“翻窗入室”让人无法呼吸到清新的大海气息，简直让人无法生活下去了。更有群众担心，一个小小的内港，千船云集，港内桅杆林立，船与船相连，一旦发生火灾，无需“孔明借东风”，“火烧赤壁”的“悲壮”随时有可能在北部湾重演。加之，港口咽喉地带还“把持”有两座大型油库，内港周边还“埋伏”有13家大小加油站，另有80多艘流动加油船日夜坚持“游击战”，一朝“火烧连营”，其盛况可能不亚于“海湾大火”，到那时，“城门失火，殃及池鱼”的“悲惨世界”自然“当惊世人殊”！

“黑狼”正向我们身边扑来，早该引起人们高度警觉了！

“狼烟”四起，谁之过

南中国海有个北部湾，北部湾畔有座北海城，北海城北有个历史悠久的出海港—外沙内港，本是“佳偶天成，天造地合”的“绝作”。内港全长3535米，总面积53.7万平方米，内枕北海城，外倚方园16万平方米的外沙。这里早在1876年就曾辟为对外通商口岸，改革开放以来，日渐成为北海的重要港口以及大西南的出海口。诚然，最初成造此港的“上苍”及建港的“设计者”有其始料不及的“短见”存在，人们也因此可以找出一些譬如天长日久、海水潮积、淤泥增多、水体交换能力减弱、内港“肚量”太小等造成内港污染的客观之因及之源。但据记者随有关部门全面深入调查了解，造成内港污染的主要污染源有其“庐山真面目”：

千船云集，祸兮，福兮

随着北海经济的繁荣，渔业生产的不断发展，前来经商、营运、捕渔的船只越来越多，并最终形成今日“船多成灾”的局面，内港一大污染源由此而引发。

据不完全统计，目前，北海内港渔船多达2000余艘，从事渔业生产的渔民有8000之多，加上交通部门各类船舶300多艘，以及广东、海南、港澳等地进港加油、避风的船只，内港正常情兄下纳船达2500多艘。遇有大风，进港避风船多达4000多艘，远远超出内港合理的1600艘的负载量。而这些船只中几乎全部机动渔船及部分商船未安装油水分离装置，同时内港也未跟上含油污水回收处理站。进入港内的大部分机动船舶的压仓水、机仓水、洗仓水每天都以万吨量直接排入港内，造成污染。而大多渔民和业船人员常年累月“吃、喝、拉、撒”在港内进行，这种生活污染也是不可忽视的污染源之一。

黑流滚滚，源头何处来

工业是国家的经济命脉，也是推动社会向前发展的巨大动力，无疑北海的发展不能没有工业，而且也该成为北海经济的“重头戏”。但是，工业的发展如果不从社会效益和环境效益着想，如果不对企业在建厂布局、配套治污保护环境的设施等方面加强严格管理，那么它反过来会制约自身的发展，而且还会产生危及社会的负效应，严重者有可能深受其害。北海，过往由于某些方面的失策，现有部分工业企业与其最初建厂的宗旨背道而驰了。工业、生活污水污染已成为目前内港污染的重大来源之。

据统计，内港现有废水排污口 11 个，包括工业废水直排口、生活污水排污口和城市混合排污口三种。海角路、海堤街各路段的大多工厂的工业废水直接排入内港。城市混合排污口还汇集了市区部分工业废水和生活污水流入港内。加之部分工厂排污量严重超标，加剧了对内港的污染。据国家海洋局北海海洋管区、广西北海海洋环境监测中心站、北海市环保局等单位曾对内港范围内的排污量作过的全面调查统计，外沙桥排污口排污量为 215 万吨，地角桥排污口排污量为 124 万吨，海城水产

云集渔港（麦大刚　摄）

开发公司排污口排污量为 112 万吨。此外，城市生活污水排放量也愈来愈增多。

“垃圾填港”谁家最缺德

如果说“精卫填海”是千古传颂的佳话，那么“垃圾填港”应当遭万人唾骂。遗憾的是，北海内港周围偏偏有不少人“如法炮制”在人为制造内港污染。

据了解，现存留内港的固体废弃污染物大多是离岸较近的外沙、地角、海边街的街道居民、停泊内港的渔船渔民以及沿岸的工厂、企业，还有专供食海鲜占据外沙大片沙洲的 100 多家大排档，他们为图方便，将建筑垃圾、生活垃圾以及生产垃圾倒进港内。更让人不可思议的是，有目击者反映，他们中还有被人们喻为“马路天使”的清洁工人也“以身示范”，“以垃圾问海‘纳百川而不拒细流’的风度”，顺手把街面清扫的垃圾倾入港内。就在记者调查过程中，我们看到这样一幕，一位打扮入时的“贵夫人”不知是表里不一，还是同情环卫工人的辛劳，当她手提两袋垃圾徐徐经过街边一个专设垃圾桶时竟视而不见，公然把垃圾袋撒手远远地扔进大海中。漫步海边，看到渐被垃圾填塞的内港，闻到一股股因垃圾腐烂发臭的怪味，记者的心情像是打翻了“五味瓶”，难道这些不讲社会公德的人也是内港的污染源之一？

“恶狼”伤人，群起攻之

“恶狼”一旦出现，不仅会伤人，还会“吃人”。生死攸关时刻，仅仅是恐惧、惊叫，显然不是解决问题的根本出路，关键在于全社会都要及早行动起来，团结一致，勇敢地拿起手中的武器，觅着“狼迹”智擒“恶狼”。

“对症下药”治理内港迫在眉睫！

据记者走访有关部门负责人了解到，实际上，对内港污染问题的治理早在八十年代初就已着手，早打过一些“预防针”，下过一些“药”，内港的环境质量有所改善，但由于短期行为的存在，职能部门之间配合不力，支持不够，执法不严，管理混乱，缺乏一种统一管理协调的力度，加上内港疏浚和治理资金短缺，最终未能遏制“病情”发展，以至内港问题“积痨成疾”逐步转化成今日北海的一大“心病”。看来“心病”还需“新药”治。

内港污染问题，新一届北海市委、市政府尤为重视，内港整治工作也纳入了市府工作的议事日程，并多次召开了市长办公会议、各职能部门联系会议。广西区党委副书记、北海市委书记、市长杨基常多次批示，要求有关部门及早行动，采取得力措施，整治内港。市政府还成立了有关副市长亲自挂帅、督阵的，由建设、规划、环保、公安、交通、工商、渔监、海城区、港监等有关职能部门组成的北海内港综合治理领导小组，下设办公室。各部门也纷纷献计献策，并着手制定整治措施。

圈内人士建议：内港综合治理要进入倒计时。

去年，北海市政府组织有关部门对内港污染再次进行了全面调查，以彻底摸清“病源”，并“对症下药”求出良方：

随着北海城市规模的不断扩大，城区污水的排放量大增，要尽快建设城市污水处理厂，从根本上解决城市污水的出路问题；治理船泊排污，对入港船泊的废油进行回收，加强内港加油站和流动加油船的管理；全面清理内港，清除沉积的污染物，疏通航道，增加纳潮量，增强水体交换能力，千方百计加快南迈渔业基地建设进程；严禁向港内倾倒固体废弃物，加强对内港两岸的街道居民、泊港渔民及沿岸工厂、企业的垃圾管理，重点加强对超标排放污染物污染内港环境的工厂企业的管理；严格把好建设项目环境影响审查关，控制内港新污染产生对污染严重的企业事业单位，要坚决采取关、停、并、转、迁的措施。

按北海的地理位置和沿海生态状况，有关专家和工程技术人员作出了“陆地处理，深海排放”的北海市污水处理方案，此方案已经市政府批准。同时要尽快建成投入使用北海市红坎污水处理厂。

市环保局有关领导在接受记者采访时，对内港治理的关键性问题强调说：综合一切因素看来，内港污染主要是人为的因素造成的。多年来，人们对内港环境保护意识差，在生活上随便将废弃物倒入内港，在生产上则只注重经济效益，而轻视环境效益和社会效益。因此，要使内港环境保持清洁，要使整个北海市保持良好的环境，必须加强环保宣传教育，增强全民的环保意识，使全市人民意识到保护内港、保护环境就像保护自己的家园一样，自觉地保护内港的环境清洁，这才是环保的根本大计。

有关人士建议，市政府要在政策、财力、物力和人力方面予以大力支持，协调好各项职能部门的工作是解决问题，加快治理速度的一大关键。

记者在采访有关专业部门工作者及部分热心群众时，他们也提出了一些较为中肯的建议和设想。有人建议在北海港的附近海上再填一个“人工岛”，建成一个新的综合性的大港。有人建议把渔港转移到现在的廉州港，以减少渔船来缓解内港的严重压力。有人建议，对内港沿岸及市里有关排污企业要收取环境保护费，一则监督其污水按标排放，一则用于治理污染。

俗话说：冰冻三尺非一日之寒。内港的污染问题是长时间造成的“老大难”问题，不是一天二天能“速战速决”的问题，还需要各部门及广大群众紧密配合，下大力打一场深入持久的缚“苍龙”擒“恶狼”的大战。

还我阳光海岸灿烂明天

党的十四届五中全会在社会发展的主要任务和基本政策中指出：加强环境、生态、资源保护。坚持经济建设、城乡建设与环境建设同步规划、同步实施、同步发展。所有建设项目都要有环境保护规划和要求，特别要加强工业污染控制和治理。搞好环境保护宣传教育，增强全民环保意识，大力发展生态农业，保护农业生态环境。这是一个造福时代，泽及子孙的百年大计，国家以及各部门、各地区在制定规划时，都要体现保护资源改善环境的要求。报告在分析当前我国主要环境问题的基础上明确指出：到本世纪末，力争环境污染和生态破坏加剧趋势得到基本控制，部分城市和地区环境质量有所改善；2010 年基本改变生态环境恶化的状况，城乡环境有比较明显改善。

按此要求，北海市在把握新的历史机遇，实施“以港兴市”战略，描绘跨世纪蓝图，加快全市国民经济飞速发展，加速北海城市化进程的同时，环境保护问题也应当上升到新的认识高度，环境污染治理也应当有新的进展。今年是实施“九五”计划及 2010 年远景目标的开局年，也是’96 中国休闲度假旅游年，北海应当尽快消除全市范围的“黑狼”阴影，决不能让类似内港污染的环境污染问题影响阳光海岸的整体形象，困扰北海市社会经济的全面发展。

阳光、沙滩、海水是北海最突出的魅力，明天的北海能否永远保持诱人的“魅力”，明天的阳光海岸能否更加灿烂壮美，明天的北海能否吸引更多的海内外投资者及旅游观光者，命运就掌握在北海人民自己的手中。我们深信，在新一届北海市委、市政府的正确领导下，在各部门各单位及社会各界人士的通力合作下，北海的明天一定会正如杨基常所说：“我敢断言，北海将是广西发展最快、最有希望、最漂亮的城市！”

（截至发稿时止，外沙内港传来喜讯：在北海市委市政府领导的高度重视下，在各有关职能部门及广大群众的鼎力合作下，内港污染问题的全面整治工作已大张旗鼓展开，并取得了初步成效。我们深信：只要全市上下齐心协力、全力以赴，“黑狼”的阴霾一定会早日烟消云散，明天的阳光海岸一定会更加灿烂！）

（原载 1996 年 7 月《北海开发导刊》杂志创刊号）

“基础工程”撑起一片蓝天

——来自北海市农村基层组织建设的报道

还在中央及自治区一再强调并布置统一行动打好“九五”西南少数民族地区“扶贫”攻坚战，以巩固党在农村的执政地位，着力解决事关改革开放和社会主义现代化建设事业大局的农业、农村和农民问题之时，地处西南沿海拥有110万农业人口的北海市，已经开始抢先一步。这里的农民不仅已解决了困惑已久的“温饱问题”，而且仍不满足仅仅脱贫，过衣食无忧的好日子这种现状，正义无反顾地在各级党组织的带领下，昂首阔步奔小康……

在北海广阔的农村，许多群众发自内心地说：是市委、市政府落实中央“五个好”的目标，加强农村基层党组织建设为我们配好了得力的“班子”，找准了致富“路子”，才使我们甩掉了“贫穷帽子”！

来自中央及自治区、兄弟省市的有关领导10多次深入我市农村实地考察、了解有关情况后得出的结论是北海市农村基层组织建设工作——“基础工程”抓出了成效。

今年8月21~23日，中央农村基层组织建设交叉检查组检查北海市，对北海基层组织建设工作所取得的实绩给予了很高的评价。检查组洪复初组长评价说；“在开展农村基层组织建设中，这里的党组织根据土地位置和资源优势，走出了一条具有地方特色的经济发展路子。”“北海农村基层组织建设成绩大、后劲足、经验多、值得学习推广。我们要把北海的做法好好地向中央和中央组织部领导汇报。”

近两年来，北海市按照中央和自治区党委的总体部署，以实现“五个好”为目标，以保证北海经济运行质量、社会发展进步和在广西率先奔小康为切入点，密切联系沿海开放地区农村的实际，突出重点，捕捉特色，积极组织全社会力量积极参与、大力开展农村基层组织建设，取得了明显成效。我市现辖一县三区，有26个乡镇，343个行政村和党支部，16089名农村党员。去年起，北海市在加强农村基层组织建设中坚持全面理解和正确处理“五个好”目标的相互关系，以班子建设为保证、发展经济为目标，全市先后分三批抽调干部1930人，组成4个工作队，175个工作组驻村工作。一县三区和市县310个部委办局与343个村建立了包村责任制。经过一年多的努力，通过发展村级集体经济，已帮助297个村办起了开发项目和经济实体，占86.5%，全市已有36个亿元奔小康示范村，全市农村基本上摘掉了“空壳村”帽子，还剩下的4个今年底可望全部摘掉。通过对农村党支部进行全面整顿，到目前为止，一类支部普遍上了水平，二、三类支部普遍升了档次。在基层组织的班子配备上，大胆启用既有带领群众发展经济的觉悟，又有带领群众发展经济能力的年轻人，使整顿后的班子很有活力，农村经济发展很快。农村党支部的战斗力、号召力、凝聚力大大加强，广大群众对党更加信赖，社会主义的信念更加坚定。目前，我市农村经济普遍出现了由传统农业向农工贸综合开发转变、家庭个体经营向集约化规模经营转变的新景象。广大农村正在经历一场新的大变革。

在北海市，上自市委书记、市长，下至各级党政“一把手”、党员干部都在全心全意加强农村实践，指导农村工作，支持农村建设，为农民群众发财致富出“点子”，引“路子”，为农村经济的大发展献计献策已形成一股强大的合力，以卓有远见之举的发展思路及举措奏响全市“一切为了农民兄弟致富”的“交响曲”和“进行曲”。市委明确规定：市、县（区）和乡镇党委书记为第一责任人，分管的党群副书记为具体责任人，组织部、基层办领导为直接责任人。是否见真情、动真格、下真功夫抓好农村基层组织建设，是讲不讲政治的问题，是衡量各级领导合格不合格，称不称职的问题。无论是市里五套班子领导建立的60个包村联系点，还是各部委办局、驻市单位的承包村点，领导要经常性地下乡进村督促检查指导工作，所有工作队员要驻扎在村点上，要与村党支部、村干部、村民们打成一片，要经常开展调查研究活动，反映群众疾苦和呼声，解决农民的实际问题。银海区侨港镇亚平村是市委主要领导同志的挂村联系点。相关领导多次亲自下点调研，现场解决该村基层组织建设工作的难点、热点问题，使该村很快从后进村转变为先进村，一年多时间发生了巨大变化：由无党支部到建立具有很强凝聚力、战斗力和带头致富能力的党支部，并发展了一批新党员；由无村级经济实体到创办5个商贸企业，1995年实现集体收入达500万元，实现人均纯收入4000元；由无集体公益服务设施到投资28

万元建成村卫生室、有线电视、程控电话等。

北海市农村基层组织建设的全面、深入开展，不仅重塑了党在农村的领导地位和光辉形象，而且为加速创建21世纪新农村及培养跨世纪的新型农民创造了良好条件。据具体负责抓该项工作的市委组织部副部长、市基层办主任罗桂元介绍，北海市农村基层组织建设下一步工作目标是：继续按照中央及自治区的统一部署，全面落实“五个好”，不让一个村掉队，把北海农村建设得更加美好。

（1996年9月18日《北海日报》头版头条，同年底收录入国家级大型丛书《中国当代经济发展面面观》并发行国内外）

螺江之路

——广西合浦县螺江村脱贫致富的启示

地处西南沿海的广西壮族自治区合浦县螺江村曾是出了名的“后进村”，可二、三年后的今天，该村很快跨入亿元文明村行列，其较快的发展速度、显著的发展成效、成功的发展经验给人以启示。

拔贫穷根，关键抓好一个班子

螺江村位于合浦县西南，3200多口人，5476亩耕地，人均耕地不足1.7亩。过去，由于诸多原因，该村一直处于“支部说话没人理，有海有水不耕养；靠天吃饭单种粮，全村穷得响叮当”的落后状态。1989年集体经济收入只有2000元，人均收入不足600元。党支部班子年龄老化，村支书和主任的年龄平均55岁，思想观念陈旧，没有开拓精神，党支部处于半瘫痪状态，缺乏凝聚力和号召力。有一年刮台风，潮水冲毁了几十米海堤，支部多次发动群众，结果由于抢险人少，抢修不及时，造成100多亩农田被淹，损失惨重。

要脱贫，拔穷根，首要任务是加强党支部建设，选出好的带头人，充分发挥农村党组织的战斗堡垒作用和广大党员的先锋模范作用。上级部门从螺江村的实际出发，在村班子配备上，大胆起用有带领群众发展经济能力的年轻人。新任的5名支委，平均年龄39.5岁，不但政治素质好，而且个个都是致富能手，年收入都在6万元以上。支部成立后，立刻组织党员学理论，学技术，90%以上的党员掌握了1—2门致富技术，成为群众脱贫致富的带头人。共产党员莫维美通过科学养殖致富后，既帮技术又帮资金，大力支持联系户花荣秦，使他一家很快摆脱了困难，建起了新房。

围绕经济抓党建，抓好党建促经济，使螺江村很快发展起来了。1996 年 8 月 20 日，全国农村基层组织建设交叉检查组高度评价说：“这里党建经济协调发展，村强民富，值得学习。”

发展经济，必须发挥资源优势

螺江村经济刚开始起步时，确实比较迷惘。根据螺江村的实情，到底如何选择经济发展路子？几经讨论，螺江村的党员、干部们决定，发挥自身沿海沿江优势，以发展村办企业为龙头，壮大集体经济，增强经济实力，同时扶持、引导群众共同发展，闯出一条“螺江之路”。

村里通过“股份制”、“承包制”、“发包制”等灵活多样的形式，先后筹集了 400 多万元资金发展村办企业。不甘落伍的螺江村人很快尝到了办企业的甜头。到目前为止，该村已有集体、私营企业 50 多个，其中村级集体企业 15 个。1995 年全村企业总产值达 4493 万元，村办企业纯收入 60 万元，为该村 1996 年工农业总产值突破亿元、农民人均纯收入 3500 元打下了坚实基础。同时，他们又合理利用当地优势，积极引资筹资，发展起文蛤养殖场、造船厂、珍稀动物养殖场、淡水养殖场等 10 多家联办企业。目前该村文蛤等海产品远销日本、台湾、香港等国家和地区。而当初从小打小闹起家的“螺江村第一造船厂”，在当地的影响就更大了，1995 年创产值逾千万元。

村办企业、联办企业的发展壮大，迈出了螺江村“典型引路，诱导发展”的成功步子，一大批种粮大户、农副产品加工业户、养殖专业户、交通运输户、个体工商户等雨后春笋般涌现出来，全村上下掀起了争当致富能手的高潮。淡水养殖专业户黄家源潜心研究科学养鱼，年收入达 11 万元。

经济脱贫了，还要抓精神脱贫

随着螺江村集体经济实力增强、广大村民脱贫致富、人民群众生活水平提高，该村逐步加强了对农村精神文明建设的组织引导，加大了对公益事业的基础投资。因为螺江村人懂得：一个村的好坏，不仅要看这个村富不富，还要看精神文明建设抓得好不好。近年来，该村先后投资近 200 万元，兴建了村综合办公大楼、教学楼、敬老院，修通了村级道路，架设了高压线路，安装了程控电话，开通了闭路电视。

目前该村团结互助、敬老爱幼、尊师重教、讲文明、讲礼貌蔚然成风。村里还从市、县请来科技人员、专家分期分批给群众传授科学致富技术，帮助群众掌握搏击市场经济海洋的本领。村里还坚持每月结合村民大会的召开，给群众放映 2—3 场以爱国主义教育为主题的电影。每年年终，村里根据各农户遵纪守法、勤劳致富、计划生育、家庭和睦、子女就学等情况评出一批“文明户”，激励了村民争当“文明户”，抢上“光荣榜”的自豪感。

（原载 1997 年 1 月 27 日《人民日报》，1997 年 3 月 6 日《北海日报》头版头条转载并配发编者按）

保护“王牌”刻不容缓

北海银滩“风景这边独好”，蓝天、碧海、浪柔、沙细、阳光明媚，银滩之妙，天造地设，举世无双。银滩—北海的旅游王牌，北海因之而美，因之名声远播。然而，正当我们为拥有如此亮丽的“王牌”而自豪的时候，却不时出现了一些“尘埃”飞进我们的眼中。

杜高孝先生在银滩海滨浴场亲历的那个“沾满油渍的火花塞”，罗平生及友人在银滩进门处遭遇的“围追堵截”及“连篇脏话”，都是污我银滩之貌、损我银滩之形、掉我银滩之价的“魔影”。散落沙滩、海上的“蔗渣”、“果皮”、“包装袋”等，与滋生在窈窕淑女脸上的“青春痘”不一样可怕吗？还有“生活垃圾”、“白色垃圾”，甚至“语言污染”、“行为污染”等等都在“同流合污”蚀我银滩之美。倘若任其下去，用不了多久展示在世人面前的银滩可能就变成了面目可悲的“麻脸婆”了，那时想再看一眼“梦中的情人”，也就噬脐莫及了。

不久前，一个南国春来早、滨海涌人潮的日子，笔者携妻作东导游几位家乡新闻界好友到银滩观光采风，就在众好友尽兴有余围坐海滩休息时，有几个兜售产品的当地妇女“围追”而来，反复“纠缠”着要买她们的珍珠等小商品……眼看众好友的心情越来越糟糕，妻子好心地劝说解围：“市里早有明确规定，这里是不允许随便向游客兜售商品的。”不料她们售珠不成迁怒于妻，一位中青年妇女破口就骂，还抓伤了妻子的脸。被震惊的好友们欲拦住那妇女论理时，又遭到不明真相的十多个男女围攻。所幸笔者及时向他们说明了事情的起因，众人才一一散去。

一直以来，笔者并没有因妻子曾经在银滩受过“委屈”而耿耿于怀，也没有因好友们北海之行留下“永远遗憾”而痛心失望，相反还一再请求他们“言下留情”、

“笔下留情”，以不至于让更多的好友及父老乡亲们把北海、把银滩拒于千里之外。

现在回想起来，笔者不仅倍感遗憾，而且还有一种负罪感。假如当初笔者及时向有关部门反映实情或“讨个说法”，以引起各级领导高度重视，并借此教育一批人，感化一片人，激发人人动手齐心协力“荡污涤垢”，或许就不会重演“火花塞永远沉睡银滩”及其他让人伤感的“小插曲”了。

增强环保意识，提高整体素质，人人争创优秀旅游环境，个个争当合格北海主人，确保美丽的银滩永远光彩照人，树起北海旅游的王牌，每一个北海人到了该“深深自责”并付诸实际行动的时候了！

（原载1999年6月14日《北海日报》第一版，同年6月29日《广西日报》社会周刊以《游览银滩“遗憾”多》为题转发）

相关链接：

“银滩风波”

《保护“王牌”刻不容缓》和《游览银滩“遗憾”多》刊发后，在当地引起了强烈反响，在得到了不少赞赏的同时，本人也因此吃上了人生中第一场“文字官司”。我称之为“银滩风波”。

“十分震惊”的当地政府立即成立了由分管领导牵头及当地旅游管理和银滩管理等部门具体负责的调查处理领导小组。首先他们派出了一个有政府层面领导和本单位领导及熟人圈等共同组成的“友好协商工作组”找到了作者我本人，说是“解铃还需系铃人”，希望我重新撰稿从正面发声，消除影响。同处一座城市，抬头不见低头见，障于面子，我只好勉强答应。

净空法师《华严经讲记》有言：世出世间凡事都不能勉强。果真如此，正是因为我当初的勉强，事情远没有结束。第二天，对方负责人来电话询问我的进展情况，我友好地回答进展顺利，基本向着“正面宣传”方向努力着。“不行，你必须按照我们的要求来写，而且要限时限期完成！……”电话哪头突然传出强硬声音，让我很是有些吃惊，但职业的敏感又让我冷静下来耐心地听对方把话讲完：“你必须换一个角度来写，第一要承认是你的笔误，要重新写一篇更正文章；第二要承认你文章中所反映的事情都是道听途说的；第三要在北海日报和广西日报上重新发更正文章的同时，再公开道歉……”

听着听着我突然感到电话哪头的声音已经越来越刺耳了，我周身的热血也沸腾起来了，我人生中头一次被人提出如此之多的要求，好像被人“要挟”了一样。原来，先前“友好协商”时已被对方随身带的律师录音了，我勉强答应下来的“重新写稿”，已被据此作为证据证明我原来所写的是一篇不真实的文章，就得按照对方的要求“随时听命”了。

“你们不仁，就不能怪我不义了。”当我明白过来已被对方“下套”时，我当即作出回应：“那我现在就明确地告诉你们，你们的无理要求我一条都不会答应，从此我也不会再做违背良心和职业道德的事！”

“那你就等着吃官司吧！”电话哪头再次怒恐起来。

“奉陪到底！”我毫不示弱地挂断了对方的电话。

要么“滚出北海”，要么“扔进海里喂鱼”，要么尽快“逃离”免遭“追杀”。接下来，我每天都会接到无数威胁或好心相劝的电话，已搅扰得我无心工作。单位领导看在眼里，急在心里，只得放了我的大假，建议我上南宁找广西日报社商议“摆平”此事再说。

当我找到广西日报社发稿的编辑和有关领导时，他们也同样经历了“友好协商”、“被质问”和“等着吃官司”的过程，对我的到来编辑部全体编辑记者都表示力挺，决心“以事实为根据，以法律为准绳”共同“应战”。不久，新华社内参予以关注并受到国家有关部委领导批示，责成当地政府及有关部门全面掀起治理整顿北海旅游市场和保护海洋生态环境的新高潮，获得当地群众和广大游客赞赏。

“银滩风波”总算平息了，在一片赞赏声中精疲力竭的我在原单位是做不下去了，而且之后的连锁反应是美丽的北海已渐渐与我无缘。虽然后来有一些当地大公司和新闻单位有意胜情相留，但我还是没能走出“银滩风波”遗留下的阴影，工作中稍有风吹草动就会让我产生对北海的不信任感，希望尽快离开北海这座我最喜欢的城市的愿望一天天强烈起来。当然从此我对“评论”、“杂文”的写作都会带着敬畏之心着笔。

●香港回归，近水楼台先得月？

●一衣带水，“莞香”的芬芳广西北海能分享几多？

●香港回归，北海“旅游热”可望梅开二度吗？

香港回归：谁先得月

——广西北海面临的面遇和挑战

岁月的长河演进一曲曲飞旋的凯歌，弹指一挥间，流年的钟声又将敲响一个世纪攸关、使命重大的特殊的日子——1997 年 7 月 1 日。举世瞩目，再过 50 多天，受制他人 156 年之久的“芬芳的港口”——香港就要回到祖国的怀抱了！更重要的是，香港回归，不仅一雪被割让的历史耻辱，而且随着香港与内地政治、经济、文化的密切交流，将进一步保持，促进香港的繁荣与稳定，更有利于香港对周边地区乃至整个中国内陆产生积极、现实而又深远的重大影响。

香港回归，广西北海的机遇来了。

香港“成龙”的启迪

香港回归，这颗“东方明珠”的成功之路永远激励我们奋起直追……

众所叹服，作为“亚洲四小龙”之一的香港，她的繁荣与辉煌不愧是世人踏梦的天堂。

香港是世界公认的美食天堂，香港人可谓食遍了全世界的山珍海馐、美味佳肴。鱼翅、燕窝决不是平常人家能够“鱼翅捞饭”般潇洒地享有的，但香港人的“口福”远非他人所能及。据东亚野生动物调查委员会的估计，香港进口鱼翅、燕窝的数量在全球居首位。据香港统计处数字，1995 年香港进口鱼翅、燕窝分别为 312 万公斤、9.82 万公斤，分别达 19.23 亿港元、7.27 亿港元。港人对鱼翅燕窝的嗜爱，足可显示当地人民生活水平的领先潮流。

港人不光吃得潇洒，同样也玩得心跳。凭借中西文化结合点的优势，不甘寂寞的港人始终在追求一种“爆炸式”的生活节奏。一曲流行音乐奏响，全球为之发烧；一部超级影片面世，打遍天下无敌手；香港还是各路精英大显身手的好地方，望“群星”闪烁，不知醉倒多少“追星一族”。真可谓“港味”浓溢，香散大半个世界。近年来，香港每年保持拍电影片近 400 部的高纪录，年出口影片、音像、音乐产品总值逾 1000 亿港元，居全亚洲之首。不到 600 万人口的香港拥有 70 余种日报，较之香港的“文化氛围”，北海还需大胆向香港靠崖……

当然，妙不可言的香港展示给世人的最大诱惑力和神秘要数其强大而又朝气蓬勃的经济实力，“香港遍地黄金”的极力赞美不知撩动多少“掏金者”按捺不住的强烈欲望。国际金融中心、国际贸易中心称冠的背后是世界投资资本及贸易商，更至世界大财团、跨国企业纷纷抢滩香港。瑞士、加拿大皇家、摩根等世界上最大的 100 家大银行有 40 多家在香港设立了分行。香港取代鹿特丹成为世界第一大集装箱海港，与世界各国都建立了贸易关系。经过 20 多年的发展，到 80 年代，进出口总额从 100 多亿港元跃升到 10000 多亿港元。据香港港口发展局指出，目前已有 1850

今日香港（刘绵宁　摄于 2018 年国庆）

个跨国企业在香港设有办事处，超新加坡850个。另据美国企业呈商务部的报告，目前，仅美国在香港的账面投资已达115亿美元，在新加坡约为103亿美元。

港人的精明还在于像西方七大工业国那样，更注重使自己的实业牢固基础，挺直腰杆。香港以具天然深水良港的优势，实行“贸易自由港”制度，以发展对外贸易起步，积极参与国际分工，发展外向型经济。同时，带动了以电子、服装、玩具、钟表、船舶等为主的制造业的发展，金融业也同时起步，并逐步涉足国际金融业、金融期货市场、黄金市场、证券业务等。香港的这一发展目标得到成功后，对外贸易、金融业、制造业三者的相互作用，推动了本港经济的快速发展，也正是这三大支柱力量的作用，促进香港成为亚洲的新兴工业化地区之一。

此外，日前香港旅协主席罗旭瑞先生表示：“过去40年，香港旅游发展迅速。去年，访港旅客突破1170万人次，旅游收益超过100亿美元。旅游成为香港创汇最高的产业之一，是香港经济的重要支柱。”

他指出：“随着中国改革开放，经济迅速发展，内地访港旅客的人数也迅速增加，去年达230万人次，成为香港旅游业的一个重要市场。”

香港“成龙”秘在以港起家，旅游是香港的重要经济支柱之一。一衣带水，区位优势明显，同具天然良港，旅游资源相当丰富的北海为何不能像香港那样形成北海的几大支柱力量，尽快“龙飞凤舞”起来呢？

近水楼台先得月

香港回归，在过去的基础上仍将带给周边地区显而易见的诸多实惠。

香港贸易中心地位的形成，巩固和发展很大程度上仰赖于中国内陆强大的市场后盾，同时也大大支持、促进了内地的对外贸易发展。中银集团最近一期《港澳经济季刊》载文指出：香港已经发展成为多功能的贸易中心。香港的贸易地位在全世界占据重要位置，而且进出口贸易的大部分是由转口贸易引起的，香港转口贸易的来源和市场都集中在中国内地，但同时又几乎遍及全球所有国家和地区。也就是说香港和内地从来就存在着唇齿相依、密不可分的贸易互补关系，这一点自中国实施改革开放政策后，陆港两地的交流、合作尤为明显和重要，特别是邻近香港的深圳、广州及广东、广西、福建等沿海开放省市可谓近水楼台先得月，沾尽了香港不少光。

“深圳、香港你来我往，同胞情谊长……”欢悦的歌声里真情地表达了深圳人近邻香港的自豪心声。实际上，随着沿海对外开放力度加强，广东全省社会经济的飞速发展，尤其是各类“短、平、快”加工业的异军突起，并最终形成以珠江三角洲为基本腹地的一个世界级规模的加工制造业基地，确切地说是香港直接作用的结果。与此同时，当中国大陆积极实行吸引外资的开放政策后，虽然以港商领先的来华投资并没有产业遍地开花的“轰动效应”，但包括沿海在内的各地争先得月的愿望不亚于七彩的追梦，大有“八仙过海，各显神通”的热烈局面，自然最终也吸引了大量港商和外商到大陆各地设厂投资。同时，这一活动也不断地促进了香港制造业的转移。最初是以设备、资金、技术、原材料的转移方式，大部分地向大陆沿海转移，后来形成了整个工业几乎全部向大陆倾移。结果香港与大陆之间形成了以广东为代表的“前店后厂”，由香港打定单，内地出产品，再由香港转口贸易的格局，辐射效应相当激动人心。一大批加工企业在广东各地雨后春笋般冒出，不仅夯实了当地的工业基础，解决了大量富余劳动力的就业问题，而且极大地刺激了第三产业的发展，活跃了市场，繁荣了城市商业，并引起多项开发热潮的连锁反应。目前，仅在广东珠江三角洲地区，就有 300 多万工人为香港的厂商工作，相当于香港制造业工人的 4.3 倍。

受香港的激发作用，带来城市巨大商业成功的，广州市算是受宠若惊了。正因为广州市明显依托了邻近香港的优势，而且同香港有着共同的语言和宗族背景，之所以当中国走上改革开放之路时，这里被赋予了税收等优惠权利，并被推上了国家经济改革中的前锋角色。从而，在世纪之交，广州市又重新以现代化的繁华和商业姿态成为中国南方的商业中心和跨国公司的登陆点……

香港回归，还将有更多的广州得月。

实质上，北海也得月不少。

在近代史上北海曾经有过发达的海洋运输和对外贸易，从 1876 年中英《烟台条约》签订起北海就成为对外通商口岸，与香港的存在和发展密不可分。新中国成立后，北海对外贸易中，80%的商品通过香港转口到世界各地，其中，鲜活商品出口如牲猪、三鸟、蔬菜等北海一直是全国供港的主要口岸之一。1984 年，北海成为全国十四个沿海开放城市之一后，与香港的贸易关系更加密切。北海香港海上距离只有 425 海里，货轮航行一般只需 30 多个小时，空中距离更近，只有 500 多公里。北海与香港已有空中航班，每隔 2 天海上班轮对开，北海的地理位置与城市基础设施优越，特别是港口与城市离得近，北海具有“海陆空”全方位多种优势。加之北海与香港一样都讲粤语，文化、风俗习惯相同，北海有众多乡亲居住、工作在香港。侨胞中有的有较多的资金，愿到家乡投资，愿来家乡省亲游玩，使北海处于“近水楼台”的有利位置。香港回归，对北海又是一次良好的发展机遇，北海再不能坐失良机了。

香港回归，北海可以顺势掀起“旅游热”

香港回归，周边地区将继续发挥香港与内陆间更关键、更重大的桥梁作用，特别是沿海地区充当“二传手”角色，优势更加明显，机遇可遇不可求，并将得到更加“甜蜜的回报”，北海当然也不例外。

因香港辐射影响，以广东为“宠儿”的近水楼台迅猛光彩照人，受益匪浅。而九七香港回归后，随着两地的各方面的合作关系加深，在香港制造业持续扩大转移的同时，必然带动两个中心扩大转移，中国内地也将因此分享到香港两大中心转移更喜人的成果。

具体地说，在以设备、原料为主的香港产业转移方式发生变化后，拥有丰裕资金的投资商将会增入内陆企业界、金融界及各种经济实体、个人等成分。而无论是已经先行一步的沿海开放地区还是睡狮刚刚猛醒的中西部，都在千方百计、决策迭出，以各种融资方式，吸纳港地外资、进口设备、先进技术等，同时，也带动港地的外资银行向内陆转移，这也正是拥有丰富资源和大量富余劳动力的内地所盼望的、热烈欢迎的。

无疑，香港回归也是内陆各地吸引港资及外资的新起点。

1997 年，是我国“九五”计划实施和中西部发展战略形成并全面启动的关键年，也是众分析家公认的周期性的中国经济由低潮转向高潮的过渡年份。加之香港回归祖国，为我们和平解决澳门、台湾历史问题，实现祖国和平统一大业迈出了重大一步，国内外政局日趋稳定，一个快速发展的世界经济氛围业已形成。因此，香港回归又被普遍看好为新一轮经济大潮来临的“升温年”。

香港回归，过往以“香港—珠江三角洲”为典范的经济合作圈将迅猛扩展为香港与辽阔富饶的中西部乃至全国各地的经济合作大圈。而京九铁路的开通，又为港商、外资挥师北上，投资北方大开方便之门：今年中，香港新世界集团同其他财团总投资 100 亿元人民币的天津大规模改造危陋平房的项目已经签约，就是一例。最近，中国海外、利嘉集团、星晨集团等亦纷纷瞄准内地市场，投以巨资进行开发。很显然，潜力巨大的中西部和北方市场已成为香港和其他外商投资开发的新热点。因此，我们也应该清醒地认识到，香港回归，在给周边地区及内地带来机遇的同时，也带来了挑战。经过上一轮抢机遇超常规迅猛发展经济的过程中，尽管各地港口设施大为完善，外贸能力明显提高，已具备一定实力与香港一争高低，但内地仍会选择香港为最佳对外贸易合作伙伴。其一，珠江三角洲港口分散，没有形成一个集中的货物集散港，因此仍需把货物运到香港分类组合；其二，内地与香港交通设施不断增加和完善，特别是京九铁路通车后，沿线货物可直接运达香港参与对外贸易；其三，港商及外商在内地发展加工业务，依靠香港采购及推销的“前店后厂”格局仍未改变等等。

尽管如此，香港回归，随着香港制造业和两个中心的扩大向内地转移，沿海地区仍然发挥着桥梁作用，而且香港与内地合作越密切，这种作用发挥得就更大，如同火炉上的一壶水，火势越旺，水沸越滚。可见，沿海仍享有特定的地域优势，同时，在上一轮经济发展大潮中沿海地区已完全具备充当“二传手”角色的明显能力。尤其是处在沿海开放地区和中西部结合处的北海，可谓具有特定的多重优势。

邻近香港，大西南最便捷的出海通道，面向东南亚，自身基础服务设施初步完善和港口吞吐能力大大增强，北海扮演香港与大西南之间“二传手”角色条件是成熟的，前景是灿烂的。香港回归之日，也是占全国土地面积27%，人口占22%，自然资源多项占全国第一的西藏、四川、云南、贵州、广西五省区连结起来的大西南出海口通道——南昆铁路开通之时，作为北部湾畔唯一最早对外开放的港口城市，北海也真正实现了与大西南、中西部全面相通。早有人把此事比作北海的春天来了，北海的机遇来了。大西南需要出海，大批量的货物可通过北海转运到香港实现对外贸易，香港回归祖国，有大量的人流可通过港口旅游城市的北海前往香港观光旅游，进行商贸活动，港人和海外人士可经北海到有丰富旅游资源的中西部观光考察投资，北海可顺势掀起一个旅游热，从而激活第三产业。显而易见，北海在发挥大西南与香港间的“中转站”作用时也将极大地增强自身的“造血”功能。当然，北海不是大西南的唯一出海口，这就要求北海要进一步完善自我，要树立较强的服务意识和竞争意识。要进一步改善投资软硬环境，尽快完善港口服务功能，增强港口吞吐能力，要具备比其他城市更优越的条件。在发挥桥梁作用的过程中，北海要充当好出色的“二传手”，不仅要为大西南服好务，还要为香港服好务。只有这样，香港回归，北海才能得月更多，只有这样，在新一轮经济大潮来临之际，北海才能抢得更多的发展先机，面临新的机遇和挑战，香港应当成为北海心中的太阳。

（原载1997年5月8日《银滩旅游报》头版头条）

明天，北部湾能养活多少人

——展望北海绿仙螺旋藻食品的开发前景

世界权威部门按自然发展推算，2000 年全球人口将发展到 70 亿，2030 年再翻番为 140 亿……

可以想见人类若不在生育方面计划控制和开发食物新资源，则将会有一天因营养枯竭和生活环境中充满有害的代谢物而窒息自灭……

中国泱泱 12 亿人口的大国，攸关生存大计的警钟已烘然敲响。

“粮食短缺时代步步逼近”

新近有一部著说，诞生于太平洋彼岸的美国，引起全世界的轰动，也引起我国社会各界的广泛关注。作者虽带有一定的悲观论调，但这位身为美国世界观察研究所所长、高级研究员的莱斯特·布朗博士，却直言不讳地道出了人类生存攸关的一个现实问题，确有一种警醒世人的积极作用，同时也给被喻为人口“老大哥”的中国当头抽响了鞭子，如其书名《谁能养活中国？——唤醒小小的星球》。

布朗博士提出了“未来世界粮食论”和“未来中国粮食观”，认为人类从“粮食过剩时代”进入了“粮食短缺时代”。他不赞成联合国粮食农组织和世界银行的乐观估计，认为由于工业化进程、耕地面积减少、水资源日益短缺等多种原因，人类粮食前景悲观。特别是拥有占世界人口 22%的中国，随着生活水平的提高，必然引发巨大的需求量，于是世界范围的危机就出现了。

面临“饥荒”谁主沉浮

外星球能接纳庞大的人类吗？

“穷则思变”古今国人传世良训。而当人类面临“饥荒”的威胁时，又当表现出更加惊世的抉择，毕竟我们所处的时代以及正向我们飞速扑来的时代已经远远不是“今非昔比”的人文社会了。高科技、高度现代化、无穷人类智慧等早在为人类的生存空间构思蓝图。先前的苏俄以及美国等发达国家，一次次上天登陆月球的成功，已经发布人类令人振奋的好信息——人类可望不久的将来可以移民外星球。此举算是圆了一些科幻梦想，然而又有几对凡夫俗子能真正登上月球旅行结婚去太空“度蜜月”呢？

可见，人类梦想移民他方的愿望仍然是世纪性的攻关难题，“上天”无法速解“饥荒”的燃眉之急。

“细菌”能养活人吗？

大多有远识卓见的政治家、科学家还是现实的，为了避免人类走上“断粮”的绝路，本世纪初就有人提出在人类传统食物之外寻找高产、高蛋白食物之源，企图引导人类逐步告别“食人间烟火”的传统时代。

细菌、酵母和微藻等单细胞生物含高蛋白而且在适宜环境下的几何级数裂殖，产量可观，科学家一度对此寄予厚望，首先对可食的酵母菌作了大量探索。国外利用细菌及其副产品做食物也早有研究，如民间饮用的奶酒、奶酪和特别香肠等都属之，但其实用价值远比不上酵母。而且这种微生物开发存在致命弱点：

一是需要稻米、石油或其他营养物质作培养基，成本既贵，资源也有限，不能解决长远的问题。

二是酵母中含核酸8%~10%，细菌则更高达20%以上，长久食用会因摄入过多核酸而致病。

“空气”能充饥吗？

科技高度发达的明天，人类未来的“盘中餐”也将日新月异“科技”化。诸如“粉末蔬菜”、“辣味蔬菜”、“蚕丝食品”，不过这些“盘中餐”仍然没有离开它本身的“培养基”，只是一种在科技指导下的“物理变化”。而较令人振奋的要数“空气食品”了，它是美国最近试制出的一种奇妙的食物。这种食品中含有多种人体必需营养的悬浮颗粒，它按照一定比例调配好，只要将嘴对准喷口，用手按一下开关，马上能有一股“风”喷入口中，人吸收后，饥饿感即会消失。

只可惜，“空气食品”的组成成分决非真正的空气。

数“超级食品”还看螺旋藻

从2000年前的中国封建帝王梦想吃上一种“灵丹妙药”以求长生不老，到有人大胆设想制造出“压缩食品”，以求“袖珍式”就餐，但人类始终还没有求准最佳营养新食物。

直到法国探险家克里门特博士在非洲探险时，发现非洲乍得湖畔的土著人长期生活在不但没有鱼肉吃，甚至连粮食、蔬菜也不足的环境下，而他们的体魄却比生活在食物丰富的发达国家的人更强壮，寿命更长。后来，科学家才发现，这些土著人经常从当地的一个盐碱性湖泊里捞取一种漂浮的藻类做成食品，这种微藻就是螺旋藻。

经化验分析，螺旋藻植物蛋白的含量高达60%~72%，是迄今为止人类发现的营养成分最丰富，最均衡的微型植物。同时，螺旋藻还具有治疗贫血、肝炎、高血压、高血脂、抗肿瘤、抗衰老等药用价值。

旋急，日本、美国等发达国家如获至宝。火速大规模研究开发出系列螺旋藻“超级食品”、“营养食品”等，并展开了向全球宣传新食物、倾销新产品的攻势。好像他们找到了拯救人类的“救世主”一样，“螺旋藻”将为“粮食短缺时代”提供保证。也许有充足理由的布朗博士也始料不及这小小的螺旋藻会向他的论点发起强有力的挑战。“超级食品”、“明日最理想的食品”、“最佳蛋白质来源之一”、“优秀健康食品”等一系列出自联合国世界粮食会议、联合国粮食与农业机构（FAO）、美国粮食及药物管理局（FDA）、日本健康食品协会的公认和赞誉，决非人类迄今其它的食品可以与螺旋藻分享的。

明天，北部湾能够养活多少人

据科学家测定：1克螺旋藻干粉相当于1公斤各种蔬菜营养价值的总和，且易被人体消化吸收，消化率达85%以上。成年人每天食用螺旋藻干粉3~5克，就可以获得足够的营养，并起到防病抗病的作用。儿童、老年人食用，其营养、药用价值更为明显。

"超级食品"——螺旋藻将担负起养活人类的重任。

从来中国人是不甘寂寞的，对于螺旋藻的研究早在70年代末已经起步，后来已是我国"七五"重点攻关和"八五"科技推广项目，明天应当成为跨世纪的主题项目。然而由于种种原因，我国目前还仅有云南、南京、海南、深圳、武汉等地生产，且都是小规模的，根本还没有形成开发"超级食品"的中国气候。

面对现实，天性敢闯、不甘落伍军人出身的广西北部湾农场书记、北海市绿海生物保健食品有限责任公司董事长兼总理张明洞决心率一班人揭竿而起，要在南中国海边树起一面开发食物新资源的鲜艳旗帜。

虽然该农场成立的北海市绿海生物保健食品有限责任公司仅三年时间，却已显示出了一股强大的生命力，已占领了国内的制高点，而且他们生产的绿仙牌螺旋藻，其产量、质量达到国内先进水平，可与国外名产品媲美。

南宁市面粉厂、容县南方儿童食品厂、沈阳三力保健集团等企业纷纷前来北部湾订购螺旋藻干粉，着手开发螺旋藻保健食品。最近，又有日本等国客商来函要求订货。

在短短的时间里，北部湾农场依靠自己的力量投入数百万元建成了一定规模的螺旋藻生产基地，并逐步从规模上达到国内一流水平。去年底，他们就已与有关企业签订了1996年年产50吨的供货合同，意向需货量达100吨。今年初，他们又与广西区科委签订了1997年年产100吨的"星火"合同。远景市场需求量无法估算。

为什么敏锐的企业界要千里迢迢来北海订货呢？因为唯有北部湾供货数量最多，质量最优。

螺旋藻对生长环境的要求非常苛刻，必须是热带气温，充分日照和盐碱性水域三个条件同时具备才能自然繁殖。北海的自然条件比起其它地方可谓得天独厚。

因此，在中国，大规模养殖生产螺旋藻，北部湾最具自然优势。

谈及开发螺旋藻的技术问题，张明洞总经理向记者透露，他们已攻克人工养殖和原料加工的难关，预计到将来大规模养殖可能会出现的技术问题，该公司已开始了超前的研究，同时充实科技力量，除了请美国科罗拉多大学科普嘉教授、广西医科大学吴开国教授技术指导外，最近又聘请了一位全国知名螺旋藻专家作技术顾问。

论技术力量，北海市绿海公司最雄厚。

目前北部湾农场正千方百计扩大生产规模到70吨，远景目标是发展到年产1000吨，甚至更多，产值过亿元，同时已着手开发厚藻粉、螺旋藻片、螺旋藻高级营养膏等螺旋藻系列产品。眼下，北部湾农场正积极争取有关主管部门、金融部门的大力支持和寻求广泛的合作伙伴，这样一来北海市的螺旋藻开发可上更大规模，可为北海市增添一个颇具潜力的“拳头产品”同时以此为龙头可以带动一系列产业的发展，也有可能成为北海市一个新的、重要的经济增长点。从这里产出“超级食品”有无穷潜力，明天，北部湾将养活一方人的宣言也决非狂言。

最后，张明洞请记者代言，再次希望有关领导、有关主管部门、金融部门对该场的螺旋藻开发引起高度重视，并从实际行动给予大力支持，同时也真诚寻求海内外有志之士携手合作，共同开发这一潜力无穷的人类食物新资源。

（原载 1996 年 7 月《北海开发导刊》杂志创刊号）

营造良好法制环境　迎接“入世”新机遇

在经历了15年的艰辛谈判和期盼后，中国加入世界贸易组织的愿望终于在卡塔尔首都“一槌定音”得以顺利实现。从此，占世界人口四分之一的大国——中国所拥有的巨大市场潜力将以最大的开放度迎接全球各路英豪的加盟开发，抢占商机。

一、入世后北海面临的机遇与挑战

广西及北海是大西南地区便捷出海通道和出海口，这里不仅自然资源富集，而且区位优势得天独厚，国家之所以把广西纳入西部大开发地区，正是国家实施西部大开发的一种宏观决策和通盘考量，加入WTO后，必将给广西及北海带来难得的发展良机。

机遇和挑战从来是孪生一对，当机遇青睐我们之时，挑战也会接踵而至。同样，“入世”后将给北海带来严峻挑战。

首先，在新的历史条件下，我国加入WTO后，我们将面临更强大的竞争对手。根据“入世”规则，入世后北海和国内其它城市都将要参与全球竞争，无论是西部市场，还是潜力巨大的中国市场，我们面临的对手将是“高手如云”，对北海来说“狼来了!”的紧迫感迫在眉睫。

其次，加入WTO后，我们的诸多优惠政策将逐步取消，北海现有的优势逐步弱化。国务院法制办有关负责人日前指出，中国实施WTO规则没有特区。一些特殊经济区如经济特区、高新技术开发区、沿海开放区等，也必须保证统一实施WTO规则。也就是说，上述特殊经济区实施的特殊政策只能由中央制定，这些地区制定的具体规定既不能违背中央政策，也不能违背WTO规则。因为加入WTO后，最主要的变化是国家对境内所有的企业实施国民待遇，北海是我国最早对外开放的十四个沿海城市之一，国家曾给过我们一些优惠政策，但在较短的时间内将逐步没有什么吸引力，而只能是参与公平竞争。

此外，从发达国家对中国加入世界贸易组织的欢迎度和兴奋度也不难看出，外商来华投资看中的是具有无穷诱惑力的中国大市场。而像北海这样的一个地区若想吸引外商投资必须让他们看到在这里他们可以占有多大的市场，同时对法律的完善性、做事的规范性、办事效率、高素质人才等也有较高的要求。在这些方面，我们也应当清醒地看到北海自身的不足之处及系列亟待解决的实际问题。这其中，入世后首先对我们的法制环境建设提出了新的要求。

二、应对入世挑战规范北海法制环境的必要性和重要性

地处西南大通道出海口的北海，十几年来，在改革开放政策呵护下，凭借其得天独厚的区位优势，通过广泛招商引资，一度掀起举世瞩目的“北海开发热”。然而“北海热”的骤然降温也暴露出了不少突出问题，明显的有由于城市年轻，准备不充分，民主法制建设相对滞后，投资软环境一度恶化，在不少外来投资者中产生了负面影响，极大地伤害了一些投资者的合法利益。因此相关政策法规及法律制度的完善性和规范性早已引起北海的高要重视。新一届市委、市政府先后作出了一系列进一步改善北海投资软环境的重大决策以及采取了系列“规法”措施，这正是北海应对新世纪挑战，适应新形势下市场经济建设要求所作的一些必要准备工作。

面对入世的机遇和挑战，与“入世”相适应、符合国际化要求的法律的规范性已升上到了重要高度。为应对入世，中央及其有关部门都在积极采取措施，对法律法规进行立、改、废。因此，作为地方政府的北海采取有效措施“跟进”已是当务之急。

三、努力营造北海适应 WTO 规则要求的良好法制环境

创造一个适应 WTO 规则要求的良好法制环境，对于引进利用外来投资和提高投资效益意义重大。外商来北海投资兴业，要有其经营所必须的基础条件，也要有其发展所需的较为完善的法制和社会服务体系。对北海来说，就是要坚持一切以法律为准绳，不断完善法律法规，切实维护投资者利益，为投资企业提供更透明、更充分的法律条件和法律保障。

首先，在迅速清理和规范全市行政审批事项的基础上，抓紧清理修订与 WTO 原则相悖及不利于吸引外来投资的有关政策法规，全面规范各项规定和措施，坚决防止和制止对投资企业的越权侵害行为，依法保持保护所有投资者的合法权利。

其次，坚持“依法治市”方略，在全市形成有法可依、有法必依、执法必严、违法必究的良好法制氛围，做到依法行政、依法办事。

第三，全面加强社会治安综合治理，维护社会正常生产、生活秩序，切实保障投资者生命财产安全。进一步规范和整治市场经济秩序，为北海迎接 WTO 机遇，加速经济发展步伐创造良好治安环境。

第四，加强精神文明建设，营造文明、健康、舒适的人文环境和生活环境，增强北海城市文化品味和生活品质，满足广大投资者日益增长的文化生活需要。

第五，结合培育企业文化建设，加强 WTO 规则相关知识的培训学习。要通过企业文化建设及相关法律法规知识的掌握和运用，强化经营者正当竞争的意识，使现代市场经济的竞争文化深入人心，为企业进行市场经济发展提供强有力的后劲。

第六，加大宣传力度，扩大影响，提高北海知名度。要采取多种形式，大力宣传北海各方面的良好投资环境，特别是良好的法治环境，吸引国内外众多投资者对北海的广泛关注，吸引众多世贸成员国及国际经济界人士前来北海旅游观光，投资兴业，共创美好未来。

“雄关漫道真如铁，而今迈步从头越。”面临加入 WTO 和西部大开发机遇与挑战，实现自治区第八次党代会提出的富民兴桂新跨越的奋斗目标，民主法制建设一定要上新水平，促进北海再创新的辉煌业绩。

（原载 2001 年 11 月 19 日《广西政法报》“经济与法”，2002 年 2 月 19 日《北海日报》开放论坛转发。本人时任《广西政法报》驻北海记者站常务副站长）

安得广厦千万间

——廉租房为钦州市低收入家庭园住房梦的调研与思考

一、首批廉租房让贫困家庭重获生活的力量

“居家过日子”是最基本的民生需求。然而，在城市化进程日益加快及大多数居民住房条件明显改善的今天，仍还有部分贫困家庭因为种种原因，吃穿问题还不能靠自己解决，更不要说面对突飞猛进的房价解决住房问题了。为了让全社会共享改革开放的成果，解决贫困家庭住房难问题，让低收入家庭也能住上新居，钦州市按党中央、自治区的要求，从2007年开始启动城镇廉租住房保障工作，保障方式以发放租赁住房补贴为主，实物配租、租金核减为辅，尤其是廉租房建设工作取得了实质性的成效，走在全区前列。2007年、2008年两年市本级共发放租赁住房补贴170多万元，有1000多户低收入家庭得到实惠；到2008年底新建成廉租房家兴苑一区，市城区首批低收入家庭入住260户，受到困难户群众热烈欢迎和好评，让低收入家庭看到了住房保障的曙光。到目前为止，通过实物配租和租赁补贴方式解决低收入住房困难家庭全市累计共3924户12018人。其中，本级解决2980户9225人，灵山县解决800户2400人，浦北县解决144户393人。

入住廉租房，按照目前钦州市物价局核定的价格，每平方米1.18元，即在每人15方米以内，享受每平方米1.18元的租金，超出部分，按每平方米3元的价格计收。这样，入住廉租房的贫困家庭，每月只要交上70~80元钱就可以了。而同样的两室一厅的住房，在市场上的出租价至少要500元。

当我们走进水东家兴苑一期小区时，立即被这里的小环境给迷住了：崭新的七幢大楼，楼与楼之间留下了近40米的空间，且都已经种上了树木和绿化草坪，小区

内管理有序。

4 栋 402 房的住户梁玉艳家有 6 口人，上有老，下有小，住的是三房一厅的 80 平米的廉租房，每个月只要交大约 100 多元房租。梁玉艳说，她早年得了甲亢病，做不了工，就靠在家做点手工活赚点零花钱。丈夫也没有工作，靠打零工维持一家的开支。家里年迈的家公家婆，都已经瘫痪在床十多年了。原来一家人在大路街住，房子只有 30 多平米且很破烂，一遇上下雨天四处漏雨，没法睡觉。当时一个小孩在读小学，一个小孩读初中，生活十分艰苦。

改善住房条件是她一家人多年来的梦想。但是，仅靠他们两口子的收入简直就是天方夜谭，最大的愿望就是把孩子送出来。然而，真正令他们做梦也没有想到的是，去年年底市房管部门给他们一家分配了一套三居室的住房。梁玉艳的老公说："我做梦也没有想到能有这么大的一套房子住，现在我终于可以睡一个安稳觉了。"

7 栋 301 房的黄振秀家住的也是三房一厅的廉租房，与梁玉艳家差不多，只是家里显得更寒酸些。记者进去的时候，黄振秀的 3 个孩子正在读书，看到有客人来访，都好奇地跑了出来。

黄振秀告诉我们，她的老公是踩三轮车的，就靠他一个人挣钱养家，自己有头晕的毛病，一出门就不行了，所以什么都干不了，自从几年前从福利公司下岗后，便呆在家中。现在家中的沙发、床铺，都是好心的亲戚朋友送的。3 个孩子中，老

扬帆三娘湾（周少南　摄）

大聂青青读高三了，考上的是市二中，但因为没有钱上就上了市三中；老二聂双老三聂孪是一对双胞胎姐妹，都在七中念初一。

问及过去的居住情况，黄振秀略带伤感地说："以前我们在市三马路租了一间小房子住，一家5口人，住在只有十几平米的小屋里，吃饭、睡觉都挤在一块。家中像样的家具一件都没有，因为根本没有地方摆。"

这时，黄振秀的大儿子聂青青说话了："感谢党和政府，给我们家里解决了住房困难的问题，使我们也能住上这么宽敞明亮的楼房。这是我们一家人过去做梦也不敢想的。我的最大的感受就是有了一个良好的学习场所了，现在我们兄妹3人的学习成绩都很好，我还当了班长。所以我一定会珍惜机会，要好好学习，争取考上好大学，将来回报社会!"

一个廉租房，改变的不仅仅是一家人的生活，更是改变了一代人的人生命运。在调查快要结束时，工作人员告诉我们，在这个小区里居住的每一个家庭都有讲不完的故事。

二、提出三年内让贫困户都有"安乐窝"的目标任务

钦州市委、市政府以人为本，高度重视廉租房建设，并把它列为2009年为民办十件工程之一。市政府重新修订出台了《钦州市廉租住房保障办法》，确定了2009年度中心城区廉租住房保障对象认定标准，并有条不紊地开展集中受理廉租住房保障申请工作。同时还在逐步完善相关优惠政策，在廉租房申请准入条件等方面给予逐年放宽。

根据有关规定，钦州市中心城区廉租住房保障对象申请条件包括：家庭人均月收入低于350元，且连续达6个月以上；无房户或家庭成员拥有私房或承租公有住房人均居住面积小于或等于15平米的；家庭成员均具有本市常住户口且实际居住，至少有1人取得本市常住户口满3年，其他成员户口迁入须满1年；家庭成员之间具有法定的赡养、抚养、或扶养关系。按照以上条件，钦州市中心城区目前需要解决住房困难的家庭有3300多户。2009年度市本级计划分两次集中受理廉租住房保障申请，第一次为7月8日至8月8日止，第二次为10月8日至11月8日止。

为此，钦州市政府提出力争用三到四年时间，解决钦州市中心城区3300户贫困人口的住房困难，即从2009年至2011年的3年间每年新建廉租房1000套，到2011年，基本解决目前的3300户贫困人口的住房难题。2009年8月6日，市委领导在调研市廉租住房建设推进情况时强调指出：要以创新举措持续推进廉租房建设，努力让每一个低收入家庭“住有所居”。

钦州市廉租房第二期工程是2008年11月底开工的，标志着我市2009年廉租房建设提前启动，这一期工程包括建设857套廉租房，建筑面积46800平方米。而第一批425套住房必须在今年年底前交付使用。同时，第三期的征地工作已经完成，正在进行规划中。

8月初秋，我们来到廉租住房北城小区建设现场，据项目承建施工单位负责人贺冬荣介绍，总投资6100多万元的廉租住房北城小区项目，自去年年底破土动工建设以来，项目进展不断加快，目前已完成投资2500万元。当天在建的12幢楼中正好有一幢楼“封顶大吉”，施工建设方特意宰杀了3头肥猪犒劳日夜赶工期的建筑工人们，并向全体工人发出了在确保施工安全和工程质量的前提下，要提前完成施工任务的动员令。

廉租房北城小区项目作为钦州市继水东廉租房项目兴苑小区之后的又一个“安居工程”，在“政府组织、业主负责、部门配合、目标管理、责任到人”的管理模式下，市建规委、发改委、财政局、国土局、拆迁办等相关部门认真抓好职能范围工作的同时，主动做好相关协调和服务工作，形成共同推动项目加快建设进程的强大合力。与此同时，市房管所作为主抓该项目的业主单位，还与有关部门一道在保障工程进度和质量的前提下，从为民、便民的角度出发，进一步完善廉租房的设施功能，努力把廉租房建设成百姓放心工程、满意工程。

三、老城区让人揪心的危旧房状况

在北部湾大开发新的历史机遇的呵护下，钦州市城市建设正发生日新月异的变化，新街区高楼林立、新开发商品房售价及房屋出租租金节节攀升之际，祖上几代生活在老城区中山路168号的住户徐明冬，再也按捺不住迫切希望改变严重落后居住条件的复杂心情，鼓足勇气通过短信的形式把自家住房难的问题向钦州市委书记进行了反映。

正是这名普通市民所发的短信引发了钦州市危旧房改造的风暴，拉开了全市性旧城区改造的序幕。这一鲜为人知的真实故事发生在2009年春夏之交。

正当而立之年的徐明冬眼瞅着父母的年纪一天天变得老弱，还有一弟一妹均已成年，全家5口人却都无固定职业，只靠帮别人打工维持生活。而其父母所住的中山路166号（在168号隔壁），属徐家祖业私有房产，由于该房屋涉及的产权人数多达24人，大家对共同出资维修房屋的意见不一致，导致中山路166号房屋因年久失修，三楼崩塌，二楼也部分崩塌，形成了危房。

父母长期住危旧房，他和弟妹都是在外打工投宿。作为一家长子的徐明冬倍感生活的无奈，他和弟妹不仅有家不能住，而且每当刮风下雨，他总是担心家中父母的安全。于是徐明冬抱着试试看的态度给市委书记发了一条短信求助，当初他也不知道能否引起百忙之中的领导的重视，徐明冬说他的心里一点底都没有。没想到几天后的 2009 年 5 月 24 日，由钦州市建设规划委员会及钦州市房产管理所组成的联合调查小组真的来到了徐明冬家，调查小组正是受市委书记委托而来进行实地调查了解情况的。徐明冬一家激动了，而他的邻居们闻讯也纷纷反映情况。

中山路 168 号属于徐明冬公公（爷爷）遗留给其父亲和其伯父共有的房产，166 号、168 号楼房均建于上世纪三四十年代，砖木结构，共有三层房屋，面积共约 437 平方米（166 号、168 号各占一半）。由于徐明冬家人和其伯父常对 168 号楼房进行共同维修加固，因此比 166 号楼房稍好些。

针对徐明冬家人住房的实情，为了保障其家人人身财产安全，市房管所及时作出了相关安排，一是敦促徐明冬父母先搬回与其伯父共有的 168 号楼房相对安全的二楼居住，二是指导徐明冬按程序申请廉租房（如符合条件可考虑在廉租房北城小区建成后给予安排）。

徐明冬一条短信惊动了市委书记，引来了有关部门的调查关注，虽然他家的住房困难问题暂还不能得到根本解决，但是与他家类似的一组“危旧房调查情况数据”以及“对城区旧城改造问题的建议和设想”同步被市建规委汇报到了市委领导的办公桌上。2009 年 6 月 8 日，市委书记当即作出批示：“要加快我市廉租房建设力度，要确保旧城区旧房居住群众的人身安全。”

对此，徐明冬感到莫大的欣慰，因为他的一条短信引发了将给全市人民带来福音的思想火花的碰撞。

据了解，近几年钦州市房地产发展较快，但由于种种原因，老城区的危房状况一直没有得到根本性改变，形成了新城区高楼林立与老城区成片危房并存的现象。我们专程深入到中山路一带进行调查走访时，居民们普遍反映说他们所居住的老城区公共配套设施相当落后，道路拥挤不堪，所住房屋大多破旧，潮湿狭窄，加上年久失修不少已成为危房。据市房管所负责人叶坚介绍，类似中山路 166 号、168 号这种危房主要集中在一至五马路及城内街南北区域、胜利路东西区域及新兴西路北面区域。据 2007 年对一至五马路（人民路以东）片区拆迁调查数据显示，该片区房屋建筑面积 86483 平方米，其中残旧房屋及危房大约占 70%。据市房管所最新统计，全市城区国有直管公房有 70000 多平方米，其中危旧公房就占了 90%达 60000

平方米，主要位于一至五马路。

四、加速旧城区改造，推进危旧房换新

住房问题是重要的民生问题，解决城市低收入家庭住房困难是各级政府的责任。因此，在继续加大廉租房建设力度的同时，钦州市还应把加快旧城改造步伐提上议事日程，以加速推进解决旧城区居民住房困难问题，并通过旧城改造使钦州市人居环境和城市面貌明显改善，城市布局更加合理，城市功能进一步增强，城市品位进一步提升。这无疑又将是我市改善民生、服务民生的重大举措，这一为普通老百姓谋福祉的民心工程必将惠及千家万户。

据有关部门透露，钦州市旧城区改造相关政策及实施方案正在抓紧制定中，其设想和思路主要有：

一是借鉴我国沿海发达城市旧城改造成功的经验和做法，对旧城区改造制定出台相关优惠政策。特别是针对房屋建筑密度大的旧城区（如一至五马路片区），以更具体、更优惠政策对旧城改造进行扶持，以降低拆迁成本，吸引更多企业参与旧城改造。

二是遵循以点带面，由片至区，逐步改造的原则，统一规划，分区分阶段实施，用 5 年左右的时间逐渐对旧城区进行改造。先选择相对集中的国有直管公房进行改造，作为一至五马路旧城改造工作的切入点，尝试以点带面，逐渐从公房改造扩大至片区改造范围。

五、让中低收入家庭早日圆住房梦的思考

每当刮风下雨，最让住无定所的人员烦忧难受；每当暴风雨来袭，更让住在危旧房里的居民心惊胆战。无房户或住房困难户日盼夜盼，月盼年盼，一辈子盼，他们多么希望通过艰辛劳作拥有一套属于自己的可以遮风所挡丽的房屋，从而有一个安宁、温馨的家。

“安得广厦千万间，大庇天下寒士俱欢颜，风雨不动安如山！”唐代诗圣杜甫“秋风破茅屋”之忧伤吟唱至今已有二千多年。然而当举国上下在享受着改革开放 30 周年辉煌成果之时，在城市中，由于商品住房价格远远超过了低收入居民的经济承受能力，使这些家庭难以完全通过自身努力解决住房问题，仍有相当一部分居民不得不继续期待着一场更猛烈的惠民“政策风暴”的来临。因此，在低收入人群无力购房的现实面前，在以市场决定住房资源配置的同时，国家还要出台各种举措帮助中低收入家庭解决住房问题，满足其基本的住房需求。各级地方政府及有关部门必须对低收入家庭实行相应的优惠政策和建立住房保障制度，让他们人人“住有所居”。

可喜的是，关注民生，关注弱势群体，为困难群众解决实际问题，如加大廉租房建设力度，增加经济适用房建设比重，加快危旧房改造步伐等，早已引起党和国家及地方各级党委政府的高度重视，并纳入了国家重大民生工程之一，正逐步加大财政投入力度。钦州市委市政府提出要以创新举措持续推进廉租房建设，努力让每一个低收入家庭“住有所居”的坚定目标，同时还在逐步完善相关优惠政策，在廉租房申请准入条件等方面给予逐年放宽。

“住有所居”是一个循序渐进的目标，政府责任重大，任重道远。在调查中有群众向我们反映，除了低收入家庭、困难群众能得到优先照顾外，还有诸如新就业大学生、外来务工人员（进城农民、打工者）和暂无力购买商品房的市民（中低收入人群又称“夹心层”）等都应能享受到廉租房或住房补贴等优惠政策。这就对政府部门提出了新的更高的要求。各级政府和各有关部门要从关注民生、履行政府公共服务职能的高度，来实施作这一利民、惠民政策，更需要各级政府部们不断采取创新举措，如借鉴香港等地每年的都通过新建、改建公屋等措施，满足居民租房的需求，让他们“住有所居”。

实现“住有所居”该走什么样的路？有专家认为，各级政府应从让中低收入人群买房的窠臼走出来。应让买得起房的人买房，让买不起房（或是不想买房的人）的租住“公产权房”。让租赁房（并非只设计准入要求很严格的廉租房）在住房体系扮演重要角色，解决中低收入者的居住条件，改变老百姓“买房方能安身”的观念。

“住有所居”是一项系统工程、综合工程和庞大工程，除了各级政府要加强住房保障体系建设外，还需要社会各界的共同努力。一是解决群众住房难问题不是政府一家之责，政府廉租房更不应该成为解决难题的“独木桥”；二是在政府出台优惠政策引导政企联手进行旧城改造的过程中，企业一方也应担负起让利于民的责任，而广大被拆迁户也应顾全城市建设需要大局，自觉服从政府拆迁安置，不要动不动就制造“钉子户”或“上访户”的新闻：三是国家提倡的经济适用房建设不应再在个别唯利是图的房地产开发商关卡上“难产”或“踢皮球”；四是各单位也要多为住房困难职工及新就业无房人员想法子，不要轻易把矛盾推给政府推向社会；五是一些“先富”者及有富余房的出租户不要只图自家安逸享受，不要随意抬高房屋出租价，超出低收入租房人群的承受能力，要自觉规范房屋出租市场，要有“先致富后帮带”的仁爱之心；六是当下困难户要坚定信念，勤俭持家，克服困难，顽强拼搏，不懈努力，争取靠自己尽快圆住房梦。

众人拾柴火焰高，安居乐业和谐畅。只要我们务实为民，共担责任，创新进取，深信人人“住有所居”的目标一定会早日梦想成真。

（原载2009年《钦州社会科学》杂志第4期总第15期，同年12月荣获钦州市“庆祝中华人民共和国成立六十周年暨撤地设市十五周年征文活动”一等奖）

广西历时两年多的东（兰）巴（马）凤（山）基础设施建设大会战在八月秋高气爽的季节里全面告捷了。9月5~7日，自治区党委、政府在河池隆重召开东巴凤三县基础设施建设大会战总结表彰大会，与会代表200多人在自治区党委、政府主要领导的带领下实地考了大会战建设项目，深切体会到大会战给老区带来的巨变。

在五圩至九圩二级公路交通要塞莲花坳立交西桥下，在巴马至凤山二级路山高天堑坡心坳，代表们不顾沿路奔波的辛劳走下车，作长时间停留，或听有关人员现场讲解公路建设情况、或踏步而行真切感受平坦宽阔的山间公路，或倚公路护栏俯瞰秀美山村和连绵大山的雄风，不时对开山辟路的建设者们在短时间里创造的神奇之作，发出连声赞叹。

千载夙愿今朝就，老区天堑变通途。在这场波澜壮阔的大会战中谱写了许许多多可歌可泣的新篇章。

山乡变通途，老区展新貌。走进2005年9月的河池革命老区，在东兰、巴马、凤山三县（自治县）交通图上，代表二级公路、县际三四级公路、通乡镇柏油路和通村四级砂石路总里程2255.3公里189条新公路等级的红线十分醒目。三县结束了没有高等级公路的历史，实现县县通二级公路、县与县之间通三四级柏油路、乡乡通柏油路，70%的行政村通四级砂石公路的目标，三县上等级公路由498公里上升到2301公里。在广西同类水平的县中率先实现乡乡通柏油公路目标，比广西“十五”期末规划70%乡镇通油路高出30个百分点。

一组组惊人的数字，托起了东巴凤公路建设历史性的跨越，体现了党和政府对老区人民的关爱，体现了参加会战的广大公路建设者和干部群众苦干巧干的艰苦奋斗精神，奏响了一曲曲动人心弦的赞歌。

精心谋划　呕心沥血

2003年4月，自治区党委、政府发出东巴凤三县（自治县）基础设施建设大会战的动员令，决定集中一定的人力、物力、财力，解决阻碍东巴凤经济社会发展的基础设施问题，帮助老区增强造血功能，加快脱贫致富奔小康步伐。交通基础设施是大会战的重头戏，总投资16亿元占整个大会战的计划投资22亿多元的72%，给东巴凤老区的公路建设创造了千载难逢的机遇。

自治区党委、政府决定，二级公路、县际三四级公路、通乡柏油路建设由交通部门为主组织实施；通村四级砂石公路项目由扶贫部门组织实施。

立项是基础。为勾画好东巴凤三县公路建设的蓝图，自治区党委书记曹伯纯，自治区主席陆兵，副主席张文学、吴恒、杨道喜等领导多次踏上这片红土地进行调研，对公路建设重点项目进行研究，决定在保证原有重点项目的基础上，增加投资8200万元建设东兰（弄英）至巴马（练乡）三级公路。自治区交通厅、区扶贫办有关领导多次率队深入东巴凤勘察调研。

筹集资金是保证。自治区交通厅、发改委立马当先，及时调整计划，向东巴凤三县公路建设会战倾斜。部门专项资金不足通过贷款采用国债等办法解决。区交通厅不但确保规定项目资金到位，还设法解决了凤山、巴马等县城绕城二级公路建设投资。

科学组织实施是关键。自治区交通厅成立三县交通基础设施建设大会战办公室，制定大会战管理办法，打造“阳光会战”，杜绝“豆腐渣”工程的出现，自治区扶贫办，交通厅还制定了三县大会战通过四级公路建设实施方案，河池市交通局、公路局抽调人员组成8个建设办，全方位组织工程的实施。

大会战交通项目的实施，牵动着各级领导的心。2005年5月上旬，自治区党委书记下到东巴凤建设工地，检查会战的扫尾工作和项目质量，并亲自在弄练三级公路武篆段参加公路建设劳动。他语重心长地说，要围绕二级路等建设做好扫尾工作，不留“尾巴”，不留“后遗症”，圆满完成大会战项目建设任务。

不畏险阻 “亏本”承建

东巴凤大会战交通项目的实施遇到许多困难，面对重重困难，建设单位设法克服困难，发挥老区艰苦奋斗精神，兑现合同承诺，努力为老区人民留下精品工程。

公路建设中，出现了建设单位“亏本”也要把老区路桥修好的感人事迹。桂中公路建筑公司承建的东兰至巴马二级路第一标段 10 公里，征地拆迁难度大，地形复杂施工难上加难。从毛巾厂到东兰高中 1.6 公里全是石灰岩地段，需处理的废方有 11 万立方米。施工现场与学校、民房距离近，为防止爆破时损坏房屋，他们投资 18 万元购买钢管筑起长 180 米、高 3 米的防护栏。这段 1.6 公里的路段，其路基中标为 180 万元，实际投资 260 万元。桂中公路公司能做到，中铁 16 局当然也不能含糊：袍屯大桥，是凤山至巴马二级公路第 4 标段的一座大桥，长 189 米、高 24 米，由中铁 16 局承建。该桥建设实际投资 341 万元，比中标价 261 万元超出 81 万元。

五圩至九圩二公路莲花坳路段险处有 60 米，下方是 150 米高的悬崖，最高开挖高度为 60 米，需开挖石方 13 万立米。施工异常艰险，多次出现险情，曾两次封闭施工，经过一年多的奋战才完成施工。中标承包方付出的代价可想而知。

凤山至巴马二级公路第 5 标段全长 7 公里，坡陡、沟深、弯道多，7 公里路段就有 40 多个“S”型弯道，挖方最高处 104 米，填方最低处 82 米。桂西公路管理局中标后，投入 700 万元，购买几十辆（台）全新挖掘机、推土机和运输车。

凤山县袍里乡央峒村地处大石山区，该村旧四级公路长 11.5 公里，共有 9 个四头弯，其中袍坡就有 5 个重叠回头弯。改建时，高处放炮炸石，从上到下要 5 次清搬废方，两台挖机折腾了两个月。路不通，施工用的炸药和柴油等，只能用肩背扛，仅炸药就达 45 吨。又有一个中标方当了无名英雄。

身先士卒 舍我其谁

在东巴凤大会战二级路、县际路、通乡柏油路的建设工地上，人们经常看到一位中等身体、办事雷厉风行的中年男子，他就是河池市交通局局长苏志宏。两年多来，他每个月都要到东巴凤公路建设工地上督查指导多次，出谋献策，解决一个又一个棘手难题。

苏志宏，是在大会战开始时接任河池市交通局局长的，这是机遇也是压力。期间，他的父母双亲去世，但匆匆处理后事之后，他又全心投入到大会战工作中。苏志宏除了平时抓好面上工作之外，还把更多的时间和精力，放在会战交通项目征地拆迁的协调工作，工程进度、质量、安全检查督促之中，这两年几乎没有过节假日。

东兰县政协主席陈耀录，任县大会战指挥部副指挥长。全县 65 条 484 公里的通村公路改建，每一条他都走过 5 次以上，最多的有 20 次。一年多的时间他穿烂了 4 双皮鞋。

建设办是公路建设前线指挥部，工作很辛苦。凤山至凌云、天峨至凤山县际公路建设办，负责两条 130 公里改建的施工组织，由于经费有限，管理人员只有 7 个，但他们任劳任怨。工程开工的前 5 个月，正值隆冬时节，经常阴雨绵绵，寒风刺骨，但他们一天要超负荷工作 13 至 15 个小时。市交通局总工程师、建设办主任肖立华一心扑在工地上，老伴已退休，身体欠佳，他仍自告奋勇到建设办协助做好印刷、复印等工作。建设办常务副主任范如贞，干脆把孩子从金城江接到凤山县城随读。

开路先锋　为路忍痛

老红军后代、东兰县武篆镇色故村农民陈永芳，投标中了隘洞镇纳克村四级砂石路，听说同时标中了另两条砂石路的工头因工程价低、施工难度大而放弃的消息，陈

巴马长寿之乡的长老们今儿个真高兴（麦大刚　摄）

永芳二话没说接了过来。色故村至弄竹村四级砂石路全长62公里，地势陡峭的弄潭坡有11道回头弯。筑路队伍凭着蚂蚁啃骨头的韧劲，硬是在石壁上开挖出石头47万立方米，运来泥土1100立方米，砌好档土墙1.27万立方米。历经一年的奋力拼搏，陈永芳承建的3条通村公路通过验收，以质量优良成为该县同类项目的示范工程。

为了会战需要牺牲个人利益的也很多。东兰县隘洞镇个体老板韦福高在隘洞桥头建了一个水泥砖场，每天收入200元，因为二级公路测量需要，他的砖场停工18天，损失4000多元。凤山县百乐至那烘通村砂石路经过那烘屯群众的林地，屯里群众忍痛砍掉正处盛产期的2750多株八角、油茶、板栗，仅罗昌华一家就砍了206株，损失近万元。

长路为歌　泥石让路

在宏大的东巴凤公路建设战场上，广大建设者不畏艰险，向顽石开战，与恶水搏斗，抢修水毁路的气概更让人感动。兴仁坳，是巴马通往凤山的必经之地，这里两山夹峙、沟深坡陡、地形狭窄，是施工的艰险地段。经过近一年多时间的紧张施工，进入今年6月，全段路基土石挖填方工程完成率99%，桥涵工程完成100%，隧道主体工程已经完成，工程转入进行洞壁衬砌等附属工程施工。

该工程由于所处的特殊地形，各种大型的施工机械一时无法进入兴仁坳，给抢修工作造成了极大的困难。在项目经理黄建平的带领下，该标段迅速组成清泥石攻坚领导小组，抽调强有力的施工队伍进场，由于调进的车都是大吨位的，路烂，加上泥土含水量大，沉重，使车轮极易陷入淤泥里，容易产生打滑，无法拉出，给运输带来极大的困难，只好想办法拉回片石铺在路上，一米米地向前推进。

重型汽车行走在碎石上，轮胎容易刮破，清理塌方期间，仅轮胎就换了500多只。整整20天的时间，筑路员工们与塌方作艰难的斗争，50多万立方米的泥石，就是用大卡车一刻不停地拉也要拉5万多趟才能拉完。加上不间断的雨水冲刷，全路泥浆横流，抢修工作非常的辛苦。家在南宁的总工程师韦红部新婚不久，在工地一呆就是3个月。工人黄爱学在抢修水毁路的关键时期，接到母亲病重的家里电话，而为了抢险，他悄悄挂了电话，又投入到抢修中，整整三个月没离开过工地。他把对亲人的思念与牵挂，默默地融入到无声的工作中。

（原载2005年9月《广西公路征稽》杂志第5期）

老区踏上致富路　革命圣地放光彩

——自治区公路管理局退休老同志走进“东巴凤”纪行

金秋十月，天高气爽，记者一行跟随自治区公路管理局48名曾在广西公路建设史上挥洒汗水建功立业的老领导、退休老同志顺着绵延的山区公路，探寻革命老区的足迹和公路开拓者不畏艰难的精神……

苍翠的高山，隔绝着外面的世界/悠悠流淌的红水河记载着历史的沧桑/弯弯的山道里留下了老区太多的叹息/凝重的大山里，沉淀着厚重的历史/寿乡的百岁老人在苦苦翘盼/革命老区的人民在苦苦等待。

瑶乡的金凤凰，衔来了条条美丽的彩带/瑶家的楼房里，酒香情更浓/党的恩情大如天，直把群众当神仙/基础设施大会战，老区人民笑开颜。

这是青年诗人李焕前东巴凤归来有感而发写出的一首优美诗歌，生动地描述了东巴凤基础设施建设大会战带给老区人民的“喜悦”。

在广西东巴凤基础设施建设大会战胜利告捷一个多月的日子里，踏路而行身临其境不禁让记者深有同感：这里一条条新修建的公路，都是连结党中央，连结自治区党委、政府，连结筑路人和老区人民厚情厚意的连心路呀！同时，东巴凤公路还是一条条致富路、科技路、生态路、平安路。

故地重游话变迁

汽车由都南高速公路飞驰，到了五圩至九圩至东兰二级公路入口处，只见高大的纪念碑上有公路标志，碑上四周写有“东巴凤基础设施建设大会战交通项目”大红字，踏上东巴凤之旅由此开始了。

汽车在崭新的二级公路上行驶，新建的公路有的穿山而行，有的沿着半石山腰蜿蜒而过，老同志都是与路打交道的，修这样的路难度确实非同凡响。当看到公路上的防护栏、防护墩、高光镜、导向标、分道线、减速带等交通标志醒目齐全，大家不禁连声称好。行驶在这“畅、洁、美、绿”的公路上，我们觉得安全而又赏心悦目。听说以前这里路还没通时，有一外出打工的小伙子买了一辆摩托车回来，由于没路可行，只好请村人帮忙抬回家，这则发生在现代社会的笑话的确让人哭笑不得。现在路通了，山区人不仅买了摩托车，有的还买起了汽车跑运输。

在九圩至东兰二级公路香河大桥与东兰东风林场路段，我们看到当地的群众正忙着在公路两边进行农产品交易。路过的东兰农民有的挑、有的用马驮，一袋袋板栗、八角等特产陆陆续续地从山中涌来，走在新修的公路上他们个个脸上都洋溢着喜悦的笑容。路过东兰肯莫时，当地的农民正忙着秋收，黄灿灿的稻谷、沉甸甸的玉米棒预示着老区又逢一个丰收年。

一桥飞架红水河，楼房林立的东兰隘洞乡已映入眼帘，大家无不为老区的新面

神秘凤山“引”客来（麦大刚　摄）

貌感到高兴，同时也为红水河大桥的建设者感到由衷的敬佩。

已有86岁高龄的老同志陈凯峻，听说自治区公路管理局要组织老同志到东巴凤参观，陈老愿望特别强烈，并一再强调自己的身体还硬朗得很，保证不会拖大家的后腿。陈老是50年代初首批到东巴凤搞公路建设的工程队队长，可以说他的历史就是一部东巴凤建设变迁史。过去这里石山多，土地稀少，有‘碗一块、瓢一块，蚂蚱一蹦跳三块’的说法。因此当地群众生活相当艰苦，陈老当初带队也只是来这里修简易公路，全靠“赤手空拳”作战，能有一匹驴或马就是最奢侈的交通工具了。“变了，变了，一切都变了，山变绿了，水变清了，楼变高了，田变多了，路变宽、变平坦了，老区人民变得更加精神了。”陈老一路感慨万千。

当日，老同志参观了东兰革命纪念馆。当看到百色起义烈士英名录中，东巴凤三县的烈士就占80%时，老同志们为之感到震惊与敬佩。已经退休多年的自治区公路管理局原党委书记李敬国眼眶湿润了，他激动地说：“老区人民的生活非常艰难，他们为革命做出了很大的牺牲。建国50多年了，现在从党中央，自治区党委政府，自治区交通厅、自治区公路管理局领导都非常关心老区人民的生活。现在路通了，对老区人民也是一个回报和安慰，对老区的经济发展将起到很大的推动作用。作为一名公路人，修好路是我们应尽的责任义务啊！”

巍巍青山可见证

凤山至巴马二级公路是东巴凤三县交通基础设施建设大会战的重点工程项目之一，是省道20322线的重要组成部分，也是凤山县通往山外的交通要道。工程全长74.61公里，批准预算投资2.98亿元，线路起于凤山县城东侧，途经太平、良利、坡心等近10个自然村，终于巴马县城。与巴马至田阳二级公路相接，该工程于2003年12月开工建设，全线采用山岭重丘二级公路标准设计，路基路面宽度均为8.5米，设计荷载：汽-20，挂-100。主要工程量：路基土石方1838万立方米，桥梁7座503.4米，涵洞323道5405延米，隧道2座565米，防护工程10.35万立方米，沥青碎石路面55.5万平方米。为保证工程质量和施工安全，施工过程采用了预应力锚固、挖孔抗滑桩加固防护、土工格栅和加筋挡土墙等新技术。据悉，该工程是当前我区路网工程项目中技术含量较高、安全设施较为完善的工程之一。

听说老同志要去参观，巴马县公路局领导早就在“坡心坳”等候，对老同志介绍说，“坡心坳”是整条路线最险要的地方之一，但公路人从不畏艰难险阻，他们用智慧与汗水使蜀道夷平，使天堑变通途。公路局指导员告诉我们：“9月6日通车庆典时就在这个地点，自治区人民政府主席倚在护栏上，满意的笑容挂在脸上，自治区党委书记拍着东巴凤三县交通基础建设办公室负责人的肩膀连声夸奖公路修建得好。”据悉，凤山至巴马二级公路是“大会战”所有交通项目中地形最复杂，地质灾害最集中、施工难度最大的项目之一。工程挖方最高处达104米，填方最深处为66米，其中施工难度最大的项目为：一是菩岜沟，路面须从深处达82米的沟底逐层填起，土石方达15万多方；二是仁乡坳，仅修建一处长85米、高20米，厚1.5米的挡墙就用了5000方石头；三是京里村路段，在几乎垂直的陡峭石灰山腰上凿一条380米长的公路，公路下边是民房，距离公路边线最近仅为3米，上下高差达40米，不能进行大规模的机械作业；四是袍屯大桥，桥长19米，最深为38米，开挖桥墩基孔就耗时5个多月。2005年6月东巴凤遭受特大洪水袭击，仅凤巴二级公路塌方就达100万立方米。

为了攻克难关和让东巴凤公路以最好的质量尽快竣工，自治区交通厅、自治区公路管理局领导冒烈日、迎风雨多次亲临现场指挥督战，交通厅东巴凤三县大会战办公室生产处负责人春节后都一直蹲点在施工一线，进行质量和进度监督。巍巍青山可以见证他们忙碌的身影和洒下的汗水呀！碧水、蓝天、白云，这一切见证着公路建设者造福一方的胸怀。

“巴马到凤山，一路九百弯，登上青云坳，伸手触云端。”这首民谣形象地道出

壮乡将军博物馆（张碧仙　摄于东兰县）

了旧时的巴马公路弯多坡陡路难行的特点，交通不便使凤山成为遥远的“天国”，严重制约着该县经济的发展。凤山至巴马二级公路的建成，标志着河池市最后一个县通上了二级公路，随着公路等级的提高，从凤山到巴马的行车时间由原来的 3 个多小时缩短到现在的 1 个半小时左右，大大促进了凤山和巴马两县之间的经济贸易和往来。

去年刚退休的自治区公路管理局原总会计师张滇梅对记者介绍说，40 年前她曾在河池工作过 6 年。在 60 年代，由金城江去东兰从早上到晚上才到。当地流传有这样的俗语：“河池南丹，有线难翻，脸朝黄土背朝天。”在 70 至 80 年代，由于修路经费不足，只能“以工代赈”来修路。记得有一次下东巴凤检查工作时，当地公路局一分钱都没有，只能拿一些旧报纸卖了买点东西招待。当时的瑶民住在高山，生活极其困难，当地有俗语曰：“瑶家住高山，从未下平川；举目千里远，脚下藤缠绵。”现在党和国家非常关心公路交通建设，有资金投入、有财政支持，交通部门通过多渠道筹集，尤其是自治区交通厅、自治区公路管理局领导非常重视路网建设，广西的公路建设在西部地区来说都是较好的。

车上的气氛很热烈，大家畅所欲言。曾获得全国“五一”劳动奖章的自治区公路管理局原高管处主任黄熙英于 1999 年退休，他曾任总监办经济师主任，对公路建设的技术要求很清楚，面对着盘旋在山间弯弯曲曲的公路，他深有感触地说：“东巴凤交通设施大会战，要是没有自治区党委、自治区人民政府的重视，没有自治区交通厅、自治区公路管理局的正确领导和关心，没有当地政府和当地群众的大力支持，那是超乎人想象的，那是根本不可能办到的事。东巴凤公路可以说是一条幸福路，也是带动老区人民富裕与腾飞的一条彩带，相信老区人民的生活也会越来越好。”

在公路连接巴马县城入口处，由自治区交通厅立起的一块风帆形石碑上刻着“架桥修路，造福人民”的隽秀红字。是啊，要想富，先修路。路，仍是迈向幸福生活的“绿色通道”，东巴凤公路不愧是为老区人民雪中送炭的民心工程和德政工程啊！

入夜。在巴马县城，远处高亭蓝色的镁光灯束美丽地射在巴马县城上空。在宽阔的巴马广场，人们翩翩起舞，歌声阵阵，其乐融融。

神秘寿乡撩面纱

东巴凤是典型的喀斯特地形，每座山的形态各异，一座有一座的姿势，一座有一座的风采。有雄壮的，有苗条的，让人想起坚强不屈的老区“拔哥”精神，让人想起楚楚动人的瑶家少女……可以说与桂林山水有异曲同工之妙！而东巴凤更像蒙娜丽莎的面纱，她的神秘迷人还有很多等待我们去揭晓。

由凤山途经巴马时老同志们顺便到国家地质公园——“水源洞”参观。听说这里曾吸引了英国等地的探险队前来考察。沿着一条碧绿的小河乘筏轻荡，一株茂盛的古榕附近，老藤缠绕，山岩下有一小洞口，洞口刚好可容一条可乘10人左右的船低头入内；洞内有一丝漆黑，一会儿出洞后便豁然开朗，原来是进入了一处天坑，阳光、植被一路下来，想必世外桃源应该是如此吧。然后再进入一小洞，出洞后又是类似刚才的“世外桃源”！一连有三处这样的胜景。洞中倒挂着形态各异的钟乳石，美不胜收。水中有洞，洞中有水；洞内有天，天内有洞，比乐业的天坑更有一番情趣！在第二个天坑岩石上还有一宽敞的溶洞，传说韦拔群当时曾来此办公以躲避敌人呢。当地撑船的艄夫说打通一条平水的石隧道里面可通更美的景色，但目前尚未开发，我们期待着早日让游人饱尝这一美景。

路通后，东巴凤的“红色旅游”和“生态旅游”得到了蓬勃发展。如东兰革命烈士馆，巴马有韦拔群当年组织的广西农民运动讲习所、魁星楼等革命旧址。东兰有“埃及遗梦”、铜鼓村等景点；凤山有水源洞、鸳鸯洞等；巴马是世界著名的长寿之乡，这里有逶迤绚丽的盘阳河风光；有碧波荡漾的赐福库区平湖；有如诗如画的龙洪山光水色；有千姿百态的岩溶洞等，慕名前来观光的旅客络绎不绝。

沿着巴马到东兰二级公路去列宁岩的途中，看到公路两旁层次分明的绿化作物煞是美观。随同的巴马县交通局局长韦伟益介绍说，“修好一条路，种好绿化物，投入有产出，提高公路用地社会、经济附加值。”是今后公路建设的新趋向。为了扭转过去“路旁一排树，边坡一层草”的单一绿化作法，该路段种植的植物有三类：爬地菊、爬地虎、木鳖子、蔓生攀沿藤状植物；杉木、八角、柿子等经济作物；三角梅、山黄姜、一品红、夹竹桃等美化观赏植物和草皮等。工程技术人员采用不同植物进行分层、交叉种植，对边坡进行立体式绿化防护，以达到层次分明、美观的效果。这样既优化路景，又能长久有效地治水保土、护路；既有观赏性，又可从绿化特产产品中获得经济效益，提升公路绿化社会效益。在全区路网工程中，对公路边坡进行这样的立体式绿化防护，尤其是对公路边坡岩溶风化地带的科学综合绿化，在广西还是首次，为老区的“生态旅游”奠定了基础。

路通后也让地方特产有了销路，如东兰的黑米、板栗；巴马的香猪、油茶等深受人们的喜爱。路通样样通，公路促进和带动了东巴凤各行各业的快速发展。

东巴凤交通大会战让山区变得多姿多彩，东巴凤交通大会战，让老区人民走出了千山万壑的重重阻碍，让外界精彩的世界同在一片蓝天下；东巴凤交通大会战，加快了老区人民脱贫致富的步伐，为共同构建和谐社会作出了巨大贡献。

（原载2005年12月《广西公路征稽》杂志第8期）

魅力与风采

“真善美”，一个千古传颂并为世人代代不懈追寻的佳话，八桂儿女用非凡的创造力和独特的人格魅力，彰显出了时代奋进者的风采。

塑造迷人的魅力

——北海富丽华大酒店追求“真善美”的启示

●富丽华，一个让旅客信得过的名字！一扇可以窥视北海美的窗口！

●商场如战场，真诚难能可贵，富丽华正是凭借“真”赢得了市场，赢得了良好的信誉，从而确保其在严峻形势下和激烈竞争中立于不败之林。

●富丽华人深深懂得，外表美始终是表面，内在的东西才是实质，只有实实在在的内在美、善意的美才能感动一片，留住人心。

“不求最大，但求最美”无疑是以“美”闻名于世的北海市抢抓新的发展机遇、吸引海内外投资者、旅游者的明智决策。

1997，又是一年春光好。众多信息表明，又一轮“北海热”升温在即。北海旅游业的机遇来了，游玩北海，度假休闲、吃住最理想的好去处在哪里？

富丽华，一个让旅客信得过的名字！一扇可以窥视北海美的窗口！

无论昨天，还是今天、明天，北海富丽华大酒店矢志不渝地把自己视为北海的窗口企业，在追求一种美、在为北海完善一种美，这也正是越来越多的海内外旅客钟情于富丽华的魅力所在——真善美。

北海富丽华大酒店是由新加坡富丽华国际酒店集团管理的三星级酒店，是北海最早的星级酒店，是一座具有欧式建筑风格的园林式度假休闲酒店。“住海边，吃海鲜，玩海面”是其独具的特色。近年来，该酒店以一流的环境，一流的设施，高品位、高质量地接待着无数批中外旅客组团和个人，我国领导人乔石、李铁映、邹家华、杨尚昆等也曾在此下榻过。新加坡前总理李光耀先生在此下榻后，为其“落日熔金、波光万顷”的胜景而赞叹。1995 年、1996 年，该酒店连续两年获得广西十佳星级酒店，1995 年获得全国百家优秀星级酒店，1997 年春又被评为广西首批消费者信得过企业。

殊荣是业绩的体现，是取得真正成功的象征，富丽华人奋进的真谛，成功的真实，给人以真诚的启迪。

商场如战场，真诚难能可贵，富丽华正是凭借“真”赢得了市场，赢得了良好的信誉，从而确保其在严峻形势下和激烈竞争中立于不败之林。

酒店业是特殊的服务业，大凡商家把消费者拱为“上帝”，而富丽华就一个字赢得了“上帝”及其最大的回报，这就是欲求人“真”，先予人以“真”。富丽华人的“真”，货真价实是对“上帝”的至尊。1996 年，北海市技术监督局对全市 37 家经销茅台、五粮液、剑南春等名酒的商场、酒店进行检查，结果假冒率达 60. 7%，抽查中，北海市售有以上名酒的 11 家酒店仅有富丽华所售名酒均为正品。1996 年 3 月下旬，市技术监督局、市经贸委、市卫生检疫局联合开展的监督检查发现，除了北海华联商场、富丽华大酒店严格执行了区技术监督局、区经贸委、中华人民共和国南宁卫生检疫局针对洋酒在内的《关于检查进口预包装食品标签的通知》外，大部分的商场、酒店没有完全按照《通知》的有关要求执行。

当今市场假冒伪劣泛滥，一些利欲熏心者虽然暂时赚得了不薄之利，但正是他们的“短视”，使得消费者诚惶诚恐，最终也将自食失去他们赖以生存的“上帝”的恶果。对此，富丽华大酒店总经理郑斌“把持有方”、“坐怀不乱”，表现出了一位善营者、实干家的胆略和气魄。他说，为了杜绝假货，该酒店规定名酒必须由采购部统一采购，一直从主渠道北海市糖烟公司或名酒专卖店进货，并且每次都把批号登记在册，否则酒店的保管员、营业部门有权拒收。此外，变动采购单位必须经总经理审批。在内部管理上，层层防范假冒伪劣，并严格规定员工不能借出食品，一经发现，立即严肃处理。对采购人员经常进行教育，绝不能贪假酒小利而损害酒店形象。在仓储货物管理上，定期查看，对食品在有效期限的三个月前就要处理，过期产品一律销毁，防止又重新上架。郑斌总经理说：“我们不仅要保证客人的人身安全，还必须保证客人的就餐、就寝等各方面的安全。严格把好每一道关，客人的安全才有保障。”富丽华用真诚和实干维护自身形象，并且致力于塑造北海的形象。

在北海，富丽华风景这边独好，但她仍在追求更高的美。

酒店倚海而立，楼下是万顷碧波，院内是芳草茵茵，以风光秀丽，环境幽雅盛名的富丽华，尽管1995、1996年连续获得了北海绿化先进单位，他们从不“知足”，而是在进一步完美自身。面对1997年中国旅游年和香港回归祖国的大好机遇，富丽华又积极配合北海市的“美化工程”，在去年投资近20万元的基础上，压缩其他开支，而增加了近20%的绿化美化投入。其中投资1.2万元安装了42盏庭院灯，并计划改造8个景点，完成人造草坪4007平方米，种植乔木280株，灌木650株，盆花4400盆，同时为使酒店环境呈现出浓郁的南国风情，又移植多种热带树木，并新建一个有80余种花卉，年产18000支鲜花的花圃。

听涛声徐来，闻鸟语花香，富丽华正以出众的“美貌”招凤引蝶。“有朋自远方来不亦乐乎”富丽华人的追求不仅以美吸引客人，而且要以“美”留住客人，留住回头客。富丽华人深深懂得，外表美始终是表面，内在的东西才是实质，只有实实在在的内在美、善意的美才能感动一片，留住人心。宾至如归，待人如亲人，何愁不能得到客人真诚的回报。多年来，富丽华坚持高度重视对员工思想品质和职业道德的教育，做到几百名员工人手配发一本《中华美德贤文》，让员工参照良好的道德标准自觉约束自己的言行，保持酒店良好的“美德”氛围。1995年4月，泰国九属会馆北海考察团一行13人入住富丽华后，一成员突然旧病复发，情况紧急，总经理郑斌获知后迅速用专车送到市人民医院诊治，并派专人护理，病人和同行团员深受感动。1996年9月15日，酒店客房部楼层服务员顾裕花在清理退房时发现客人遗失的现金2300元整，她及时汇报主管领导，帮助查询，归还给了失主许先生。近年来，在酒店类似的助人为乐，拾金不昧的事例举不胜举，慰然成风，得到了广大消费者的赞赏。自1994年以来，酒店员工共为各地灾区捐款21万多元，衣物1400多件，共拾捡到人民币、外币、存折、首饰和其它贵重物品价值达十多万元，均交给失主或妥善保管等待认领。每年酒店都收到一百多封感谢信和良好意见表，消费者对富丽华员工优质的服务和高尚的精神风貌赞不绝口。

富丽华不愧是旅客温馨的港湾，不愧是旅游者理想的家外之家。

“真善美”，一个千古传颂并为世人代代不懈追寻的佳话，而今在座落于美丽的北部湾畔的北海之滨富丽华大酒店可以分享到此中的温馨，这是北海骄傲，是旅客的幸运，正如其名，富丽华的明天一定会更加亮丽辉煌。

（原载1997年4月17日《银滩旅游报》第1版）

南珠光世　名校生辉

——北海中学超常规发展散记

拥有70多年办学历史的北海市北海中学，在教育改革和发展的新形势下，最近几年里呈现出超常规发展的态势，其教育教学工作取得的显著成效引起了广泛关注，区内外的一批批教育同行前往“取经”，国外的中学生也常来交流学习。全国人大常委会副委员长王光英曾两度到该校视察，并欣然为该校题词：“南珠光世，名校生辉。”

争创一流，教学管理领先一筹

1999年3月，教育部有关领导视察北海中学时，勉励该校要“争创一流”。实质上，这些年来，北中人争创的目标正是：“质量一流，管理一流，师资一流，环境一流，成效一流。”

1999年9月，北海中学站在教育要面向现代化的高度，投资35万元建成了电子阅览室。在这个拥有25台电脑的电子阅览室里，师生们用鼠标点击屏幕上的“星光图书馆”图标，即可根据需要阅读网络上的各类图书；还可访问其他网站，阅读各类电子报刊和了解教育教学信息，享受网络资源。而今，作为广西中学的示范图书馆，其电子阅览室的使用，正在改变师生们的阅读方式、学习方式，是北中图书资料建设迈向现代化的一个重要标志。

将现代化的手段用于课堂管理，是北中的一创造。去年7月，投资45万元建成的“校园电视监控系统”，使得课堂管理不再只是任课教师的事情。

作为自治区现代化教育技术实验学校，广西首批校园网络建设实验学校，除了电子阅览室和校园监控电子系统之外，此前，北中已建成了两个计算机教室和多媒体教室等，教师们普遍开展计算机辅助教学并自己制作 CAI 课件，多媒体教室的使用率达 100%，至于理化课程的实验开出率，多年来是一直都保持了 100%。

“抢占制高点，迎接新世纪。”历来“站高望远”的叶翠微校长如实说，要通过现代的教育技术手段，改变教师的教学方式，改变学生的学习方式和获取知识的方式。

敢为人先，师资队伍德艺双馨

“艰苦卓绝，敢为人先”这是北中人凝练的北中精神。诚如创业艰辛，少不了艰苦奋斗的精神。在北中“三全管理”理念中有一点为全员管理：在教职工中树立“北中荣我荣、北中衰我衰”的观念，明确各级人员职责，做到“人人有事干，事事有人管”。“荣辱与共，艰苦卓绝”，北中的成功，更有其敢为人先的精神。

据介绍，校方的目标是，力争到 2004 年，全校专任教师中 50%以上具备研究生学历。毫无疑问，这是北中在教师队伍建设上抢占制高点的惊人之举。

除了重视学历之外，北中还重视教师能力的培养。由 45 岁以上的骨干教师与教龄未满 5 年的青年教师结对，培养青年教师，学校称之为“一带一”拜师活动，目前已有 25 对教师结对。还实施教师“五四一”素质计划，要求 45 岁以下教师在 2000 年前过优质课、普通话、粉笔字、教学论文、演讲等“五关”，在 2002 年 1 月前取得电脑上岗合格证、英语合格证、现代教育基本理论合格证、现代教育技术使用合格证等“四证”，每年必须通过一次专业知识测试。至于优质课、公开课之类的比赛，在北中已经成了常规。

学校校长在推进素质教育中具有特殊作用，要率先转变教育观念，把领导教职工创造性地实施素质教育作为重要职责。

据介绍，在北中，做出突出贡献的教师得到的奖励是出国进行教育国际交流，去年来已有三批共 13 位优秀教师获得了这种机会。正如校长叶翠微所说，“人人都能成功”，除了在教学中让每个学生都能体会到成功的喜悦之外，还要在教育管理上让教师们也能感受到成功的收获。

求实创新，教育成果桃李芬芳

北中的发展是实实在在的，同样，其成功的背后是实实在在的常规管理及其带来的辉煌实绩。北中人是求实的，也是敢于创新的。他们还将不断创造新的业绩。

江泽民总书记说，创新是一个民族的灵魂。在“培养什么人”这个问题上，北中同样有强烈的制高点意识：全面准进素质教育，全力培养创新人才。

如在“如何思维”方面，北中明确提出，要培养学生鲜活的思维品质，使其“头脑”常鲜常新，在去年5月的北中首届科技节上，学生们的63件小制作、94项小发明中，多数都体现了“实用、方便、原理可靠、没有先例”的原则，而390篇科幻小说和一批科学漫画，则体现了学生们对未来科技发展的憧憬，这无疑又是学生们今后的创造源泉。

面向世界的教育，离不开外语。记者在北中采访时，恰逢外籍教师正在上英语，同学们都是用英语回答提问。课后，这位在我区某高校任教的外教告诉记者，北中学生的英语水平比他任教的大学生的还要高。1999年秋，北中举办外国语学校，首届两个班招80名学生，却有200多人报名，就是冲着北中的外语教学水平而来的。

为高校输送合格人才，是普通高中教育的一项基本功能。强烈的制高点意识，使北中的这一教育功能得到充分发挥：1997年高考上线243人，改变了过去多年在百人左右徘徊的局面；1998年上线383人；1999年上线402人，再创历史最好水平。与此同时，从北大、清华等著名高校反馈的信息表明，来自北中的学生勤奋、刻苦，有很大的培养潜力。

北中的教育教学工作的巨大变化引起了社会的关注。1997年，北海华天公司董事长刘鸿书先生为纪念副董事长王荃女士，捐资50万元发起在北中设立王荃教育基金，用于奖励做出突出贡献的北中教师；1998年起，北海启东集团在北中设立启东教育奖，每年奖金10万元。

北中的明天一定会更辉煌。

（原载2000年1月8日《环北部湾城市论坛》特刊）

灵水湖畔护路人

——记广西公路行业文明建设先进集体武鸣公路管理局

被誉为壮乡首府南宁后花园的武鸣县是一个人杰地灵的好地方，钟灵毓秀的灵水湖是全国三大恒温湖之一，湖水冬暖夏凉，是人们避暑游泳的好去处，被誉为“华南奇山，人间仙境”的广西七个国家级自然保护区之一的大明山风景区更是闻名遐迩。

尤其是近两年随着中国—东盟经济园区落户武鸣华桥投资开发区，更为当地插上了经济腾飞的翅膀，作为地方经济发展先行者和保障畅通的公路交通也是当地的一道亮丽风景线……

初秋 8 月，记者一行慕名来到武鸣公路局采访。步入武鸣公路局大院，只见宽阔的庭院内各种果树和花草争奇斗艳、错落有致，在微风的吹拂下轻轻地摇曳，仿佛在向我们招手，让人心旷神怡。大门左侧是办公楼，办公楼后面是六层奶黄色的欧式综合楼，外墙装饰美观大方，绿树掩映，与蓝天白云交相辉。

当我们在办公楼找到刚刚外出归来的该局教导员龚庆英请她介绍有关情况时，这位年轻的领导起初还有些谦虚，但在记者的一再要求下，她还是把我们带到了局会议室，她说在这里就有我们要寻找的答案。在会议室，记者看到墙上贴有工程质量示意图、历年路况示意图，还有管养示意图等。管养示意图上用不同的颜色标明了管养的路段、养护站、涵洞、桥梁等，什么地方有险情或是发生路障，一看便一目了然。当龚教导员拉开了“爱岗敬业，路畅我荣”下面特制的“百宝箱”时，让记者大开眼界：里面有该局全体工作人员“全家福”介绍和多年来获得的所有荣誉称号等，我们不禁为这种既实用又美观形象的展示模式拍手叫好。记者挑重点初步浏览了该局用辛勤汗水换来的一系列荣誉：自治区“文明庭院”，全区交通系统职工思想工作优秀单位、全区交通建设质量年活动优秀养护单位；广西公路行业文明建设先进集体”；南宁市“花园式单位”、“文明单位”；桂西公路管理局“先进基层党组织”、“党建目标管理先进单位”等荣誉称号。去年10月份，自治区交通厅，自治区公路管理局和桂西公路管理局领导来到武鸣公路局检查指导庭院建设、基础管理和210国道创建工作时，给予该局高度评价，充分肯定了该局在养、建、管、征方面所作出的突出贡献。去年年底西藏自治区公路管理局考察团一行47人曾慕名到武鸣公路局和养护站参观取经，并献上了洁白的哈达以表敬意。该局双桥养护站还吸引了桂林、柳江、来宾、田阳、南丹等兄弟公路局前来参观学习。

创新管理谋发展

武鸣公路局下辖5个公路养护站，管养总里程达316.741公里，其中国道干线64.932公里，省道75.1公里，县道133.9公里，乡道6.069公里，专用道36.475公里。有员工362人，其中离退休职工202人，各类专业技术人员54人，拥有各种筑路机械施工设备53台（辆）。该局在公路养护资金十分短缺的情况下，在职人员负责承担着较大的人员经费开支，职工辛辛苦苦在一线日晒雨淋地干活，但工资收入却不成正比，一些职工的思想产生了波动。穷则思变，该局领导根据桂西公路管理局提出的“双考核”要求和“三保”原则，进行了创新改革。即实行路肩水沟和路段承包养护相结合的经济责任制，在路肩水沟承包到个人养护的同时，将大部分路段承包给养护站养护，并将完成标准路肩水沟里程与领取标准工资挂钩起来，局工务科和考核组平时在指导、检查、督促下到位，

骆越王寺（麦大刚　摄于南宁市武鸣区大明山）

奖惩严明，充分调动了广大职工的养护积极性，养护效果大大改观。所谓“三保”原则，即是参照桂西公路管理局提出的保路况指标、保小修费用和保职工收入的三大原则，在执行原来油路计件的同时，通过协商自愿的原则，由原来 5 个养护站执行油路路面养护承包制。

通过执行承包制，改变了职工“干多干少一个样的”看法，增强了职工的责任感，预防养护得到了加强，早期病害得到有效消除，降低了养护成本，确保路况的巩固和提高。

公路部门的天职就是修好路、护好路，为了抓好公路的养护，该局根据桂西局提出的“管养平衡、管理到位”的要求进行养护。既抓好国省干线、敏感线路、旅游线路，又抓好专线及一般线路，杜绝了管养失衡现象。在重点抓好特差路段、水毁路段的同时，也不放松对砂土路的管养，对砂土路加铺路面保护层，保证了路况的稳定良好。日常工作推行路面修补计件制，采用人为回砂和机械回砂并举的方法，注意对路肩上的积砂和水沟里淤砂的收集使用，减少投资又确保了路况的稳定和提高。此外，该局还加强了对水毁公路的及时排除和修补，强调了安全生产作业，整理并完善了养护站的美化、绿化建设，使养护站旧貌换新颜，职工乐在其中。

武鸣公路局不仅注重养护生产，更重视职工的切身利益，解决职工的实际困难。结合公路职工长期在路上作业带来的危险性，在全局范围内给职工办理人身意外保险，职工利益得到保障，工作的积极性也得到了淋漓尽致的发挥，达到了双赢的目的。为规范管理，规定职工不能无故缺勤或擅自离岗，在局机关执行挂牌上岗制度，制作了去向牌，铸就了一支纪律严、素质高的管养队伍。

打造全国文明样板路

210 国道（包南线）由内蒙古包头市至南宁市，全长 2972 公里，其中武鸣公路局管养 52 公里。去年 6 月，该路线被交通部和自治区交通厅列为安全保畅工程，同年 8 月份又将该路列为创建全国文明样板路。

武鸣公路局接到任务后，在时间紧任务重的情况下不等不靠，按照“畅、洁、绿、美、安”的验收标准，“高起点、高标准、严要求、创优质、出精品”。据统计，需要修整路容、修剪和清理枯危路树、刷白路树各 52 公里，中修工程 7 公里 66000 平方米，修复沿线路缘石 21734 米，路缘石刷白 58000 米，埋设或修正示警桩 679 根，修复沿线损坏桥栏、涵帽 21 座，清除堆积物 400 处 3000 平方米，清理垃圾

3000平方米，疏通堵塞水沟9500米，清理非交通标志牌230块，搬迁电杆120根，取缔乱搭乱盖、摆摊设点120处，增设安全标志牌160块，防撞栏1345米，整顿和清理占用公路地界堆放沙场42个，修补路面深陷龟裂9800平方米。当时正是武鸣县整顿石场开采时期，石价上涨且需到30多公里的地方回运。面对着这些困难，该局局长谢廷远运筹帷幄，亲自指挥。陆斡、双桥养护站的全体职工加班加点，不分昼夜地工作，经过全体职工的共同努力，按时完成了各项创建指标，于去年10月26日通过了交通部的检查验收，仅用两个月时间创造了一个神话，为中国—东盟博览会献上了一份厚礼，成为通往中国—东盟经济园区一条亮丽的风景线。

如今，行驶在平坦宽阔的210国道武鸣路段，犹如一条彩带，似明快的五线谱，两旁碧绿的青山、飘香的果树、广袤的稻田一一掠过，真是赏心悦目、美不胜收。

巾帼建功洒汗水

当日下午，顶着炎炎烈日记者一行在该局办公室主任黄玉金的带领下来到双桥养护站参观采访。进入该站，站内一幢两层欧式职工宿舍楼特别引人注目，具有独特的异国情调。站内花圃、花带、绿地、果树相互映衬，郁郁葱葱，花团锦簇，沁人心脾。从外观上我们对这个自治区公路管理局“双文明养护站”已经有了一个良好的第一感觉。

养护工作本是十分艰辛的苦差，不管是烈日炎炎，还是风吹雨打，每天都要出工管养好自己负责的路段，很多公路养护职工年轻俊秀的脸被晒黄、晒黑，由于长期与铁铲、石料、黑油等打交道，原来柔嫩的手也变成了粗糙。很多人都不愿意干这份工作，更何况当养护工就得以站为家，以路为业，但只有真正地接触过，才会深深地把养好路当作一种责任与义务。尤其听说该站是巾帼们撑起养护半边天时，更让我们油然而生敬佩。

据黄主任介绍，双桥站现共有职工25名，其中女职工6人，在站长韦桂花的带领下，职工们晴天施工，雨天巡路，没有一天空闲。记者采访当日路面温度高达40℃以上，韦站长正带队在几十公里外抢修公路，只可惜记者一行当日行程匆忙未能深入现场捕捉到韦站长她们挥汗如雨的工作场面。女职工黄彩香刚30多岁，正值青春年华时，她兼管双桥、陆斡站的计划员，两站相距30多公里，管养里程共120多公里，平时工作时她自己骑摩托车到现场调查路况、一旦发现病害要及时整理报表上报补修计划，待上级批下来后又随队上路下达修补任务，再等修补好后又要进行检查验收，最多时一天要验收1000多个方形。黄彩香业务熟练细心，工作认真负责，是出了名的“拼命女郎”，她每月工资照样只能领1000元左右，但她无怨无悔，她认为把自己的青春与汗水洒在公路养护事业是骄傲的。同样没有吃苦耐劳的奉献精神，没有对公路养护事业执着的热爱是从事不了养护工作的。退休老职工的女儿左丽群今年32岁，其爱人在武鸣县城开有服装店，因生意很好，她曾一度想放弃养护工作改行做服装，后来在她父亲和局领导、站长的劝说和教育下，她认识到了养护工作的重要性，最终还是选择了来到养护站这个大家庭中与大家一起同甘苦、共患难。正是有着这么多爱岗敬业的养护工，双桥养护站获得了广泛赞赏和一系列荣誉。近年来，该站先后荣获武鸣县“先进集体”，南宁市“巾帼文明岗”等荣誉称号；今年3月又获自治区“巾帼文明岗”光荣称号。

（原载2005年9月《广西公路征稽》杂志第6期）

铮铮铁汉　砥柱中流

——记全国交通行业抗灾保通先进个人牟金栋

"桂林山水甲天下，资源山水赛桂林"。资源之美名副其实，资源公路人与这里的山水齐美。他，是其中的突出代表，一位普通、平凡的基层公路人，但他在人民群众最危急时刻能做到铮铮铁汉砥柱中流，不仅感动了一方，还受到胡锦涛总书记的亲切接见和慰问；他领命来到资源山寨为当地护路保通虽然只有两年，但他以大无畏的军人气慨带领部属近100号人马在短时间内创造了不平凡的业绩，为保障资源这一著名风景名胜区的交通顺畅，促进当地经济社会又好又快发展做出了重要贡献。他就是2008年全国交通行业抗灾保通先进个人，广西抗灾工作模范，2007年度全区公路安全生产工作、公路文化建设年先进个人，广西区公路管理局2004-2007年度文明建设先进个人，2008年桂林市、资源县抗击冰冻灾害工作先进个人，资源公路局局长、共产党员牟金栋。

"生命线"上铮铮汉

这是一场近半个世纪以来公路人"最严酷的战争"，这场"战争"还有别于血与火交织的惨烈局面，这一战争的始作俑者是突如其来的无情上苍之怒吼，它不但阻隔了千千万万家庭亲人的团聚，而且还有可能让大批宝贵的生命悄然而失。揪心！揪心！举国上下为之揪心。这场没有硝烟的战争就是发生在2008年早春中国南方的特大冰冻灾害。

桂北湘南高寒山区的广西资源就是其中的"主战场"之一。2008年1月13日以来，由于受北方强冷空气的影响，资源县遭受了50年不遇的罕见冰冻灾情，持续不断的大冰雪，造成了全县交通中断，电力、通讯等基础设施几乎遭受毁灭性损毁。物资运不进来，停水停电，粮食、汽油、柴油、蜡烛等一度告急，全县人民生产生活面临着空前严峻的困难。省道202线是资源县通往外界的“生命线”，打通省道202线兴安白竹铺至资源二级公路牛塘界冰冻路面，确保运往资源的救灾物资及大批学生与返乡民工在应急时期的公路畅通，成了摆在全县人民面前的一项最紧迫的任务。

灾情就是命令！负责管护该路段的资源公路局全体干部职工在局长牟金栋的带领之下，迅速行动起来奔赴前线，经历了一场历时20多天“抗冰冻，保畅通，保民生”的攻坚战。作为共产党员、局长，却把自己当作是工人当中普通一员的牟金栋，始终冲锋陷阵在抢险通路最前沿，被群众誉为“生命线”上的铮铮铁汉和一面旗帜。

1月23日，牛塘界结冰路段达到了4公里长，车辆已经不能正常行驶。上午8时，接到上级紧急通知的牟金栋立即组织抢修队伍赶赴牛塘界路段，在零下几度的低温下，牟金栋顶风冒雪，组织抢险队伍开展工作，既当指挥员组织指挥职工们抢险，又当战斗员亲自动手与职工们并肩战斗，拿着铁铲工作在抢险抢修队伍的最前列。尽管当时寒风刮得人头脸生疼，手脚僵硬，可牟金栋却忙得汗湿衣衫，口呼热气。同志们看到牟局长不畏严寒，一马当先，无不倍受鼓舞激励，纷纷奋勇抢修，采取撒盐与铺撒碎石等措施进行融冰防滑。经过5个多小时的连续拼搏与奋战，终于在中午13时左右抢通了冰冻路段，使运输急需物资的车辆顺利通过。

眼瞅着春节临近，可老天仍然没有开晴的迹象，这场严酷的战争还得旷日持久地战斗下去，让人难以预料的严重后果随时都有可能发生……

为了确保春运期间来往的客车及运送救灾物资车辆安全顺利通行，24日开始，牟金栋带领抢修队员每天在牛塘界坐镇指挥并带头抢险作业，确保每天上午11时至下午16时过往该路段的车辆能安全通行。在资源县冰冻灾害最严重的时间里，牟金栋白天在牛塘界巡查路况，和抢修队员一道撒盐融冰，拿铲子铺撒碎石，破冰除冰；晚上参加抗灾指导组紧急会议，研究如何解决路面结冰难题，直到凌晨一、两点钟才能散会休息一下，早上6点又从被窝里爬起来继续投入到紧张的抢险工作中去。由于长时间高强度的体力和脑力劳动，连日来，牟金栋的胸部时不时出现隐隐绞痛，可他一直强忍着。后来实在受不了才抽空上医院作了个初步检查，医师建议他留院观察确诊，但自恃身体素质好的他只是随身备上一盒“速效救心丸”，又带领抢险队员们忍冻挨饿忘我奋战在了抗冰救灾第一线。看在眼里疼在心里，当场有职工禁不住泪水激动地说："跟着这样的局长干，再苦再累也不怕！"

在连续艰苦工作长达 20 多天的时间里，全县断电缺水，住在单位简易招待所里的他一直没能洗过一次澡，面色黝黑，双耳长满冻疮，身上已是处处伤痕，可牟金栋全然不顾自己的身体不适。此时此刻，他心里想的和他唯一要做的就是竭尽所能保障"生命线"的畅通，即便牺牲个人一切也在所不惜。四年前还在部队当指挥员的他深知祖国和人民利益高于一切。抗洪英雄李向群在抗击 1998 年特大洪涝灾害时用年轻的生命履行了光荣职责，牟金栋就是李向群烈士生前的营长。"当年身先士卒捍卫人民群众生命财产安全是我们军人的天职，而今我作为守土有责的公路人，保'生命线'的贯通同样是我最大的职责，冰雪不融，我决不会退下！"

铮铮汉子有如八角云台"龙头香"角，顶天立地。在牟金栋全身心投入抢险救灾紧急关头，家中的妻子和孩子病了，在亲人最需要他的时候他没办法顾上。因为妻子要上晚班，得了严重感冒只有 13 岁的孩子哭着打电话向爸爸求助，他只好以父之坚教子之强："儿子，你已经是男子汉了，要学会自己好好照顾自己。"期间，牟金栋也由于夜以继日受恶劣寒冷天气侵袭引发重感高烧，同事们多次劝他休息他就是不听，只好悄悄把他的病情向上级打了"小报告"。有关领导多次打电话"指示"他回家看看生病中的儿子，顺便也找医生看看他自己的病，就是回家好好休息一下

桂林龙胜梯田（麦大刚　摄）

也好呀。可此刻他想到的是抗灾事关更多家庭的幸福，舍小家为“大家”，值！个人病痛只要咬咬牙，一切都会挺过去的……

2月6上午，胡锦涛总书记从北京飞赴到资源实地察看灾情。当胡总书记握住牟金栋同志的手亲切慰问时，牟金栋代表现场全体抗灾抢险队员坚定地表示：“请胡总书记放心，我们保证完成任务，我们一定会坚持战斗到最后，全力夺取抗灾抢险的全面胜利！”

“丹霞之魂”保通人

当牟金栋刚到资源主持全县公路交通护路保畅重任时，混乱的状况着实让人担心：原班子主要领导出事，历史遗留问题扎堆；全局上下人心涣散，日常工作效率低下；单位债务包袱沉重，干部职工悲观情绪严重；路产路权、债务纠纷及群众上访投诉时有发生；公路养护质量跟不上，地方群众和往来游客意见很大，多个方面与风景名胜区所应具备的便利交通基础条件和良好服务形象差距较大。牟金栋这位大学毕业后投笔从戎，在部队先后担任排长、政治指导员、营长、师部副团级科长，在部队工作成绩突出，多次立功受奖，再转业安置到地方，曾在桂林公路管理局路政处担任副主任，有着丰富工作经验，眼下临危受命自然有他驾驭复杂局面的非凡胆识与才智。

“上任三把火，旺烧烂摊子。”针对资源公路局干部职工多年来养成的组织纪律涣散、人浮于事、政令行之难通等不良习气与落后状况，牟金栋到任伊始就着手加强对各项工作的领导和管理。牟金栋的“第一把火”首当其冲烧向自己和其他局领导班子。“正人先正己”，一个单位的科学化管理，取决于各种规章制度的建立健全与按章办事，他和其他领导班子成员率先来了个“约法三章”。随后他带领局新领导班子成员点燃了“第二把火”：全面清理局内各项管理制度，对其中不完善、不明确、难落实的地方进行修改，对缺乏的方面进行补充，为全局实现制度化、科学化、规范化管理打下了扎实的基础。同时，狠抓制度的落实，奖优罚劣，决不心慈手软。两把旺火下来，一度几近停滞的工作机器有条不紊地运转起来了，全局组织管理工作日渐步入正轨。

为了彻底扭转过去“干与不干一个样，干好干坏一个样”吃大锅饭的被动格局，牟局长“第三把火”烧得最猛烈、最干脆，不仅在全局上下“烧炸”了多年难熔的“大锅”，而且还砸了一些人的“铁饭碗”。牟局长顶住强大压力大刀阔斧开展了人事制度改革，局属5个股室长、7个养护站站长（作业组组长）一律全部推行“能者上，庸者下”的竞争上岗制度。将有本事、有能力、想干事、能干事、会干事的同志选拔到二层机构领导岗位上来，增强干部职工争先创优的竞争意识和不进则退的忧患意识。

同时通过举办培训班与选送进修等方式方法，对干部职工进行政治思想和业务技能培训，努力提升队伍的综合素质，推动全局各项工作的顺利开展和效能效益的提高。

也许当初牟局长的这“三把火”有可能烧过了火，时至今日仍然有个别人因掉了要岗或被砸了“铁饭碗”而对牟局长怀恨在心，甚至还扬言要对他“使黑手”。但天性不信邪的牟金栋义无反顾地维护着大局的利益，维护着大多数职工的利益。实践证明，经他运筹帷幄作出的果敢决策是行之有效的。部分职工在竞聘失败后经过培养培训，以前不会做、不敢做工程的现在会做、敢做了，且能够创造好效益，仅此一项与过去相比，就为单位减少亏损200多万元。事实同样证明识大体、顾大局，一切以人民利益为重的牟局长使用“引火烧身”之法，打造出来的是公路部门的良好社会形象，成为当地各职能局效仿学习的样板。

严于律己，宽以待人，不断团结凝聚职工的力量与热情。牟局长在工作中同样善于运用他的领导艺术，展示其人格魅力。从细微处多关心职工，为职工排忧解难，大力激发职工工作的新动力。在公路养护一线工作的职工，是报酬最少、最辛苦的一部分人，一旦遭遇到有个什么病痛或其他一些困难，他们往往在经济、精神上都难以承受或解决，这个时候他们特别需要领导的鼓励与帮助。牟局长经常找职工谈话交心，倾听他们在工作生活上的感受及看法，一方面肯定他们在工作岗位上所做出的贡献并激励他们继续努力；另一方面，帮助他们解决一些实际困难并及时向上级有关部门汇报情况，给他们带来更多的关怀与温暖。牟局长还不惜放弃休息时间经常家挨户“家访”，掌握各职工家庭中的“难念之经”，帮助他们排忧解难。在两年的时间，共安排职工子弟或家属20多人就业，为不少困难职工家庭带来了喜悦和新的希望，促进了公路部门的和谐稳定与平安，职工们深受感动。

自从2006年5月到资源公路局主持全面工作以来，牟金栋以强烈的事业心和责任感投入到工作中，团结和带领全局干部职工经过两年时间的艰辛努力，资源公路局实现了扭亏为盈，终于偿还了270多万元债务。原来人心涣散、发展迟缓的问题解决了，全局精神面貌焕然一新，工作作风明显转变，干部职工的凝聚力、向心力、战斗力得到较大提高，公路养建管各项工作都取得了显著的成绩。资源公路局先后获桂林公路管理局2007年度两个文明建设一等奖，2007年度全区公路安全生产工作、公路文化建设年先进单位或集体，2008年全国、全区和市县抗击冰冻灾害工作先进集体等荣誉。

牟金栋在资源默默奉献的两年多时间里，尤其是在今年初抗击罕见冰冻灾害的战斗中，以特别能吃苦、特别能战斗、特别能奉献、特别有责任的可贵精神，用实际行动践行了一名共产党员和基层领头人全心全意为人民服务的宗旨，获得了各级领导及社会各界的高度赞赏和一致好评，《中国青年报》、《广西日报》、广西电视台等媒体先后对他的先进事迹进行了报道。2008年6月、7月，作为全区抗灾英模之一参加了自治区党委组织部组织的"党旗飘扬"访谈节目，受到了自治区党委领导的亲切接见并作了先进事迹汇报。

初秋8月，当我们慕名来到资源采访这位新闻人物时，一直忙碌不停的牟金栋和我们见面的时间只好安排到了晚上。作为一局之长的牟金栋实在太忙了，尽管早春的那场恶战已胜利结束半年了，但他并没有丝毫放松工作力度，而是又正在带领干部职工紧锣密鼓地打响了一场新的战斗——为当地灾后重建和经济社会和谐发展不止奋斗。

"是上级领导的高度信任，是资源公路交通事业发展的迫切需要，是理想信念的持续呼唤，激起了我强烈的社会责任感与事业心。"当我们请牟金栋谈谈体会时，他显得非常平静与谦虚："这些都是我的本职工作，我只是做了我应该做的事情。"

"聚精会神搞建设，一心一意谋发展"。在牟金栋坚定的"谋发展"信念感召下，在牟局长的坚强带领及团队共同努力下，资源公路局终于峰回路转、柳暗花明，从此资源公路人可以扬眉吐气了。同时，我们坚信，同样"柳暗花明"的还有美丽的资源"丹霞风光"，必将在大灾之后得以重放异彩，苗乡人民经济社会和谐发展之路也将越走越宽阔。因为这里的灾后重建和社会发展，有党和国家的高度重视和关注；因为这里的旅游大业和经济腾飞"生命线"，有牟金栋这样的执着公路交通人在殚精竭虑地奉献着，无私无畏地承载着、呵护着。

（原载2008年8月30日《广西交通》报"我与交通共成长专题之交通风云篇"）

散作乾坤万里春

——记广西“五一劳动奖章”获得者李志强

“……忽如一夜清香发，散作乾坤万里春。”20年来，他把自己的青春献给了交通这个“万里春”，他就是广西“五一劳动奖章”获得者、北海市交通征费稽查处主任李志强。

李志强“结缘”交通是从22岁开始的，由于当时的交通基础相对滞后，他所从事的工作面临不少困境，从公路总段到交通规费稽征站再到交通征费稽查处，李志强铁心交通事业一步一个脚印实现着人生的价值。

在合浦稽征站任职期间，他主管征管业务，年年超额完成上级下达的交通规费征收任务，所在单位多次被自治区交通厅评为全区先进单位，他本人被评为全区交通系统“十佳稽征员”。

凭着实干和闯劲，李志强逐步奠定了自己的事业基础，出色的工作能力把他推上了北海市交通征费稽查处领导的位置。几年来，他和处党政领导一班人一道带领全处干部职工开拓进取，创造了骄人的业绩。1992年至1997年上级下达七种规费总任务4.8亿元，共完成5.48亿元，为计划的113.8%，超收6631.9万元。6年来，查处违章车辆10368辆，追补规费和滞纳金2937.28万元；还携手当地刑警、交警、法院开展协征工作，共为国家挽回了4819.21万元的经济损失，促进了交通征稽工作的顺利进行。几年来，该处多次受到北海市委、自治区交通厅、自治区人事局、团中央的评先嘉奖。李志强个人12次获地市、厅级的创业标兵、先进工作者、优秀共产党员、优秀思想政治工作者，1995年获广西壮族自治区优秀共产党员、国家交通部为全国公路建设作出贡献荣誉证书，1998年“五一”前夕，他又获得“广西五一劳动奖章”并授予广西壮族自治区优秀党务工作者等光荣称号。

交通征稽工作是交通事业发展的基础，李志强心存为西南出海大通道建设服务，为全区经济建设服务的重任，他深知自己肩负的担子和本职工作就是“带好队，征好费，多征费”，竭尽全力完成上级下达的各项征费任务。面对交通规费费源萎缩，偷、漏、逃、欠、赖缴交通规费严重，北海征费环境恶劣的现实，1997 年初李志强与上级领导立下“军令状”——完不成任务，主动“让贤”。在李志强的感召下，全处上下迎难而上，取得超收 1162 万元的好成绩，名列全区交通征稽系统前茅，“双百分”考核获全区同系统第一名。

随着形势的发展，加大稽查工作力度成为交通规费征收的重要手段，但与国家治理公路“三乱”工作有一定矛盾。为此，李志强一班人以敏锐政治眼光，超前的工作意识，酝酿出交通规费征收“科技战略”。在全区交通征稽系统第一个成立电子研究所，研制开发出先进的“交通规费稽查系统软件”，利用便携式手提电脑上路跟踪稽查，准确率达 100%。这一科技成果迅速在全区乃至全国交通征稽系统推广应用，反响强烈，有效地配合了当前国家治理公路“三乱”工作的开展，并荣获北海市推动科技进步二等奖。

忙乎在领导岗位，各项工作千头万绪，李志强当然没有“三头六臂”，但他总是把单位的大事小事处理得有条不紊，无论是内业管理、稽查工作、宣传工作、党建工作、精神文明建设，还是上下关系协调工作、职工思想政治工作，甚至职工小食堂建设都能抓出成效，抓出特色。“围绕征费抓党建设，抓好党建促征费，齐心协力为西南出海大通道建设筹集资金。”李志强探索出一条在全区交通征稽系统有典范性的成功经验。在全区交通征稽系统，第一个成立基层党校，第一个成立机关党委，第一个把支部建在所、站上，有力地加强了党的基层组织建设。

没有“分身术”的李志强工作再忙，也不放松学习，多年来已成了李志强雷打不动的习惯和规律。1995 年，他在职考取了中国社会科学院研究生班，1997 年顺利毕业。

苦乐相柔，自有结晶。近年来他先后撰写发表了《构筑现代交通规费征收与管理的新框架》、《加强车购费征管工作 促进现代化建设发展》、《对国家预算外资金——交通规费征管改革若干问题的探讨》等 20 多篇论文，其中有的还获得了省、部、全国专业学会的奖励。

有人问李志强，“你这样活着累不累？”李志强说：不累，人生各有所好，我看唱歌、跳舞还累呢！可是，人家称之为休闲、娱乐，一个人有一个人活法，若让我按有些人的轻松法活着，那可是累了。

“冰雪林中著此身，不同桃李混芳尘；忽然一夜清香发，散作乾坤万里春。”元代王冕的这首咏《白梅》，李志强欣赏已久，悟彻最深。

（原载 1998 年 6 月 3 日《北海日报》，同年 6 月 12 日《中国交通报》以《劳模风采》为题转发，并于同年收录人民日报出版社出版的《东方之子》一书并发行国内外）

天然温室育“金豆”　现代农业看“美提”

——访我国著名葡萄专家夏树让教授

随着我国加入WTO脚步的加快，对数亿农民赖以生存的基础农业提出了新的发展需求。在发达国家高度集约化现代农业面前，长期以来以传统生产方式为主要特征的我国农业将面临更加严峻的挑战。加快农业产业结构调整，优化农业资源配置，加速发展现代农业已成为各级党委、政府工作的重要一环。广西区党委、政府已明确提出了加速全区农业发展的“1234610”工作思路，北海市委、市政府更是把现代农业纳人北海“四大支柱产业”发展总体战略之中。提出要按照“集约型农业、资源型工业、服务型第三产业的农业经济主体构架，充分利用南亚热带自然资源，以市场为导向，扩大农业对外开放，优化农业资源配置，突出北海特色，依靠科技进步，推进农业规模化、集约化、产业化、现代化发展。”显然，宏伟蓝图已经勾画出的21世纪我们要发展的现代农业与传统农业相比，无论在生产效率、生产规模和生产效益等方面都将有根本性的提高。这也正是我们的希望所在。

正是因为看好北海现代农业的灿烂前景，近年来，一大批独具慧眼、经验丰裕、技术过硬的有志之士把目光瞄准了北海的现代农业开发，他们正雄心勃勃地在北海广阔的农业天地大显身手。他们中有一位年近七旬的老者，他倾注晚年心血、孜孜不倦、不畏艰辛，十几年如一日奔走呼告于八桂农村大地，深入田间地头，处处留下他的身影。而且正是这个瘦削的老者数经波折终于创出了广西能长出世界葡萄名牌“美国提子”的神话，一举改写了北海不能种植美国提子的历史，为北海现代农业发展凸现了一大亮点。他就是北海市政府从山东引进的高科技人才、我国著名葡萄专家夏树让教授。

“别看这一串串小小的粒子、它可是农民兄弟增收致富的‘金豆子’，而且一旦引起各级领导高度重视和激发广大群众的种植热情，使之逐步走上规模化、产业化、现代化发展路子，这些‘金豆子’一定能撑起北海乃至广西现代农业的一片蓝天……”在记者面前，夏树让教授脸上不时露出丝丝试种成功的喜悦微笑，同时仍然烙印有一些深深的苦涩和艰辛。显然他在北海试种“美提"的这些年来所经受的困苦、辛酸和磨砺是刻骨铭心的，只是在我们的交谈中少有提及罢了，而是始终保持精神振奋并满腔热忱地侃侃谈起未来。

北海“天然大温室”
种植葡萄得天独厚

背靠大西南，面向东南亚，交通便捷，地理位置优越，自然气候特色明显，北海极适合现代农业发展。这里地处南亚热带，气候温暖，雨量充沛，年均气温22.4℃，无霜期高达358天，降雨量均在1668毫米以上，是名符其实的“天然大温室”，而土壤均是粉砂土和沙土地，这些都是葡萄最喜爱的生长环境。再加上日照时数高达2211.2小时，相对湿度在75%—87%左右，可以使葡萄多次结果。由于生长旺盛，加大育苗力度，可以大搞绿枝扦插，达到长年育苗。

一组组数据如数家珍，一条条作物习性感性中融有理性，看来夏树让这位50年代初毕业于山东农业院校的新中国第一代知识分子是“老道”的，如今在他的夕阳之年集毕生经验积累投身北海现代农业开发，显然是有备而来。

也许有人担心北海昼夜温差小，葡萄难以渡过休眠，不会结果，实践证明只要采用新品种，改用滴灌，及时搞好病虫害防治，肥水合理促控，严格按美国提子生物和植物学特性修剪，完全可以夺得高产。

夏教授如此理直气壮地说出这番话是来之不易的，因为这是他多年北海“卧薪尝胆”的结晶。

早在1985年当时中国大陆还未曾引进提子葡萄品种时，夏树让曾带过其它品种来北海做实验，但由于技术和管理没跟上，失败了。

1995年，已在河南、河北、山东、辽宁等省成功推广美国提子的夏树让决心再次到北海种提子，然而由于自然灾害影响又一次“泡汤”了。北海一度成为美国提子种植禁区。

“壮志未酬誓不休”，两次失败的打击并没有使夏教授灰心而放弃执着追求，

2000年3月，夏对让第3次来到北海，经过实地考察，在北海有关科技部门和热心农业开发的人士帮助支持下，夏教授终于住进了北海佳禾农业开发公司提子试种基地。苍天不负有心人，在夏教授的精心管理和培护下，20多亩美国提子，包括红提、青提、早熟提等品种，今年第一次挂果，亩产达1000多公年，按市场批发价计算，亩产值高达1.4万元，纯收入过万元。尽管刚成熟时遇上“榴莲”台风袭击，“美提”在北海全面丰收的景观见证人不多，但出现了穗大2.5公斤美国红提。夏教授还发现了最经得起考验的“早红提”，它表现为抗病、适应性强，生长旺盛，结果快而多。可早在五月底上市，六月上旬全部成熟，既能避开台风和多雨季节，又早桂北和北方1-2月上市，为抢占市场先机创造了有利条件。

果穗大、颗粒圆，晶莹剔透，且果肉厚，口感好，含糖量达18%，可保鲜三个月不烂，果皮韧性好，长途运输耐挤压。今日的广西人终于可以在自己的家门口采摘、品尝到这种葡萄家族“新宠”——美国提子了，夏树让在北海初尝成功的喜悦，心中如甜美的葡萄润滋滋的。

夏教授介绍说，这种果树寿命长达30年以上，农民在自家地里栽种，第一年壮苗，第二年挂果回收成本，第三年按每亩1500公斤，每公斤市场价20元计算，每亩收入可达3万元。如果建立产业化基地，发展“南葡北运”，可提前两个月抢占北方市场，像北海西瓜一样进入北方千家万户，使红提子成为农民增收致富的“金豆子”。

事实上，“金豆子”的魅力已经开始光芒四射。北海市政府副市长罗恩平曾多次到夏教授的提子试种基地指导、考察，对“美提”的发展前景十分看好，并且自己购买了300株提子苗推荐他人搞试种推广；北海及周边地区的农民纷纷自发前来北海参观取经购种；区内外一些商人也已经或有意与夏教授签约要共同开发提子项目；还有一些大厂家要长年包销北海的提子产品，用作建葡萄酒厂，加工葡萄罐头。真是一石击起千层浪。看来，“美提”的发展还将为广西水果产业带来无限商机。

“美提”市场前景诱人
规模化发展条件成熟

据初步统计，广西目前的水果种植面积已有1000多万亩，是一个水果大省（区），主要产品有柑桔、芒果、香蕉、荔枝、龙眼等。但近几年出现了“卖果难”被动局面，于是一些人片面强调客观原因，对市场需求产生了怀疑，但恰恰相反，目前国内外水果市场的需求还正处于旺盛期。

只要到超级市场走走，人们会惊奇地发现美国提子在全国各地市场每公斤价格均为20元左右居高不下，而且为消费者普遍接受，销售一直走旺，大有“洋提”品牌独霸天下之势。这关键是美国提子质优、品佳，物美，所以能占领全世界市场。据有关部门不完全统计，我国每年都要拿出数亿元进口洋水果，在我们感叹自身自然资源没有得到充分利用和发展之时，难道不应当因此激发我们抢占大市场的斗志吗？

谈吐间，思维敏锐的夏教授不时显得有些激昂，真免不了他山东汉子心直口快之本性，让记者的确很难看到这位已到本应安享晚年岁数的“安分”所在，用夏教授自己的话说他正如葡萄生长的旺盛期，还有足够的余热和果实要为北海奉献。

再近看我们身边的广西兴安县，从“北方水果南方种”观念的改变带来的是“果农富裕和经济大发展”，兴安人从老传统农业水稻、甘蔗、柑桔中杀出了一条血路，闯出了一条“北葡南种”的新路。在兴安溶江镇万亩葡萄园建成时，广西唯一“将军楼村”也出现了。原本一个落后贫困的小山村能家家户户住上“将军楼”靠的就是种植巨峰葡萄。广西科协曾在此召开现场会大力推广其经验，广西区党委书记曹伯纯也给予了充分肯定。如今兴安仅巨峰葡萄已发展到8万亩，虽说巨峰葡萄不耐运，不易贮存，但兴安人从来不为销路犯愁。

新疆“皇朝集团”也为我们作了示范，每年吐鲁番葡萄丰收季节，集团便以每公斤2元价格大量收购，用恒温库存，待到水果淡季时再运销全国各地，近年还打入了俄罗斯、巴基斯坦等国际市场，年实现销售收入超亿元。

从以上事实不难得出这样一个结论，北海即使发展万亩美国提子，同样不会存在积压，除北海自身市场消化外，近有南宁、桂林市场，远有广东及港澳市场，光是“南葡北运”就能抢占北方市场“半壁江山”，何况北海可通过毗邻的越南进入东南亚市场。

北海大规模发展葡萄种植正当时，加之这里有大量冷库贮存，还可以开发葡萄深加工，如加工成汁，酿造成酒等。

在这方面，一海之隔的海南为我们树起了成功范例，海南人通过大上“椰子汗”、“芒果汁”发了大财，“椰风挡不住”已经吹遍祖国大江南北。广西不仅发展芒果早而且面积大，可至今未能转化成“金芒果”，不能不说是一大憾事。如今葡萄尚无一个名牌，广西不应当再次坐失良机。

山东汇源果汁也是解决当地苹果大量积压难题的一把金钥匙，更成就了“汇源集团”大公司，正如其强大宣传广告攻势“喝汇源果，走健康之路”。

河南、山东同属花生主产区，一个卖难，一个畅销，原因是山东人精选产品后出口日本、朝鲜等地。“鲁花”“香飘千万家”便是一例，每年花生丰收季节河南一车又一车往山东送，而从山东运往全国各地的是一车又一车花生油、花生糖、花生奶，钱流向哪里、不言而喻。

北海不仅可就地生产，就地加工，也完全有能力借鉴他人的做法，闯出自己的水果品牌和开发出高档葡萄汁。既可以增加农副产品附加值，又活跃了地方经济，这不正是北海发展现代农业所要努力寻求的契机和目标吗?

抓住西部大开发机遇
大力发展北海生态农业

西部大开发机遇千载难逢，生态环境建设和保护已引起人们高度重视，北海可借势大力发展苗木生产，建立大西南苗木生产基地。

北方由于受霜冻影响，从葡萄休眠落叶到剪枝埋沙，到来年开春扦插育苗，再到落叶供苗需要一个跨年度时间过程，而北海是个“天然大温室”，可一年四季育苗，源源不断运往全国各地。

北海与海南相比，温差不大，育苗环境相当，而北海不必漂洋过海，交通方便，向西部就近供苗更为有利。

近几年，美国提子苗木市场主产地已从山东、河北、辽宁拓展到了江浙一带，广大苗木专业户纷纷受益，仅山东平度莱西葡萄育苗专业户就上千户，家家都因葡萄致了富，超百万、上千万的大有人在。

机不可失，失不再来。同样广西北海只要及时抓住西部大开发缺乏苗木这一大好时机，充分利用好自身优势，大力开发葡萄名优特品种，一定能增加广大农民的收入。

夏教授接着介绍说。北海育苗及建苗木基地有以下几大优势：

一是常年可育苗（绿枝扦插和硬枝扦插相结合），在广西区有关高科技农产品展销会上，夏树让教授送展的美国提子苗种及种植技术，经常引起广泛关注。二是苗木运输成本低，从北海运到云、贵、川，远比从北方或江浙运到西部要近，成本更划算。三是苗木经过锻炼驯化适宜南方生长，易成活。由于成本低、生长快、易成活等特点，可优先占领市场，绿枝扦插苗木可以长年供应市场。四是可与发展观光旅游相结合，优化北海生态环境，美化城市，建成“观光园”示范区，形成北海观光农业和生态农业大产业。

与现代农业一样，作为朝阳产业的旅游也是北海的支柱产业之一，这就要求我们要加快开发。仅靠一个银滩难留住游人，还需要加快涠洲岛、星岛湖的开发利用，只有走综合开发之路，才能像桂林一样留住南来北往的游客，才能真正带动北海第三产业的发展。一可取云南经建民族风情园；二可用北海特色建葡萄生态农业观光园。假如北海有个万亩美国提子园，让千千万万游客都来尽情观光、品尝五光十色爽口味美的葡萄，再加上广西能歌善的少数民族，届时北海旅游就能做成更大的“蛋糕”。

观光园建立的同时也可大搞深加工、开发旅游新品，让游客品尝各种美味葡萄酒、葡萄汁、葡萄干、葡萄罐头等系列产品，从而带动北海轻工业发展，既可缓解就业压力，又大大活跃了北海经济。

观光农业可走“公司”加“农户”或“公司”加“基地”的路子，在政策和资金支持下，先扶持一批龙头企业搞出样板示范，接着让农户跟着种并全面推广，再由公司负责销路、搞加工。公司起到示范作用，样板有了说服力，再跟上技术服务，就能确保果农增产增收。

在观光生态旅游方面，也可以千方百计，多形式发展，可公司大面积成片开发，可建葡萄山庄。既有特色，又让人感觉回归大自然，这样一来，北海一定会引得游人络绎不绝。

我们不难设想，如果让美国提子进入北海千家万户，爬上楼顶、房前屋后，进入盆景，既发展了庭院经济，又能天天美化北海；如果出现葡萄街、葡萄山庄、葡萄观光农业并存之势，北海城市之美、北海旅游之妙必将出现“风景这边独好”的喜人局面。

设想终归是设想，梦想与现实还有一段距离需要跨越。北海现代农业发展任重道远，夏教授在广西在北海的“美提”推广任务仍然相当艰巨，但夏教授表示不管前路有多大的困难和险阻，他都会坚定不移地走下去。

采访即将结束时，夏教授坦言真诚希望记者能为类似他这样的外来创业者和投资者代言几句，请求北海有关方面给予一定支持和帮助，切实为他们解决一些实际问题和困难。

一是“美提”已在北海试种成功，应引起各级领导高度重视，加强政府调控，尽快引导农户转变思想观念、从传统农业中解放出来，促进农业种植结构调整，加大新品种引种、推广力度。二是加大资金扶持和投入，多方引进技术人才，真正发挥现代农业公司的示范作用，尽早在北海树起几家“公司”加“农户”的样板。三是广泛开展科技培训，提高人员综合素质，保障为果农及时作好技术服务，搞好病虫害防治等。四是进一步改善投资环境，搞好社会治安，确保投资者的利益，保障生产、生活安全。

21 世纪是充满机遇和挑战的崭新世纪，农业天地大有作为。深信，在市委、市政府的正确领导下北海一定能克服重重困难，抓住新的历史机遇，加快发展步伐，铸造北海现代农业辉煌业绩。衷心祝愿北海现代农业繁花盛开，衷心祝愿夏树让教授在北海硕果满园。

（原载 2001 年 8 月 16 日《沿海时报》）

叫响钦州实力

——钦州市参加第六届中国—东盟博览会和商务与投资峰会述评

世界聚焦中国，客商云集广西。

金秋十月，第六届中国—东盟博览会和商务与投资峰会在南宁隆重举行。尽管国际金融危机的阴霾仍未散尽，但博览会和峰会期间，在北部湾经济区中位置独特的钦州，依然引起了与会各方的广泛关注。

“我们充满期待!”“我们港商期待着与北部湾各个城市特别是钦州市更多的务实合作。”香港福乐鞋业有限公司陈建新如是说。“期待着钦州保税港区封关运作后将成为广西北部湾开放开发的巨大引擎，为加强中国与东盟及世界的合作搭建新的平台。”出席博览会的嘉宾纷纷热议钦州和钦州保税港区，钦州借助本届博览会平台上演了连台好戏，出尽了风头，向与会的东盟国家以及全世界的知名企业充分展示了它的美好前景。

一是具有上千年历史的钦州传统工艺坭兴陶作品作为钦州的城市名片，在博览会上进行精品展示，特别是“硕果”作为国礼送给东盟各国，不仅展示了坭兴陶的美丽大方及其深厚的历史文化底蕴和艺术魅力，还展示出钦州人民与时俱进，不断创新的精神。二是在博览会组委举行的集中签约仪式上，钦州共签约 12 个合作项目，总投资额 32.6 亿元人民币。三是钦州市市长张晓钦在中国—东盟博览会海关与商界合作主题论坛会上，应邀作了“发挥钦州保税港区作用，搭建中国—东盟贸易便利化合作平台”的精彩演讲，不仅用一组组厚重的数据现身说法——钦州也是中国—东盟自由贸易区建设的受益者，而且把一个正日益走向和参与国际贸易与合作的活力钦州和商机无限的钦州保税港区进行了生动宣扬。四是本届博览会今年首开先河在主办地南宁之外的钦州市，还单独设立了一个分会场。钦州市不但在南宁主会场“叫响了钦州实力”，更大张旗鼓地在本土举办了一场规模宏大的“钦州商机座谈会暨项目签约仪式”，不仅引来了国内外商协会负责人和知名客商来钦州实地考察商谈，还签下了24个项目、合作方投资额达87.4亿元人民币的大单，着实让同为北部湾地区的兄弟城市羡慕不已。

滨海十月，和风送爽，美丽的钦州市处处国旗高挂，彩旗飘扬，花团锦簇。连日来，豪情满怀、热情十足的钦州市干部群众早早地就自发做好了“开门迎宾客”的各项准备工作，绿化美化城市干道，清理大街小巷卫生，拉挂彩旗横幅等。这些细节性的“修为”，充分表明了曾经不擅长待客的钦州人民整体思想观念转变上升到了一个新的高度。钦州的开放意识和服务意识形成自上而下的全民共识，受到广泛赞誉。钦州作为新兴的中国南方自由贸易大港正引来美国、新加坡、马来西亚等国家和地区的“商贾大鳄”纷至沓来。

10月22日下午，在各路客商济济一堂的“钦州商机座谈会暨项目签约仪式”上，已是第五次来钦州考察的美国空气化工产品（中国）投资有限公司业务发展总监戴约翰说，钦州有良好的区位优势和丰富的资源，具备加快发展的产业基础，投资钦州必定有丰厚回报。已在钦州投资的泰兴石油化工有限公司董事长袁友平表示，钦州良好的投资环境是他和合作伙伴到钦州投资的主要原因。参加广西“两会一节”的亚洲台商总会代表在总会长赖灿贤的率领下实地考察钦州后说，这次目睹了“北部湾经济区”从一个纸面概念转化成现实，钦州建设速度让人吃惊。特别是钦州保税港区的即将封关运作，蕴藏着巨大商机。亚洲台商总会将加紧谋划融入到钦州及广西北部湾经济区开发建设。

此前，20日、21日还先后有由新加坡傅长春储运有限公司副总裁傅长春率领的新加坡商务代表团，加拿大BC省议员李灿明、布雷尔率领的加拿大BC省经济贸易访问团一行22人等莅临钦州考察，都希望带动更多的企业来钦州发展。

中共第十七届中央候补委员、中行总行董事长肖钢一行13人，财政部关税司司长王伟一行和海关总署加贸司司长张皖生一行不约而同于10月21日来到钦州调研考察后，都被热火朝天的钦州保税港区项目建设场面所感动，对钦州市经济社会的又好又快发展给予高度评价，表示将一如既往支持钦州开放开发建设。

有着上千年悠久历史，坐拥一片得天独厚天然良港的钦州从来没有像今天这样受到世人的关注，这片开放开发的热土正在热烈上演今日钦州之神奇！

（原载2009年10月26日《钦州日报》头版评论员文章，当时本人应邀参加刚刚获得国家新闻出版总署批准归属钦州报业传媒的《北部湾晨报》的创办筹备工作）

桂东征稽文明之花馨香浓

——梧州交通征稽处开展“情系车主满意在征稽”活动掠影

毗邻粤、湘两省，地处广西东部及东北部的梧州市、贺州市是广西的重要通商口岸和粤桂黄金旅游线的中间点，这里陆路、水路交通十分发达，物流相当活跃。面对良好的发展机遇，作为跨管两地市交通服务窗口行业之一的梧州交通征费稽查处审时度势，结合地方实际开展了“情系车主满意在征稽”活动，通过努力为南来北往的车辆和广大车主群众提供“三优”服务（即优质服务、优美环境、优良秩序），树立了桂东征稽人的品牌服务形象，在社会上传为佳话。

两年多来，该处以全面开展“情系车主满意在征稽”活动为契机，不仅促进了全处超额完成上级下达的征费任务，而且催开了桂东征稽一朵朵绚丽的精神文明建设之花竞相绽放、馨香浓郁。2003 年该处一举抛掉了连续多年未能完成任务的落后帽子，共征收交通规费 12268. 67 万元，为年度计划的 102. 62%，超收 313. 67 万元；2004 年，共征收交通规费 13353 万元，为年度计划的 107. 21%，超收 898 万元；截至今年 6 月 10 日，该处已征收交通规费 10403 万元，占全年计划的 74. 49%，同比增长 28. 36%。在 2003 年度全区交通征稽考核评比中该处从往年的后进一跃上升为第 6 名，2004 年又再次上升为全区第 2 名。两年多来，该处先后荣获自治区交通厅文明行业建设先进单位、自治区公路管理局先进单位和“创新增效奖”，梧州市“十佳文明行业窗口”、“助残先进集体”，贺州市“先进职工之家”等光荣称号；全处 11 个征稽所，获自治区级文明单位 1 个、自治区“文明庭院”2 个、地市级文明单位 6 个、市“青年文明号”1 个，其余所在保持县级文明单位基础上已申报地市级文明单位。

6月14、15日，在梧州等地遭受百年不遇的特大洪涝灾害之前，记者一行来到梧州、贺州进行了采风。

声声问候暖人心
“VIP”服务宾至如家

在西江防洪大堤东侧街道一隅的河东交通征稽所，虽然受地理环境制约给人的初步感觉有些难找，而且从外部看与当地居民楼房相差无几，但抬眼可以看到高高竖起的单位牌子和一条“情系车主满意在征稽”的横幅，凭此引导我们直接向二楼的征费场所走去。

“您好！请问您是先休息一会儿，还是直接办理业务？”原来这是该所的“站立迎导”服务，显然工作人员把初来乍到的记者当作前来办理业务的车主了。

“请帮查询一辆车的缴费情况。”记者即性扮演一回车主，就随便报上一个车牌号。

“您请坐！请您稍后。”窗台内一名征费员微笑着示意记者在窗台外设置的一张高脚转椅上坐后，立即敲响了电脑键盘。

漫步瑶乡秀水街（麦大刚　摄）

记者与其他前来办理业务的车主一样现场感受了一回“来有迎声，走有送声”的热情服务后，又环视了一遍征费大厅的“优美环境”：只见入厅门上面写着“月底遇节假日照常上班”醒目标牌，并标明了上班时间；大厅门西侧摆有两盆赏心悦目的盆景，洁白的墙壁挂有征费指南、岗位监督等，明亮的征费大厅一角设置有精致的座椅、钢化玻璃圆桌，一边是饮水机，一边是夹有报纸杂志的报架。正当记者感叹自己仿佛进入了某大公司的“会客厅”时，该所负责人热情把我们迎进了所长室——这里也是大客户服务室。

在这里有几位客人正围坐在一套精美的沙发上喝“功夫茶”，有说有笑的，好不惬意。闲谈中得知其中一位邱姓老总就是该市某大型运输公司的负责人，今天他刚好前来办事。他说：“我们公司从事汽车运输已有多年，现年缴费近400万元，算是该所最大的客户之一，以往公司缴费要跑河西、河东两个所，两所相距有10公里，每个月都要花五、六天时间才能跑完公司的养路费手续，直至两年前梧州交通征稽处开展“情系车主满意在征稽”活动以来，多次深入到运输企业调查了解情况，听取企业意见建议后，把我们原分散在两个所的业务合并在现河东所一处办理，给我们带来了很大的方便。而且过去总是要排队缴费，一站就是好几个小时，甚至忙上一整天也不一定能办成事，现在所里还设立了“大客户服务部”，给我们提供“VIP”贵宾式服务，我们只要等上喝几杯茶的功夫一沓打好的养路票就送上手了，我们对征稽所这种服务方式和服务态度的明显转变，真是打心里感到满意。

邱总接着说：每逢春节、五一、国庆节这样的节假日正是客流高峰期，征稽所总会主动考虑到我们这些运输公司忙不过来的实际情况，派人主动送票上门，我们公司每年都要与多家单位打交道，但从没有遇见过现在这么好的服务，只有征稽部门才做得到。

“便衣警察”玩跟踪
“绿色通道”予人便

在河东征稽所，记者还遇上前来办事的梧州货运公司的总经理陈灿荣，谈及征稽的优质服务，感激之情溢于言表，其中河东征稽所所长黄裕传当了一回“便衣警察”的故事他经常在众人面前津津乐道：

今年4月28日下午上班后，黄所长忙完一天活正在赶往回家吃晚饭的路上，突然发现一辆与自己擦身而过的车辆十分可疑，他的脑海飞快过滤了一下，这辆车正是梧州货运公司报来的，请求调查恶意拖欠该公司代其垫付交通规费的欠费车辆。为了避免打草惊蛇，黄所长随即换上便装钻进一辆的士一路跟踪起来，同时紧急打电话召集所里的稽查员支援，最终将该车查扣，为梧州货运公司挽回了经济损失 1 万多元。事后陈总坚决要求请黄所长等人吃顿便饭以表感激之情，可黄所长说这是他们应该做的，婉言谢绝了陈总的好意。

“车主的方便，就是我们的努力，车主的满意，就是我们的满意。”梧州交通征稽人正是用实际行动履行着他们的服务承诺和服务宗旨。在采访中，据一些大公司介绍，他们每个月都会有一些车辆到了报废期需要申请报停，但汽车到金属回收公司后，有时由于车管所认为车辆太少就会暂缓派人按时去审定，为了减少运输企业不必要的损失，在梧州各交通征稽所都会根据企业要求和实际情况，及时派人到金属回收公司核定取证，先开“绿灯”给企业办理报停手续，待车管所核定后再补办相关手续，这种实实在在为企业和车主着想类似“绿色通道”的做法受到车主的一致称赞。

贺州交通征稽所辖区的渝宏出租车公司有两辆出租车因遭遇抢劫发生了重大交通事故，车辆从去年起一直由公司垫支出事后的交通规费，今年 3 月该所得知实情后，紧急启动了“绿色通道”机制，主动派人帮助渝宏公司到公安交警、法院等单位调查取证，很快为其办理了车辆被法院封压后停征交通规费的手续，该公司十分感激。

“企信通”温馨提示
“昭平在线”方便查询

人们说与汽车打交道的人都是些忙人，由于这些人经常忙上忙下，常常又会忽略一些事情。梧州交通征稽人正是考虑到一些运输企业和车主群众经常较忙的实际情况，于是他们以河东所、河西所、车籍管理中心为重点结合创建“青年文明号”，开展了“友情提示”服务：通过当地中国移动通信公司的“企信通”，在每月月末将“缴费提示”以短信形式发送给数以万计的车主和司机朋友，帮助提醒车主前来缴费，以避免车主错过缴费期受到课征滞纳金的损失。在采访中，一位车主深有感触地说：征稽部门这种友情提醒对我们这些经常要到外地跑运输的来说真是太及时了，就好像自己在外地住酒店时早上的叫醒服务，如果哪天有急事要办一旦没有得到及时提醒，急刹人事小，误了正事可就麻烦了。

在河西征稽所采访时，记者见到了一位匆匆忙忙赶来缴费的车主，他说他刚刚收到一条短信是他的一位朋友邀请他到外地跑运输，可能要在外忙 20 多天，刚好他在查看手机短信时还翻到一条上月底存留的提示缴纳养路费的信息，他说多亏有短信提示要不然下个月回来就误了缴费期，并有可能在外地因无养路票行驶受到处罚。应记者要求，我们翻看了该车主的手机短信："各位车主及司机大佬，请您在本月月底前缴清次月的公路养路费等各项交通规费。谢谢您的大力支持，祝一路顺风！"

据悉，在千方百计服务车主方面昭平交通征稽所也有一定特色。为了做好交通规费有关征收政策的宣传和服务工作，完善服务设施，提升该所整体服务水平和服务功能，该所于今年初在"昭平在线"网站的办事指南栏向社会公开了缴纳交通规费办事程序流程图，只要车主点击打开该网站，新增车辆、转入车辆和已登记车辆如何缴费等一目了然。当地群众认为这是一件新鲜事，给车主带来了一定的方便，即便于准备购新车的群众了解有关征收政策，又避免了车主由于准备不充分来回跑冤枉路。

稽查执法"情"字当头
面对"诱惑"不动声色

在梧州市记者还参与了现场跟踪稽查，以切身感受梧州交通征稽人的"人性化"稽查和文明执法的风采。

晚上 9 时左右，记者一行跟随两辆稽查车采用"掌上通"电脑在市区内展开流动跟踪稽查，这时一辆欠费达 4 个月之久的五菱小货车被稽查员逮了个正着，当时车主以自己不是老板只是送货的为由不能当场补费，按理稽查员可以对该车立即予以暂扣处理，但带队稽查的处副主任邓春山得知该车运送的是冰淇淋、雪糕等易融化冰制品时，就主动替车主着想派出稽查员跟随车主到各卸货点卸完"冰制品"后，才把该车扣回来进行处理，车主心服口服。

在稽查路上，稽查员介绍说他们会常常遇到类似的情况，但他们一般会同意车主的要求先把货物或人运到目的地，再给予扣车；或对欠费车辆在原地等待，等人送款来缴费；或用稽查车协助接送车主到有关银行或单位取款。虽然稽查员会陪车主受很多累，花费很多的时间，但大家都认为为车主服务应毫无怨言。去年 6 月，该处稽查员在藤县稽查站查到一辆外省籍大货车持假养路票行驶，车主最初一肚子苦水和怨言，说他在广州时钱包和证件都被人偷走了，现在已身无分文，本想连夜赶回家乡，现在听说要扣车真不知如何是好，一时情急想不开一头往车上撞去，幸亏稽查人员及时出手救人才避免了一场悲剧发生。没办法，人心都足肉长的，4名稽查员当场每人掏出100元给车主作生活费和车费让他先回去，车辆依法暂扣等候处理。车主被感动得热泪盈眶，表示会尽快赶过来补交所欠的交通规费。

稽查工作每天与车主打交道，可以说是每天都会与金钱打交道，但梧州交通征稽人都有一种不沾不染的优秀本色，都能做到“常在河边走，就是不湿鞋。”

去年12月20日，该处稽查大队孔庆珍大队长带队到市内竹湾路查获一辆甘J055××解放牌13吨大货车持假养路票行驶。当稽查员把该车暂扣到停车场后，车主见对稽查员软磨硬泡无效后，就悄悄把孔大队长拉到一旁，拿出3000元钱说是一点“小意思”拿去喝茶，就当你们没有看见过我这辆车，把车放了算了。孔大队长在金钱面前不动心，严词拒绝，车主最终打消侥幸过关的念头只能按规定补缴交通规费。

车主满意百分百
主动“揽过”争更优

该处下属贺州交通征稽所是一个年征费3000万元左右的大所，也是广州、桂林黄金旅游线中间点上的一个重要交通服务窗口，开展“情系车主满意在征稽”活动对该所两个文明建设的推动作用尤为明显。特别是2004该所共征收交通规费3271.42万元，完成全年计划的114.03%，超收402万元，成为梧州交通征稽处第一个完成任务的所，并在年度交通管理三百分考核评比中获全处第二名的好成绩。2001年以来该所连续四年保持自治区“文明庭院”和“文明单位”光荣称号，2004年5月该所及副所长陈莲清分别荣获全区公路征稽系统“十佳征稽所”和“十佳征稽管理干部”光荣称号。

据了解，该所业务量相当大，但工作人员只有10人，其中女同志占一半，年过半百的同志占一半，能取得以上好成绩实属不易。但我们对这支以女同志和老同志为主的队伍能否搞好优质服务半信半疑。

6月15日，记者一行来到贺州交通征稽所，我们既没有听该所负责人“汇报工作”，也没有找工作人员“了解情况”，而是直接从该所档案室随机抽出了10份当月的“梧州交通征稽处开展‘情系车主满意在征稽’活动调查问卷——车主对征稽服务满意程度表”进行统计抽查。在调查表中第一项设置有优秀、好、满意、较差几个选项，其中车主选优秀的有 5 人，选好的有 3 人，选满意的 2 人，选较差的 0 人，分别占 10 份问卷的 50%、30%、20%、0%，综合评定满意以上为 100%；调查表第二项设置有 4 种较好的表现：文明用语、热情礼貌、工作及时、工作效率高，都有车主选择；在调查表第三项设置有 6 种较差的表现：语言不美、不礼貌不热情、工作拖拉效率低、工作时间抽烟、工作时间聊天、工作时间办私事，没有一个车主选；在 10 份调查表的车主建议栏中有一名陈姓和一名庞姓车主分别建议增加办公设备、增加工作人员，以提高工作速度，另一个车队代表认为当地的交通规费比桂林、柳州等地要贵些。

当记者把以上情况与该所负责人交流时，该负责人坦诚他们的服务工作仍有不足之处，毕竟优秀率仅 50%，而且车主的建议应等同于意见，表明还有一些方面需要进一步改进和完善，还得在更优上下功夫。从调查表中，尽管三位车主对贺州交通征稽人的服务工作有建议和意见要提，但他们最终都给了满意以上的评定。显然这些车主对征稽服务工作是在多了一些理解基础上的肯定，记者也能理解该所因一些客观条件造成的差异性，但我们更对该所负责人“主动揽过”的作风表示由衷赞赏。我们期待着下一次抽查车主对该所的评定优秀率为百分百。我们同样期待着梧州交通征稽人的“三优”服务情溢西江，情满桂东。

（原载 2005 年 7 月《广西公路征稽》第 4 期）

柳江河畔涌动“微笑效应”

——记来宾市首届“十大杰出青年文明号”象州交通征稽所

“门难进、脸难看、话难听、事难办”曾几何时成为一些行政职能部门在人们脑海中的不良形象。的确，在现实生活中办事要看人脸色，甚至遭遇冷漠，是最令人不悦的。好在，“转变干部作风，加强机关效能建设”已成为当今社会各行各业及各部门谋生存求发展的一大法宝，党和国家对此也作了重要部署。从真诚的微笑开始，并倚之带来意想不到的效果，这就是“微笑效应”。在风景秀丽的柳江河畔有这样一个只有 7 个人的小团队经过多年的实践探索深刻诠释了这一效应。初秋九月，笔者一行冒着南国炎炎烈日慕名来到被授予“来宾市首届十大杰出青年文明号”光荣称号的象州交通征费稽查所，一同感受微笑服务的魅力。

热情迎送温馨如家

“您好！先生，请问您是来办理缴费手续的吗?”

“里边请!”

显然，征稽员把我这位陌生的来访者当成了前来缴费的车主了，我索性当一回车主，随一位满面笑容年约 30 来岁的小伙子从楼梯口走进了宽敞、明亮、整洁的征费大厅（后来才得知他就是象州交通征稽所当季度“微笑之星”、副所长莫安拿）。

“请说说您的车牌号好吗?”青年征稽员先我一步走进了征费柜台内两张并列的办公桌前向我笑问。我一面回敬以微笑，一面正想编个车号。但见已有车主先我到达，两名年约 20 多岁的征稽员正用电脑为其办理缴费手续，听他们之间一问一答有说有笑的，职业的敏感促使我迅速从背包里取出照相机开始了现场抓拍……

“先生，您走好！”

“谢谢，再见！”

在征稽员的声声祝福声中，车主办完事就要离开了，我赶忙请其留步谈谈感受。“到这里办事，很愉快，也很轻松。”车主高兴地打开了话匣：“愉快是因为我们每一位车主到这里办理业务，第一眼看到的是征稽员的笑脸，第一声听到的是征稽员的亲切问候，临走时得到的是征稽员真诚的祝福，让人感觉像是到了家一样温馨。说轻松，是因为不论是到这里办理缴费，还是办理其它手续（报停、报废等），只要先看一看大厅里提供的办事流程简图，就一目了然，知道该带什么材料，有什么程序，办理起来就快捷顺利多了。”

为更方便更快捷地为车主办理业务，该所还根据车主的意见建议和实际需求设立了“VIP 贵宾室”和“大客户服务专窗”，努力让每一位车主都享受到微笑的关怀。据象州县汽车总站安全生产管理科赖宝汉科长介绍：他们站管理着 150 多台客运车，年缴费 200 多万元，过去每次到征稽所缴费都是件“麻烦事”，既要耗时排长队，又影响其他车主办事。设立大客户服务专窗后，只要一个电话，征稽员就利用休息时间为他们办理好相关手续。在客运高峰期，征稽员还提供送票据上门服务，给他们这些大客户带来了很大的帮助。如此一来，大客户方便了，个体车主也不用排队久等了，皆大欢喜！

“微笑提醒”流露真情

根据国家有关公路养路费征收政策的规定，凡拥有车辆的单位和个人要先缴纳公路养路费等交通规费后才能上路行驶，延迟缴纳则产生滞纳金，被查扣的还要课以罚款，车主会因此蒙受一定经济损失。尽管交通征稽部门每年都作了大量的政策宣传工作，但总有一些粗心车主因为忙事等原因忘了及时缴费。为了减少车主不必要的损失，象州交通征稽所经常为车主提供“微笑提醒”服务。每月月底根据缴费清单的欠费情况，通过上门催缴、发放催缴通知书或电话催缴、手机短信提示等方式，提醒欠费车主及时办理相关手续。一些车主在收到征稽员的提醒后感激地说：“幸好你们及时提醒，不然我们又要冤枉交不少滞纳金了，你们真心实意为我们车主着想，我们打心窝里表示感激！”

象州交通征稽所还主动为车主减负更让车主感动。为了让更多的农村客运车辆享受到国家和自治区有关减免农村客运车辆规费的优惠政策，该所积极张贴公告及通过新闻媒体宣传，还主动与管理农村客运车辆的县汽车客运公司联系，帮助农村客运车辆减免交通规费 70 多万元。两年来，车主负担减轻了，不但没有因为油价上涨而上调车费，反而增加了客运车辆，大大方便了当地城乡群众出行。

人性执法彰显魅力

稽查是保障征费工作顺利开展的重要手段，上路稽查，依法行政，从来是艰难的、严肃的、也是最容易激化征缴矛盾的事情。但象州征稽所坚持以人为本，以车为本，在工作中做到原则与灵活相结合，作风严谨，服务热情，文明执法，增强了交通征稽部门的社会威信，树立了交通征稽队伍的良好形象。上路执法时，所领导带头，人人争当“微笑之星”，坚持文明执法，统一着装、佩证，使用文明用语，态度和蔼、动作规范、程序合法，从没有出现过公路“三乱”行为；查扣欠费车辆时，坚持人性化执法，当车主被扣车又有急事送人时，稽查人员就用所里的车把人送达目的地；当车主被扣车又要卸驳货物时，稽查人员就主动帮搬上抬下；处理违规车辆时，遇到车主确实有经济困难的，所里总是为车主着想，积极向上级争取，尽量为其减免滞纳金及罚款。

近年来，象州交通征稽所平均每年检查车辆 3000 多台，扣车 300 多台（本），发放催缴通知书和行政处罚决定书 600 多份，追补交通规费 40 多万元，没有受到过一起投诉、举报，没有出现过一次矛盾纠纷，这也是该所将文明服务与人性化执法结合的成果。

今年 7 月 31 日下午 3 时左右，该所所长黄钢宁带领两名稽查人员利用掌上电脑稽查时，发现某矿场有 4 辆挂外地区车牌的拉矿粉半挂车属欠费套牌车，但当时所有车辆门窗紧锁，现场不见有司机出面，黄所长当即决定现场蹲守，并请来了县运管所 4 名运政稽查员一起“守株待兔”。

也许是车主早有所察觉，在近 30 个小时连续蹲守中就是不见“兔子”出现。

在前不着店后不着边的矿场，稽查人员们既要忍受饥饿，又要经受白天烈日烤晒和倾盆大雨的双重考验，晚上山野蚊虫叮咬更为肆虐，但大家没有丝毫放松退缩，因为大家都坚定了决不放走“漏网之鱼”的决心和信念。

夜幕渐渐深了，大雨过后的天空逐渐月朗星稀。这时几条黑影悄悄向矿场停车处靠近，稽查人员立即上门盘问，但这几个人又玩起了“耍赖”拒不接受检查。又是经过长达3个多小时的反复做思想工作，几名车主及司机终于折服了，并找来了真正的老板接受了暂扣车辆处理。当稽查人员把4辆欠费车开回所里时，时间已接近深夜12时。

“爱心行动”感动一方

在素有“桂中粮仓”之称的象州县，象州交通征稽人用心用情服务，不仅仅局限于他们管理服务的直接对象，他们还把“微笑服务”的外延无限扩展，在柳江河畔产生更大的“微笑效应”，用交通征稽人的“爱心行动”感动一方。

该所多年来长期资助扶持的贫困生廖兰华同学现已升上了高中；所里每年都坚持到县特殊学校慰问残疾儿童，给他们送上学习生活用品，送上交通征稽人的一片片温暖和爱心；象州县每年组织的大型植树造林、献血等活动都可以看到交通征稽人的身影；所里成立的团支部经常组织青年团员积极参加团县委组织的青年志愿者活动等。

特别是2005年6月份，象州县、金秀县一带遭遇了有史以来最严重的洪涝灾害，象州交通征稽所时任所长唐端生得知灾情后，想灾区群众所想，急灾区群众所急，率先发动所里干部职工捐款捐物，并迅速将1800元捐款及一批衣物连同所里捐购的30吨水泥、500公斤大米、20件矿泉水送到受灾较严重的中平镇受灾群众手中，帮助灾民解燃眉之急。当象州所的爱心行动反馈到他们的上级单位柳州交通征费稽查处后，处机关又立即发动全体干部职工捐款7070元、捐衣物176件，处里捐购大米1500公斤，由处主任王伟宁亲自带队来到灾区慰问。一时间，交通征稽接力“情系灾区，奉献爱心”的感人事迹在当地传为佳话。

紧接着，象州交通征稽所又积极响应当地党委、政府的号召，多次联合运管、路政等部门组织“青年突击队”投入到抗灾救灾活动中，为灾区群众搭建临时住棚；修复水利和恢复水毁农田，用实际行动支援灾区恢复生产，重建家园，受到当地党委政府和灾区群众的一致好评。

多年来与象州交通征稽所既联合开展交通综合执法，又多次共同参与当地社会公益活动的象州县运管所所长覃志升深有感触地说：“征稽、运管、路政等部门实行联合交通综合执法，避免了多部门反复查车影响车主的弊端，还有效地整合了执法资源，提高了工作效率；共同参与有益的社会活动，能教育和帮助干部职工树立社会主义荣辱观，体现‘青年文明号’文明服务社会的宗旨，展现了交通人的新形象，提高了交通部门的社会影响。”

因为微笑，象州交通征稽所平均年龄只有32岁的7名年轻征稽员赢得了广大车主群众的信赖，有6人被评为车主心目中的“微笑之星”；因为微笑，象州交通征稽所在来宾市有200多家“青年文明号”单位参与的竞争中脱颖而出，获得了“来宾市首届十大杰出青年文明号”光荣称号；因为微笑，象州交通征稽所连续多年超额完成上级部门下达的每年上千万元的征收任务，并先后多次被评为广西公路征稽行业“十佳征稽所”、“全区交通征稽系统先进集体”、“全区公路系统创建文明行业先进集体”等。

据介绍，目前象州交通征稽所正在积极努力争创“自治区青年文明号”和“自治区文明单位”，要把以“微笑献社会、文明创一流”为主的“微笑服务”活动向纵深推进，要把全所的行业文明建设推向更高层次。我们同样期待象州交通征稽所践行的“微笑效应”，能在美丽的柳江河畔乃至八桂大地一石激起千层浪，产生更强烈的共鸣，绽放出更加夺目的光彩！

（原载2007年9月20日《广西交通》报）

以“特色文化”带动“乡风文明”奏响田园乐章

——南宁市青秀区南阳镇乡风文明建设蔚然成风

在距离南宁市区东部约 45 公里的青秀区南阳镇镇圩中心矗立着一块“诚信碑”，为清朝嘉庆十年所立，见证了南阳镇悠久的商贸历史和浓厚的诚信文化氛围。这里也是民歌《赶圩归来啊哩哩》词作者、著名音乐家、文学家古笛先生的故乡。近年来，该镇充分结合自身特点和优势，坚持积极构建“全民参与、共建共享”的创建格局，推动文明村镇、乡风文明建设取得实效，走在全城区及全市前列。先后荣获 2016 年南宁市科学发展先进乡镇、2017 年“美丽南宁”乡村建设“十佳乡镇”、第二十九批南宁市文明村镇等殊荣。日前，该镇作为典型在南宁市农村精神文明建设现场交流会上作经验交流发言，受到广泛关注。

一、以村级文化服务中心为平台，深入实施“文化惠民工程”

十九大报告指出，“要坚定文化自信，推动社会主义文化繁荣昌盛”，特别提到“要完善公共文化服务体系，深入实施文化惠民工程，丰富群众性文化活动”。南阳镇 7 个行政村均已配套建成村级公共服务中心，如施厚村级公共服务中心建筑面积达 1500 平方米，含 1 栋 2 层楼的活动中心、1 栋面积达 150 平方米的戏台和一个标准的灯光球场。为了完善好管好用好村级公共服务中心，该镇配备了专职管理员负责服务中心的日常管理，确保服务中心的正常开放。

在公共服务中心他们通过“新时代讲习所”、“文明传习所”、“道德讲堂”经常性开展政策宣讲、实用技术培训；组织开展群众喜闻乐见的篮球赛、文艺汇演、公益电影播放等形式多样丰富多彩的文体活动。此外，各村群众还自发组织文艺队，通过政府给予设备配备或资金扶持，利用农闲时间自编、自排、自演文艺节目，反映当前农村的“好声音”，倡导移风易俗、家风家训，践行村规民约和社会主义核心价值观，让乡村文明新风吹进全镇所有村屯，吹进家庭，吹进村民群众心中。

二、以“示范村”和“非遗文化村”为抓手，注重打造南阳“特色文化品牌”

一是强基固本，切实提升文化硬件建设。借助全市社会主义新农村建设的政策东风，获得财政投入 8000 万打造了南阳镇古岳坡市级示范村，建设民俗展示厅、公共服务中心、舞台、文化长廊等文化服务设施，为群众开展精神文化活动提供有效载体。同时，积极引进巴弗罗公司，投资 5000 万建设巴弗罗音乐厅、多功能球馆、民俗文化酒店，进一步挖掘传统文化资源。此外，积极培育创意文化，吸引 20 多名艺术家进驻古岳，成立工作室，开展文艺创作活动，进一步打造“创意古岳坡”等文化品牌。

二是注重民俗文化传承与挖掘，着力提升文化软实力。依托花雨湖生态旅游区及古岳坡非遗文化村，定期组织开展文化惠民活动，并于三月三、国庆节等大型节日开展文化旅游节活动，打造南阳特色文化品牌。打造了花雨湖景区、古岳坡非遗文化村、二田村田挺坡、新楼村百年女子学堂等特色旅游点，既留住了乡愁，又培育了文明乡风。2016 年以来连续两年承办青秀区创意文化旅游节南阳分会场活动，如 2016 年在 7 天的时间里共吸引 10 多万游客前来观光游玩，仅花雨湖景区门票收入近 200 万元。文化与发展乡村旅游业的有机结合，为村民提供了就业岗位，帮助村民实现增收，进一步夯实农村精神文明物质基础。

目前，南阳顺利申报了古岳非遗文化村项目，并以此为中心，建设南阳大鼓、芭蕉香火龙培训基地，切实增强古岳坡文化内涵和底蕴，进一步丰富了群众的精神文化生活。此外，南阳还培育了户外营地嘉年华及南阳镇美丽乡村跑、中国东盟非遗音乐古笛故乡歌圩节、“缤纷花雨湖 · 艺术古岳坡”旅游节、三月三芭蕉香火龙暨歌圩文化节、南阳大鼓会等文化品牌，涵盖了地域型、历史型、节庆型、艺术型、复合型五个类型文化品牌。自治区有关领导到古岳坡调研时，对古岳非遗文化村的建设给予高度评价。

三是弘扬优秀文化，打造文化品牌。以南阳大鼓为题材，拍摄微电影《古岳的鼓》，在第四届全国微视频大赛中荣获最高奖项——“评委会奖”。同时，中央电视台在古岳坡全程拍摄的壮乡婚俗纪录片《杨力的婚礼》，于 2017 年春节期间在央视《外国人在中国》栏目播出，切实推动南阳镇文化打响特色品牌。

三、以打造“中国青少年民歌研学营”为载体，推动乡风文明与“民歌文化”

有机结合，奏响田园乐章

南宁是天下民歌眷恋的地方，《大地飞歌》民歌艺术节已成为南宁的文化品牌。南阳镇依托艺术古岳坡、花雨湖景区的自然条件和独特优势，倾力打造“中国青少年民歌研学营”，让民歌深耕青秀，唱响世界！

一是以民歌文化为抓手，营地为载体，构建田园青秀民歌研学主题营地群，奏响田园乐章。打造中国青少年艺术研学营、中国青少年耕读研学营等主题营地，通过主题研学营地群将田园综合体串点成线，让游客聚起来，散出去，动起来，实现集客与多日重复性消费，打造田园综合体全域旅游创新模式。

二是以点成线、以线串面，通过“营地+农业、教育、旅游、文化”等，推动多元产业融合发展。通过挖掘民歌文化内涵，在田园综合体已有的业态基础上，提炼和活化民歌体验项目、青少年营地教育住宿产品体系、休闲娱乐设施等硬件功能，塑造亮点。

三是以民歌为内容要素、以“一亩”为主要形式，对现有产业、闲置空间等进行艺术化、多元化地再改造，再创新，与在地的村民、进驻企业共建，实践乡村振兴战略。挖掘民歌文化的内涵拓展内容、巧妙地选取中国传统的市制土地面积计量方式“一亩”为艺术表现形式，通过音乐、美术、建造、舞蹈等艺术创作和主题内容体验，让田园成为世界多元文化和交流的天然场域，以此带动乡村基础风貌的建设改造以及在地多元产业的复活创新，让艺术家、青少年、游客以及在地原住民等成为传统民族文化传承创新与乡村复兴的参与者、见证者、建造者，实现乡村振兴与多元产业融合发展。

第四辑 图治与发展

“经济要发展，交通须先行。”肩负为公路交通事业发展征收基本建设资金特殊使命的广西交通征稽人，励精图治谋发展，挥洒汗水荡气肠。

南国征稽数风流

——南宁交通征费稽查处创新增效纪实

在八桂大地热烈庆祝首届中国—东盟博览会在首府南宁胜利闭幕的大喜日子里，在全区公路征稽提前超额完成全年交通规费征收任务的喜庆氛围中，作为广西最大的交通征稽处——南宁交通征稽处再传捷报：2004 年，该处又一次在全区交通征稽史上创造全区征收一流的业绩，实现了征收费税突破 8.87 亿元（其中征费突破 5 亿元，征税突破 3 亿元），同比增收突破 1.5 亿元；同时在多项创新管理工作中继续保持一流，为全区征稽管理工作作出了重大贡献，以真实、感人的实际行动实现了自治区交通厅领导年初要求南宁处保持征收第一、管理第一的重要指示。在全区交通征稽年终考核评比工作中该处获得了 285.2 的高分，继 2003 年获得全区第一后再度名列榜首，被区局评为 2004 年度全区交通征稽工作先进单位并授予“特别贡献奖”及 3 项“创新创效奖”，另有 6 个集体和 39 人被评为全区交通征稽先进集体及先进个人。受到桂西公路管理局通报表彰。

汗马功劳当首立

2004 年，自治区公路管理局分配给该处的征费任务为 48555 万元，是在该处 2003 年实际完成征费 44798 万元基础上递增 8.3%、高出全区平均数近三个百分点增加了 3757 万元下达的；2004 年全区征费任务计划增长额为 10370 万元，而该处新增加额占 36.23%，大于三分之一。面对任务重、困难多、要求高的新特点，该处坚持在上级主管部门正确领导下，高举邓小平理论伟大旗帜，切实践行“三个代表”重要思想，认真贯彻落实全区交通工作会议和全区交通征稽工作会议精神，紧紧围绕征费中心工作，以高度的政治责任感，讲大局，服务大局，严格按照《自治区公路管理局2004年度公路交通规费征收稽查经济承包责任制实施办法》早布置，早安排，结合实情认真研究制定新的对策，通过系列创新理念和创新手段，取得了显著征收效益。为促进全区规费任务提前超额完成及各项征稽管理工作再上新台阶发挥了重要作用，为全区公路交通事业发展贡献了真情和智慧。

2004年该处共征收费税88683万元（占全区征收费税29.32亿元的30.25%），完成上年度实收数72848万元的121.74%，同比增长21.7%，增收15835万元（占全区增收4.01亿元的39.52%）。其中：征收养路费等四费54331万元（占全区征收19.38亿元的28.03%），同比增长21.28%、增收9533万元（占全区增收2.14亿元的44%），完成年度计划的110.9%、超收5776万元（占全区超收1.1亿元的52.24%）。代征车购税34352万元（占全区征收9.89亿元的34.72%），同比增长22.47%、增收6301.70万元（占全区增收1.82亿元的34.66%），完成上年实收数（28051万元）的122.47%。

到年底，该处征费的综合实征率为76.82%，比上年同期上升6.77个百分点；综合停征率为13.30%，比上年同期降低4.84个百分点；综合漏征率为9.88%，比上年同期降低1.93个百分点。

该处2004年的征收额、超收额和增长额都占到了全区征收总额、超收总额和增长总额的三分之一以上，一组组沉甸甸的数据，就是这个团结有为的集体为全区征收跨越式增长立下了汗马功劳的真实见证。

厉兵秣马展雄风

伴随着南国明媚春光乍泄，该处率先全区开展了史无前例的大规模交通综合执法培训，以期通过军事训练和业务培训相结合的有效方式，努力建造一支以人民军队为榜样的“政治合格、军事过硬、作风优良、纪律严明、保障有力”的半军事化征稽队伍，从而提高全处干部职工的综合素质和执法水平，以首府交通征稽人的崭新形象迎接新的挑战，创造新的业绩，实现新的目标。

此次培训首次采用白天军事训练、交通指挥手势信号训练，加晚上业务知识培训（上党课）相结合的方法，虽然时间短，但效果十分明显，受到广大职工普遍欢迎和各级领导的充分肯定，上级领导用“刮目相看”来形容这支队伍。该处还对整个培训过程制作成录像光碟并由区局转发全区各地征稽处交流，掀起了全区交通综合执法培训高潮。区公路管理局还发文通报表彰了该处的作法：这种既不影响正常工作开展，又卓有成效的培训方式对加强全区交通征稽队伍建设，促进各项管理工作实现新突破，具有重要的借鉴和指导意义。

在为期 10 天共 2 期的培训过程中，该处 260 多名干部职工不论年龄大小全部积极参加进来，而且没有一人喊苦喊累或中途退缩。特别是其中 21 名年过半百的老征稽，有的头发都白了，有的身体欠佳，但都能坚持训练，其事其人令人敬仰，感人至深，是南宁征稽人新的精神风貌及整支队伍新的精神力量的展示。正如自治公路管理局有关领导多次深入现场检查指导并检阅培训成果后指出：南宁处从 2003 年开始通过狠抓制度建设、文明建设等举措，实现了队伍从过去的领导要我做，到现在的我要做这个过程的转变，干部职工的积极性、创造性已充分调动起来，此次军训活动进一步点燃了南宁征稽人多年来憋在心里的一种内在的精神火焰，是进一步振奋精神，昂扬斗志的新举措。

随后该处又组织了稽查内业管理培训班和文秘综合培训班，通过有针对性的业务培训学习，不断规范了行政执法行为，提高了综合执法和为人民服务的本领。

德天瀑布（麦大刚　摄）

如果说当初由该处率先发起随后在全区各征稽处全面展开的交通综合执法培训及军训，只是一场战前“练兵”或“预演”的话，那么在随后由自治区交通厅、自治区公路管理局精心策划下重磅推出的以南宁市为重点，由南宁处具体组织实施的“自治区公路管理局养路费清欠追缴6月大行动”及在桂柳等地全面打响的“8月大行动”，就是对南宁处及全区各交通征稽处的一次“实战”考验和检验。实践证明交通综合执法培训就是6月大行动及8月大行动取得丰硕成果的必要的“战备”和直接动力。

“清欠飓风”卷南国

在6月大行动中，该处调集了120多人，加上桂西局公路公安和全区各征稽处的大力支持，整个大行动上路稽查人员达180多人。他们通过城市公交车10多条线路和53万户联通手机用户进行流动宣传和温馨短信提示；还通过多家新闻媒体全程跟踪报道大稽查情况，扩大稽查行动的宣传效应。在路查车辆时，注意使用文明用语和文明行为，向车主敬礼，不跟欠费车主争执。这次行动共计10天时间，共查扣欠费车辆647台，补征交通规费70万元，罚款15.81万元；此外，在强大宣传攻势和拉网式稽查结合下共促使1010台长期欠费车辆主动到该处补缴278万元交通规费。为全区开展养路费清欠追缴8月大行动积累了宝贵的经验。

南国六月不仅骄阳似火，地面温度高达40℃，而且也是多风暴雨的季节，让人防不胜防，而稽查人员都坚持在路边，在风雨中硬撑着、忍受着、默默无闻地工作，共同演绎了一场场将士团结一心、顽强拼搏奋战的生动场面。该处老稽查员张海波因体力透支，感冒发烧不停，但他白天坚持带病上路，晚上则在队友的陪同下到医院打吊针；曾世才、曾来父子一同上演现代“打仗父子兵”为众人称赞……

6月30日行动结束后，区局领导与全体参战人员进行了总结座谈，一致认为此次行动促进了全区征稽工作初步实现了三大战略转移：稽查的平均力量从面上转向深层次或者重点；稽查的方式从被动式、捉迷藏式转为主动出击、先发制人；征费管理从粗放式的管理逐步走向了精细式的管理。

在6月大行动鼓舞下，该处从行动中学习，在行动中进步，开拓了视野，转变了观念。受惠于限时优惠政策，该处抓住机遇，积极宣传征费政策，在培植和保护费源方面进行了大胆探索，积累了可贵经验，在随后开展的7月、8月大稽查行动中，继续“趁热打铁”巩固和扩大稽查战果。全年该处共查获违章车辆4130台，其中：扣车 3954 台，扣证 181 本，处理扣车 3750 台，处理扣证 150 本，补征交通规费 774.97 万元（其中滞纳金 150.74 万元），罚款 513.88 万元。

创新征管“招招鲜”

征管工作作为交通征稽管理工作的关键和中心内容，事关年度征收任务能否顺利完成。只有高度注重征管工作，并不断研究制定适应形势发展变化需要和及时研究新对策和方法，大胆创新管理，才能确保征管工作抓出成效，才能保障全盘征收工作实现新突破。该处在上年率先全区成立车籍管理中心的基础上，又集中力量进行了创新任务、奖励分配管理模式改革，同时又在区局的大力支持下研究开发了“广西交通征费稽查信息管理系统”并成功试运行，为全区征管工作进一步实现规范化、信息化管理打下了坚实基础。

根据该处征收工作点多线长面广，跨管两个地级市的特点，认真总结多年来的征收工作经验，实行定责、定任务、定指标的划所分片包干管理责任制。将全处的 22 个所划分为五个管理片区，每个片区由一名主任或副主任负责全面管理工作，将费税征收任务完成情况与年终考核和经济利益挂钩，以此管理创新的手段，达到整合管理资源、提高管理效益。

根据实际工作中城乡间人民的实际购买能力发展不平衡，及时调整思路，大胆创新，开全区之先河，将全处 68%的征费计划安排在费源增长稳定的南宁市内四个交通征稽所，同时结合各县所上年征收情况和车辆征费动态，科学合理分解下达计划。事实证明，此项改革措施科学有效，解决了多年来征管工作中存在的“瓶颈”问题。这一结果为全处提前两个月超额完成征费计划奠定了坚实的基础。

逐步完善现有的激励机制和奖金分配办法，充分调动职工的工作热情和积极性。

完善和发挥车籍管理中心作用，强化了费源管理。全年处车管中心建档 3200 辆（份），首次缴费 3300 万元，有效解决了全处费源管理标准统一和新增车辆实征率等问题，使处、所二级的征收管理、稽查管理得到了优化，产生了良好的经济和社会效益。7 月该处继防城港处后实现了联网征费试运行，新的征费系统使征稽工作的计算机管理水平又达到一个新的高度，资源信息共享大大方便了车主缴费；所一级开发使用电子建档软件以来，不仅能够自行完善辖区车辆的厂牌型号记录、保存相关证件的彩色扫描，还为“大吨小标”车辆的吨位恢复工作打下良好基础。

税费改革“一盘棋”

2004年是车购税费改革年，根据国家有关规定2005年1月1日起，车辆购置税由国税部门负责征收。

在时间紧，任务艰巨的现实面前，该处高度重视，认真负责，一切以大局为重，一是及时召开车购税费改革人员座谈会，稳定人心、稳定队伍：二是精心部署，周密安排，确保固定资产、业务等各项工作在短时间内顺利划转；三是千方百计拨款10多万元帮助车购税人员补充添置办公设备、电脑、档案柜等，全力支持车购税业务工作如期正常运转，保障税费改革过渡时期各项工作有连续性，更加优质高效服务社会、方便办事群众；四是支持南宁市国税局车辆购置税征收管理办公室于1月4日新年上班第一天顺利揭牌开征。

十九年风雨兼程，铸造了辉煌业绩，十九年相濡以沫，结下了浓情厚谊。对于划转过国税的人员，该处始终树立“一盘棋”思想，强调征稽、车购始终是一家人，不仅“嫁女”时备送有厚重的“嫁妆”，而且早在两年前“待嫁”期间就提前作好了充分准备。尤其是2003年该处新班子上任以来，在处主任李志强带领下，多方争取上级支持，先后投入了200多万元完成了对南宁车购所和部分县办征税大厅的装修改造和购进设备等，使征税大厅发生了翻天覆地的变化，这些真情厚意也正是保障“三分天下有其一”的南宁车购办连续多年创全区车购税征收最佳业绩的前提。2001年到2004年，该处共代征车购税9.61亿元，占全区车购税征收29.60亿元的32.46%，比前四年（1997年至2000年）征收的5.43亿元增长77.79%，是全区名副其实的车购费（税）征收大户。

南宁处作为全广西最大征稽处大处风范时刻体现，非凡气度感人至深，先后受到自治区交通厅、自治区公路管理局、自治区国家税务局和南宁市国税局领导的高度赞扬，划转国税人员更是由衷感激。

税费改革平稳过度后，该处又于12月24日上午成功召开了车购税费改革划转分流人事调整工作会议，标志着该处安置税费改革分流人员及处机关机构改革工作同步完成，走在全区前列。该处不仅全部妥善安置了32名参加国税考试未被录用人员，还把处机关工作人员由原来的59名精简到28名，减幅达50%以上，同时还把一批年轻有为的干部调整到基层所担任领导职务，加强对基层所管理。就在该处费税改革划转分流人事调整工作会议召开时，正在外地检查指导工作的自治区公路管理局党委书记祝康保获悉后，特意给该处发来手机短信大加赞赏："风雨同舟征稽人，山水作证苦同舟；青山未老情长在，转战国税谱新篇。"

着力打造新形象

浓墨重彩绘新图，着力打造新形象。2004 年，该处在抓文明建设工作中，坚持贯彻执行"以人为本，以文明单位为重点，内强素质，外树形象"的方针，发扬成绩，鼓足干劲，下大力气，推行征稽三个文明建设协调发展，在社会各界、车主、媒体心中树立了良好形象。

该处 2003 年文明建设大手笔以埌西征稽新形象树立为先锋，带动了以首府南宁为重点的全区各主要城市征稽面貌焕然一新，一朵朵绚丽的公路征稽文明之花竞相奔放。2004 年，该处又先后完成了一批县所（办）更新改造工作，促进全处文明创建工作由城市向县所稳步推进，突出重点，全面发展，文明建设又按照既定的目标继续走向全区同系统领跑线上。

在积极争取上级资金扶持和千方百计自筹资金，加大文明建设硬件投入的同时，更注重强化管理。按照"管理就是服务"的新理念，该处努力充实管理内容，改进

"骑士"的梦想伴行八桂

管理方法，强化管理措施。根据人事变动及时更新监督岗；新增现场处理欠费车辆窗口，实行“一个窗口对外”统一受理，集中办理行政审批；增设预约征费服务窗口，开展优质征稽服务活动；开展行风评议，聘请群众当义务监督员和行风评议员，建立执法“阳光工程”；强化内部多层次监督，建立行政执法责任制、公示制、民主评议考核制、错案追究制；为车主提供最周到的服务，使车主来缴费办事方便快捷，并享受到人文关怀。该处埌西交通征稽所是根据南宁市城市发展变化新成立的一个所，创立之初就是按现代化征稽所的标准建成的，该所仍没有满足，而是追求更优质的服务。于是从 2004 年 7 月份开始，该所根据辖区管理车辆“党政部门多、单位多、上班工薪族多”的特点，率先推出中午不休息每天延时征费优质服务活动，受到社会和车主的普遍赞赏。

一年来，该处对全区征稽系统精神文明建设和宣传工作还有一大突出贡献，这就是受上级主管部门委托负责具体承办和编辑出版了《广西公路征稽》月刊，该刊的及时编辑出版为全面、真实、生动宣传报道全区公路征稽系统年内重大新闻事件及活动，特别是展示推介交流各兄弟征稽处一年来在文明建设、创新管理等方面的典型经验起到了重要的桥梁作用，为宣传和促进全区公路征稽系统“三个文明建设”作出了应有的贡献。

“金鸡唱盛世，暖春催花妍”。2005 年，广西区结合自身是欠发达地区的实情提出要加快发展步伐，自治区交通厅已明确提出全区公路建设今年要完成 120 亿元，并把规费征收作为多渠道筹集资金的首要措施来抓。面对新的形势和任务，该处又启动了一项重大征管改革创新亮点，这就是以南宁市内四个征稽所为重点大胆探索推出了“大客户服务征管业务”和上门送票服务，通过认真切实做好首府城市大型运输企业近 3 亿元的征费管理工作，培植好稳定费源，为保障新年度征收任务顺利完成和超额完成打下了坚实基础。

（原载 2005 年 3 月《广西公路征稽》杂志第 1 期）

滨海文明之师

——北海市交通征费稽查处十年文明征费纪实

在美丽的南中国海滨活跃着一支队伍，十年来，他们坚持不懈地倡导并实践有行业特色的“形象工程”战略，从而保障了这支队伍一次次出色完成上级下达的特殊任务。他们就是肩负为西南出海大通道建设筹集资金重任，素有“滨海文明之师”的赞誉，现有80来人的北海交通征稽军。

欲报之以李　先投之以桃

岁月长河的演进是长江后浪推前浪，历史机遇的呵护如春风吹拂大地。随着改革开放英明决策一声春雷，特别是邓小平南巡讲话春风化雨，地处西南沿海边陲的北海很快掀起开发热和建设热，并使之从昔日沉寂的小渔镇迅猛发展成为今日初具规模的现代化滨海城市，同时被赋予特殊战略地位和历史重任：构筑西南出大海通道，充分发挥以北海为主要出海口的“跳板”作用，让大西南走向东南亚，走向世界，让世界走近大西南。

然而，要真正实现这一目标，振兴广西和北海经济，还需要大量建设资金。北海交通征稽军正是在这个时候组建而成，并逐步成长发展起来的，也决定了这支队伍从诞生伊始就被时代委以特殊历史使命（甚或是历史机遇的呵护）。正如国家和有关上级部门“钦定”他们的主要职能和职责是：依法征收养路费、车购费等七种交通规费（最初为4种），为广西和北海公路建设筹资，为西南出海大通道建设筹资，为地方经济发展发挥重要“助推器”作用。

交通规费取之于车，用之于路，依法征收是职责，按章缴费是义务，征缴双方本是一种和谐的统一，然而由于法制观念不强、缴费意识淡薄、个人利益驱动等客观因素存在，自然也有征缴双方矛盾对立性一面的客观存在。也就是说在我国进行新旧体制改革的转型时期，由于法制建设尚不够完善，现实生活中常常会遇到一些仅仅凭借行政手段不一定能奏效的实际问题，还需相关职能部门在实践工作中研究、探索相应的对策，找寻一把开启所罗门的“金钥匙”。“欲报之以李，先投之以桃”，北海交通征稽人经过十年风风雨雨的磨砺逐步从“投桃报李”古训良言中尝试了一些体会，达成一种共识：在依法征费同时，致力于通过树立队伍自身良好社会形象，以文明优质服务、真诚服务感动“缴费上帝”，充分调动“上帝”的主动性、积极性，最终赢得“上帝”回报，掌握征费工作的主动权，保障征费工作顺利进展，不辱使命。

十年磨一剑，文明征费是关键。十年来贯穿该处征费工作整个过程的一条总则是：坚持征“费”中心，“咬定”社会主义精神文明建设不放松。正如该处主任兼机关党委书记李志强有这样一段精辟阐述和归结：征费工作再忙也不忘精神文明建设力度的加强；经济收入再紧也不减精神文明建设的投入；市场经济再难也不乱精神文明建设的方向。

一个征费厅一扇亮窗　十个征稽员十片热心肠

多年来，该处职工队伍组成保持有一大特色：即青年职工占大多数，女性职工占近半数，是一个年轻的集体。于是，他们根据这一特点，着力把它凝聚成一个充满活力与生机的集体，充分发挥青年的生力军作用和女性职工善解人意之优势，大力开展创“青年文明号”活动作为推动征稽事业的主动力。他们以管辖的各所站征费厅为窗口，把开展争创“青年岗位能手”、“巾帼文明示范岗”等和创建“文明单位”、“文明行业”活动有机结合起来，从“组织领导、所容所貌、职业道德、岗位技能、优质服务”等方面都有标准和要求，把一整套优质规范的文明服务规程能动地融入每个职工的日常工作与全处的日常管理，融入社会和车主中。各征费厅设置意见投诉箱、监督岗、监督电话，聘请社会监督员；征费人员挂牌上岗，各岗位直接让社会、车主当场监督，增强征费服务透明度；各征费厅上墙、上窗，标示了工作服务流程图，让每个前来缴费的车主一进征费厅就对缴费程序、标准、依据一目了然；各征费厅配备有供车主休息的桌、椅及饮用茶水，从每个细微处关心、方便车主，让车主有“宾至如归”的感受，从而形成文明待客，优秀服务的良好氛围。

在工作中，他们设身处地为车主着想，避免车主受到不必要的经济损失，受到车主普遍好评。有一次，该处直属所征费厅已经下班大家正准备关门回家休息，这时一位来自成都的车主急急忙忙赶来交养路费，说过了当晚就会误已订好机票的航班，该所征费员一听二话没说各个岗位重新就位，直到帮助该车主办完全部手续，等车主满意地走后，大家才下班回家。曾任收款员的叶爱春经常关心帮助车主，比关心帮助亲人还周到，被人尊称为“爱心如春”的叶大姐。一次她又把50元钱借给素昧平生的一位没带够钱来缴费的货车车主时，旁边站着一位车主忍不住问她：“你又不认识他，你就不怕他不还了吗?”叶大姐坦然道：“不怕，我借钱给他让他及时办好了费不影响出车，我以诚相待，他必以诚待我。”大家听了都感动。

十年里，类似叶大姐这样的“热心肠”时有涌现，如今，在该处上上下下讲文明、讲服务、讲奉献蔚然成风。

文明春风洒一路　回报何止千万元

如同浩瀚的大海总是不平静的常有潮涨潮落之时，北海开发也不例外，在经历了92、93年的开发高潮之后，随着国家宏观调控刹住了一些“泡沫经济”，这里的基本建设骤然“降温”陷入了低潮，不少企业关、停、并转，一度车辆停摆现象严重，不少单位和个人以经济不景气，企业亏损为由，偷漏、逃、欠缴交通征费。北海征费难度越来越大。针对严峻的形势，加大稽查力度成为交通规费征收的重要手段，即每年都必须投入一定的人力、物力、财力和时间上门上路稽查，减少国家交通规费严重流失。为此，他们又把社会主义精神文明建设运用到稽查工作中，把文明征费带到路上，把文明优质服务带到路上，做到哪里有稽查员的身影，那里就洋溢着一股文明春风。

针对群众意见较大的公路“三乱”问题，该处积极推进交通规费征收“科技战略”，先后投资20多万元于95年研制出先进的“交通规费稽查系统软件”，利用便携式手提电脑上路跟踪稽查，准确率达98%，避免了上路稽查的随意性和盲目性，从根本上杜绝公路“三乱”现象发生。而且这一科研成果迅速在全区乃至全国交通征稽系统推广应用，反响强烈，并荣获北海市推进科技进步二等奖，单位被广西区交通厅评为推动科技进步先进集体。正是由于该处近年采用了先进稽查工具和手段，既有效地遏制了偷、漏、逃费行为，又保障了在其境内车辆行驶畅通少阻，无公路“三乱”现象发生，为北海这座新兴的沿海开放城市实施营造最佳投资环境重大战略创造了有利条件。

同时，在稽查过程中，他们更注重讲求方法，讲热情周到服务。1997 年，该处查到一家在当地开办的外商投资企业，由于种种原因，该公司一度陷入困境，从 1995 年下半年起就把公司所属的 20 多台车辆停驶封库存放起来，但因该公司不懂国家有关规定一直没有办报停手续，对其仍需缴纳几十万交通规费和滞纳金有些想法。该处一面派人多次与该公司负责人交涉，耐心、热情讲解有关政策和规定，做好协商和调解工作；一面主动带领该公司负责人到上级交通征稽主管部门反映实情，帮助该公司减免了欠缴交通规费的部分滞纳金和罚款。事后，该公司深受感动，主动补交了 30 多万的交通规费。这个长达两年之久的难题妥善解决，投资者和当地政府都露出了满意的笑脸。

十年来；该处职工共上门上路稽查 3.5 万多人天，查扣违章车辆 1 万多台，扣证 5000 多本，为国家追补规费 3000 多万元。特别是 1997 年通过稽查补费达 1240 多万元，为该处当年全面超额完成任务，大打翻身仗夯实了基础。“一年就能从路上捡回上千万元的流失规费，不能不说这支队伍在文明稽查方面下了很大的功夫，立了汗马功劳”有位上级领导如是由衷赞赏。

整装待发的稽查员（东子　摄）

春暖花开映滨海　文明之师当无愧

为了进一步提高征费工作的社会透明度，杜绝乱收费、乱罚款行为，更好地维护车主和广大群众的合法权益。1998 年初，该处从群众比较关注的“收费焦点入手，在当地率先通过新闻媒体及处辖各征费大厅全面公开了交通规费征收、处罚标准和有关行政事业性收费标准项目、依据等，并考虑当前车主的经济承受能力，勒紧自身“裤带”，制定“减负”措施，经请示上级有关部门同意，主动取消了一批经地方物价部门审核同意的收费项目。同时，设立监督投诉电话，自觉接受社会各界的监督，在社会上引起强烈反响，获得群众致好评，市监察局、市纠风办给予了通报表彰。紧接着，又制定执法责任制，签订执法责任状，并逐步实行社会承诺制等等，系列重大举措相继推出，叫响了这支队伍特有的“文明程度”以及整个单位的“文明形象”都从“实质”上升到了一种全新的高度，决不是华丽“包装”的产品强推于社会，而是经过社会的全面监督，严格考验之后的公认：不愧是“滨海文明之师。”近日，在北海市创建文明单位及文明行业情况通报会上，听了该处创建工作经验介绍后，与会领导无不感慨地说：要是我们北海所有的单位都像交通征稽处这样如此重视精神文明建设而且文明花开如此鲜艳，那么我们所处的这座滨海城市，将更赋有诱人的魅力。

既依法行政，又文明征费，真正做到中央领导一再强调的：坚持两个文明一起抓，坚持两个成果都要好的方针，实现两个文明互相促进的良性循环。北海交通征稽处走上了一条光明大道，取得了两个文明建设的辉煌成就。十年来，共征收交通规费 6.95 亿，为累计计划的 110% ，超收 6499 万元。该处先后多次被团中央、交通部、区人事厅、区交通厅和当地党委、政府评先嘉奖，先后荣获“全国青年文明号”、“全区交通系统优秀思想政治工作单位”、“北海市文明单位”等光荣称号，1998 年初还被自治区文明委确定为全区窗口行业示范点，最近还通过了自治区级文明单位检查验收。

十年改革十年春风，十年征稽十年文明，十份耕耘十份收获。面临改革攸关时期，该处有信心切实挑起改革与征费的双重重担，把一支还将继续创造辉煌业绩的“文明之师”带入灿烂的 21 世纪。

（原载 1998 年 12 月 8 日《沿海时报》）

邕江之滨闪耀的橄榄绿

——记邕宁交通征费稽查所

美丽的邕江流经壮乡首府南宁，婉延东南十余公里，两岸奇迹般生长出一段长长岩石堤坡及砂石河床（其它河道大多为泥沙堤坡及河床），江面因之而格外水清阔宽、碧波潋滟，青山绿水间“一桥飞架南北”，古老而又年轻的邕宁县城因之而勃现一派现代化朝气。然而，在这座日益壮大的江滨县城里有这样一支特殊的群体却鲜为人知，正是他们甘愿洒尽青春和血汗为地方经济和交通事业发展默默无闻奉献着，才换来了眼前这遍遍繁荣景象得以创造的基石，他们就是邕宁交通征稽所的8名干部职工。截至11月30日，该所完成年征收交通规费计划任务的115.4%，实现了年人均征收费税的历史最好成绩。

发挥优势重“人和”　强化管理谱新章

受益于邕江之水恩泽外，邕宁县还是出入南宁市的重要门户，辖区有三个经济开发区（大沙田、沿海、仙葫），个私经济也相当活跃，因此，该县不论从经济区位、交通、贸易、物流等方面都有一定优越性，所有这些都为邕宁交通征稽相关工作的开展创造了有利条件，可谓已经兼享“天时”、“地利”，征收工作能否取得决定性胜利关键就在于该所领导班子如何充分发挥优势，切实加强管理，带好队，征好费，也就是如何作好“人和”文章了。邕宁交通征稽人在开春之初受命上级下达任务后就达成了一致共识：识大体，顾大局，坚定信念，发挥团队精神，形成合力，竭尽全力出色完成任务，创造新的辉煌。

该所8名干部职工中除一名老同志外，其他都是清一色平均年龄在30岁左右的年轻人。两名副所长（一名主持全面工作）积极上进，敢作敢为，讲团结，讲奉献，做表率，硬是有办法把大伙拧成一股绳，做到充分发挥年轻队伍的主动性和创造性，调动大家始终保持火热的激情投入工作。2003年是南宁处新班子大刀阔斧改革，按照区公路领导提出的“五新”要求，制定和规范各项管理制度，重塑首府征稽新形象，全力扭转被动局面的重要一年。该所负责人零允沛、邓光阳以敏锐的政治眼光和高度的责任感准确把握区公路局和南宁处新领导班子的决策思路和指示精神，带领全所干部职工认真贯彻落实南宁处领导的要求和处制定的各项规章制度，动员和号召干部职工牢固树立完成和超额完成任务才是硬道理的观念和意识，保障全所各项工作的开展有明确的奋斗目标、有工作中心和重点、有动力、有方法。处领导在总结邕宁所取得的成绩时对此给予了高度赞赏。

实际上，两名年轻的所长在领导艺术上也有“老道”的一手，这就是善于抓住职工的人心。一是积极引导职工正确对待世界观、人生观、价值观，常常把工作寓于人生中，鼓励帮助职工正确面对税费改革，打消思想上的顾虑；二是分别与职工进行谈心交流，及时了解和掌握职工思想动态与存在困难及问题，将心比心交换意见，及时传达上级领导的指示和关怀；三是千方百计为职工和家属办实事、办好事，从根本解决职工的后顾之忧，3月份为一名原职工的遗属争取办理了最低生活保障金，5月份向上级争取为2名职工家属解决了就业问题，9月份向全处倡议求助捐款用爱心圆了一名职工子弟的大学梦。

重“人和”管好一班人，充分调动职工积极性，最关键的就是要带领职工搞好征收管理中心工作，该所在这方面的成效尤为明显。一是及早及时抓好交通规费征收合同签订工作。为了抓住源头管理，努力稳定费源，该所做到严格按程序办理合同征费包干比例和减免征手续，把好合同签订关，并与年审基础管理工作结合在一起开展。年初共签订合同980份，1649台车、3744.50吨（位），征缴合同比率达86.65%，从根本上稳定了绝大部分费源。

二是抓好车辆缴费入户、异动、报停、报废等业务的规范管理及立户建档工作。做到根据有关征管条例要求，对新增车辆由专人负责核对和核实吨位，严防“大吨小标”，做到一车一档，及时掌握车辆动态，为征费工作提供准确的信息依据。

三是抓好核定车辆征费计量工作。从年初开始在签订合同的同时结合核定吨位微机软件，对每台车辆进行重新核定，共纠正征费计量错误车辆65台，增加征费吨位195吨。

四是严格执行交通规费及滞纳金减免审批制度，坚持按审批程序（权限）逐级上报，严格把好审批关，决不越权减免，全年没有发生一例越权减免现象，共征收滞纳金 18.3 万元。

五是按照区公路局和南宁处制定的有关“内业管理三百分考核细则”，切实抓好各项内业管理工作，做到管理出成果、出效益。在今年上半年和第三季度全处“内业管理三百分考核评比擂台赛”中，该所先后获得了片区（东部 8 所）的第三名和第一名，受到上级部门表彰奖励。

主动出击挖掘费源　横向联合以查促收

近年来，由于受税费改革负面宣传影响，不少车主存在侥幸偷逃交通规费心理，加之该所管辖面广、线长、点多，毗邻南宁市，城郊结合部经济开发项目较多，不少建筑工地成为欠费车辆的避风港及死角，给征费稽查工作带来了不少困难。针对实情，为了维护正常征收秩序，打击逃费车主的嚣张器焰，该所在人员少、经费紧的情况下，想方设法利用节假日、双休日时间组织本所职工及联合有关部门加大稽查力度，既可以挖掘费源，又达到以查促收良好效果。同时，该所在开展每项重大活动时都能主动向当地党委、政府、公检法、工商、税务等部门联系汇报工作，争取得到广泛支持与帮助，为征费稽查工作保驾护航，创造良好外部环境。

今年 3 月，该所联合横县、黎塘、宾阳公路路政（公安）、征稽部门在辖区内仙葫、大沙田、良庆等开发区及工地进行了一次声势浩大的稽查活动，3 天时间共查获 32 台违章欠费车辆，补征交通规费 9.6 万元，罚款 4.7 万元，在当地引起强烈反响。

金秋十月的一天，该所组织几名稽查员前往某工地查到了几辆外地欠费车辆，但由于工地老板纠集一些车主及不明真相的群众阻挠稽查员扣车，双方形成了对峙局面。带队稽查的副所长邓光阳一面耐心向车主宣传解释有关征收政策法规，据理力争，一面紧急向当地公路路政（公安）人员求援，很快“援兵”及时赶到，这些欠费车主慑于强大压力乖乖配合稽查员办好了相关手续。事后，参与稽查的职工感慨地说：公路路政和我们征稽亲如一家人，这种强劲的联合力量是保障我们的稽查工作取得胜利的新优势。

据统计，今年 1~11 月，该所累计上门上路及联合稽查达 700 多人/天，共查获违章车辆 176 台，其中扣车 160 辆，扣证 16 本，补征交通规费 53 万多元，同比多征 8 万元，罚款 18.8 万元。

创建文明行业　为橄榄绿增辉

以创建文明行业为突破口，促进交通征稽工作协调快速发展，重塑广西交通征稽新形象，是区公路局和南宁处的一项重大决策，2003 年是广西交通征稽系统的“文明建设年”。邕宁县交通征稽所巧借“东风”，适时加大了创建文明行业的力度，先后筹资 2.4 万更换了征费大厅的拉闸门及门窗，在所大门两侧新建了永固式宣传标语墙廊；还争取南宁处帮助支持在办公楼楼顶装置了醒目的大型单位招牌，更新了单位名称牌；还对单位大院进行了美化绿化，单位整体办公征收环境得到了明显改善。与此同时，根据上级的要求，该所着力抓了文明单位创建的软件建设，在全所干部职工中倡导“内强素质，外树形象”。先后制定出了一系列各项规章制度，坚持以制度管人，切实转变工作作风，增强服务意识，提高服务水平。无论什么时候走进该所，办事群众和缴费车主都能感受到该所职工的高昂工作热情，优质服务态度，都能看到每一位职工着装整齐，举止文明，很难见到无故迟到、早退、旷工等不良现象。此外，该所还结合实际情况，在全所开展了争当文明征稽人活动，努力塑造廉洁、务实、文明、高效的征稽新形象，增强职工的凝聚力和向心力，职工工作积极性提高了，服务意识增强了，职工们讲奉献做好人好事蔚然成风。

今年春夏之交，面对突如其来的一场没有硝烟的战争“非典”，全所职工没有一个人退缩，而是甘冒零距离接触缴费车主随时有可能感染非典的风险，只是采取相关预防措施后每天坚持服务好每一位缴费车主，受到社会各界一致好评。

青年职工蒙鸿打的途中拾得巨款，没有来得及半点犹豫，立即主动查找线索如数归还失主，征稽人再现雷锋精神，橄榄绿为邕江增辉的感人事迹，受到《南国早报》追踪报道。

南国暖冬，邕江之水平静而清澈，江滨两岸生机盎然，邕宁交通征稽人这些闪光的“橄榄绿”同样奉献无止境。

（原载 2003 年 12 月《南宁交通征稽》杂志第 12 期）

绿城征稽文明花

——南宁交通征费稽查处创建文明行业纪实

南国暖冬，阳光明媚，邕江河畔尽朝晖，绿城无处不飞歌。2003年也是南宁交通征稽发展史上不同寻常的一年。一年来，南宁交通征费稽查处在自治区交通厅、自治区公路局和南宁公路局党委的正确领导下，以邓小平理论和“三个代表”重要思想为指导，坚决贯彻上级领导提出的“通过狠抓目标管理，落实各项工作措施，提高征稽效率，努力实现征稽的法规意识、服务意识有新的理念；队伍建设有新的面貌；征稽科技手段有新的创意；文明建设有新的发展；征费的各项指标有新的突破”的要求，结合单位实情，认真研究制定新的对策，决策以文明建设为突破口改变单位长期陈旧落后面貌，确立“您的满意是我们服务的唯一标准”全新理念，倡导“严格执法热情服务，与社会各界共建交通大业”，全力重塑首府征稽新形象把整支队伍自觉置身于社会的监督之下，自加压力，增强危机感和责任感，促进队伍团结一心服务社会、奉献社会，创造优异成绩用实际行动回报社会。2003年全处共征收费税72848.16万元，同比增长16.63%，增收10389万元，实现了两大突破：一是征费征税突破七亿元大关；二是同比增收突破亿元大关。下属的江南、邕宁两个征稽所率先全处提前4个月超额完成任务，西乡塘、隆安、黎塘3个所提前3个月超额完成任务。在短时间内共完成文明建设资金投入200多万元，使处机关和市内5所及部分县所的办公征收环境发生显著变化，树立征稽文明新风，促进了行业新发展，吸引了10多家区内外兄弟单位前来参观学习，社会各界给予了高度评价，多家省级、国家级新闻媒体进行了宣传报道。12月12日，南宁市文明办和城北区文明办有关领导来到南宁征稽处调研和初评市级文明单位申报情况时给予了充分肯定。此前，12 月 8 日，南宁征稽处机关综合档案室以总评分 93 分的高分破格越过三级直接晋升为“广西壮族自治区厅直机关二级档案室”。12 月 17 日，区公路局通报表彰了南宁处在创新管理和文明建设等方面取得的显著成绩。

从春夏走到秋冬，2003 年初南宁征稽处在原班子主要领导及个别中层干部出现了一些违法违纪问题，队伍一度出现极不稳定的局面；在克服“非典”减征 1427 万元的困难情况下，迎战种种压力和难题，加大征管稽查力度，创造性地开展各项管理工作，率先全区提前超额完成全年征费任务，为广西交通征稽事业发展作出了重大贡献；一年来，南宁征稽处文明建设取得了丰硕成果，并且在征稽管理、队伍建设、征管手段等方面推出了一项项创新举措，实在来之不易。实践证明，年初自治区交通厅、区公路局及时果断决定调整充实南宁征稽处新领导班子及相关重大决策是完全正确的；实践证明，南宁征稽处新班子是团结、务实、创新、可信的班子；实践证明南宁征稽处这支队伍是有一定战斗力并且能够胜任时代重任，不辱使命的顽强集体。

以创建文明窗口为突破口　成为广西全行业引领示范

沐浴改革开放春风，得益于西部大开发和中国—东盟重要枢纽地位，南国壮乡首府南宁正日益向现代化大都市推进。作为交通建设大业不可或缺的交通征稽部门，如何切实履行职责，紧跟时代发展步伐，适应新世纪发展的新要求，这是摆在南宁征稽处新的领导班子面前的新课题。

由于历史原因，南宁征稽处机关及基层各征稽所的面貌已有多年没有改观，行业文明建设相对严重滞后，办公场所破旧简陋，征费窗口窄小阴暗，服务设施落后，职工“憋气”，车主怨气；加之体制改革的压力和原处班子出现了一些问题，征稽队伍不稳，严重人心涣散；外部征收环境也日趋恶化，偷、逃、欠缴、抗缴交通规费的违章行为十分猖獗。南宁交通征稽工作面临前所未有的压力和困难。为了尽快扭转被动局面，切实改变南宁征稽处的形象和面貌，处新班子励精图治，集思广益，上下联动、实地调研，争取到上级支持，投入急需资金，加大文明建设力度，从改善办公征收环境着手，以创建文明行业为突破口，使南宁征稽处各项工作协调快速发展。

在新班子的正确领导下，南宁征稽处把创建文明行业作为首要任务，很快制定了年度文明创建工作方案，成立了创建领导小组和办公室，分工负责，注重实效。

主要领导定计划，跑项目，要资金；基建组精打细算，逐项预算审核，各个项目相继上马；处机关及有关基层所干部职工一边坚持开展日常工作，一边协助施工队伍及时进场改造；施工人员马不停蹄，日夜保质保量赶工期……南宁征稽处有史以来一场大规模、高难度的改旧换新大会战拉开了序幕。

从 3 月份起处机关办公楼改造装饰，到 8 月底全面改造竣工；4 月份，埌西所挂牌成立（由原望州、民主所合并搬迁新成立）；5 月、6 月，处直属所征费大厅、车购所征税大厅相继装修扩建竣工，两个亮丽、舒适的“窗口”分别在处机关综合楼一、二楼熠熠生辉；7 月、9 月江南所、西乡塘所先后完成装修改造工程；10 月、11 月扶绥所等部分县所逐步展开或完成装修改造工程。与此同时，包括计算机、办公会议室桌椅、文件资料档案柜等设备的更新添置工作也顺利完成。仅短短几个月时间，共完成资金投入 200 多万元，处机关和市内 5 个所及部分县所办公环境和对外征费大厅环境得到明显改善，征费办公面积由原来的 646 平方米增加到 1935 平方米，处机关综合档案室（包括财务、车购税）由原来不足 100 平方米增加到近 400 平方米，文明行业创建的硬件框架基本搭建成。

南宁征稽处的文明建设力度和进展得到了自治区公路局有关领导的赞赏，在全区征稽系统起到了“示范”和“辐射”作用，带动了全区交通征稽系统文明建设全面发展。经过到南宁征稽处参观学习，桂林处、柳州处的文明建设已迎头赶上，全区其它各处也先后结合自身实际付之行动，2003 年是广西交通征稽系统的“文明建设年”，整个系统的文明建设焕然一新。

“管理”就是“服务” 执法者就是服务者

交通征稽兼有管理和执法职能，过去在习惯思维作用下，执法人员没有摆正位置，没有真正树立“公仆”意识，甚至出现“门难进、脸难看，事难办”的现象，征缴矛盾十分突出。针对实情，南宁征稽处新领导班子从党的性质、宗旨和“三个代表”要求的高度出发，明确提出管理就是服务，执法者首先是服务者的指导思想，按照“机关服务基层，基层服务社会和缴费车主”的工作模式，从根本上转变征稽管理思维，在全处干部职工思想上牢固树立服务意识，做代表最广大人民群众根本利益的忠实实践者。

——从思想上强化服务意识。一是教育和要求全处干部职工要始终牢记征收工作必须以“三个代表”重要思想为指导，以“全心全意为人民服务”为宗旨；二是在全处干部职工中确立一条全新理念并公开向社会承诺："您的满意是我们服务的唯一标准"；三是郑重倡导："严格执法，热情服务"，与广大车主和各界人士"共建交通大业"；四是把以上关键词句统一制作成醒目的宣传牌，悬挂于办公楼前、机关大院内和各所征费大厅前以及放置在每一位职工的办公桌面上，从而让每一位干部职工上班时第一眼就能看到自身工作目标、服务宗旨，并时时刻刻受到警示。

——从制度上规范服务水准。一是统一制作《工作纪律制度和岗位职责》、《服务指南》、《监督栏》等，在各所征费大厅上墙公开，既方便车主办事，又督促制约各岗位工作人员自觉为车主服务并接受社会监督；二是为了便于和车主沟通，保持人性化征稽管理工作持续进行，能经常性听到车主对缴费的意见和建议，专门设立了意见箱，对发现问题及时整改；三是设立监督投诉电话，方便车主针对监督栏内公开的征稽工作人员（姓名、照片、岗位、编号）进行评议，对服务态度不好、办事效率低下的，可以直接进行投拆。

——从行动上落实服务措施。为改善征费内部环境，南宁征稽处在各所征费大厅内统一配置空调、电风扇、休息桌椅、饮水机，布置好常绿花木，安放不锈钢垃圾桶等，尽可能地从细微处为车主提供最周到的服务，使车主来缴费办事方便快捷，并享受到人文关怀。逢节假日、双休日，各征费窗口根据车主的需要常常加班加点工作。尤其是"非典"期间，广大一线征费职工甘冒零距离接触车主随时有可能感

向阳花开（麦大刚　摄）

染“非典”的风险，各岗位适当采取预防措施后每天坚持照常上班，热情服务好每一位办事群众，让车主深受感动。

——从职工切身利益出发真诚服务。新班子上任以来，南宁征稽处经请示上级部门同意从各方面表现突出的管理人才中先后提拔任用了一批年轻领导干部到重要岗位，为一批长期两地分居的基层职工调动了工作，千方百计安排解决了 40 多名职工家属及子女的就业就学问题等等。解除了干部职工的后顾之忧，稳定了队伍，凝聚了人心，调动了职工的工作热情和积极性，为文明创建工作扎实、深入开展创造了有利条件。

建章立制勇创新　争当文明征稽人

转变观念，变管理为服务不是一蹴而就的事情，也不能“阵阵风儿”吹过了事，而是一个长期的、持续的过程。南宁征稽处从车主的角度和从执政为民的根本原则出发，不断研究探索更新更实的办法和措施，使交通征稽人的文明服务、真诚服务变成整体行业及每个人的自觉行动。南宁征稽处在这方面的工作是踏实的、卓有成效的。

——建章立制，创新管理模式。一是年初组织处机关各职能科室制定出了多项管理办法和规章制度，经处第一届职代会讨论通过后印发给职工人手一册，对照学习指导各基层岗位工作。二是坚持每季度组织开展“征稽管理擂台赛”，以区公路局和处里制定的年度征稽管理三百分考核细则为标准，在基层所之间分 3 个片组对征收任务完成情况和队伍建设、文明建设及各项管理工作落实情况进行评比。由处领导及机关科室人员组成的检查考评组下到基层后，主要采取边查问题边指导边整改的“帮教法”，使得“擂台赛”成了处领导和机关管理人员深入基层现场指导的有效形式。擂台赛结束之后，广大基层征稽职工通过自己的切身体会纷纷说：此次检查考评是征稽系统十几年来上级领导为基层上的第一堂政治和业务学习课，给我们帮助很大，我们打心里表示热烈欢迎和感激。“擂台赛”这一活动形式，在各基层所之间兴起了一股争先创优的热潮，有力地推动了全处两个文明建设协调发展。

——依靠科技和人才，提高工作效率和服务水平。一是在最短时间内为基层各所新配备一批征管微机、服务微机，以取代老化落后机型，同时为基层各所统一配备了 UPS，做到在停电的情况下可继续开机打票，为征费工作的顺利进行提供了硬件基础，使全处征费管理实现微机化、信息化、现代化，大大提升征费服务水平。

二是充分发挥管理人才和技术人才优势，先后开发出了一套吨位核定自动检索检查软件和一套计算机新增车辆欠费自动检查系统，通过这两套系统可以有效提高全处应征车辆吨位核定速度和效率，尽可能减少新车欠费，既方便基层所的工作，又可以通过新增车辆信息传递，避免车主造成不必要的损失。三是起用一批优秀人才集聚在征管科，集中力量搞科技开发和出谋划策，使之成为全处的“科研中心”和“征管智囊团”。几个月来不断有科研成果研发出来，推出多项创新举措，绝大多数受到区公路局采纳并向全区征稽系统推广应用，推动了全区征管工作不断改进和创新。

——勇于超越，推行征费便民服务。在党和国家扩大内需拉动国民经济增长政策的刺激下，近年来南宁交通运输业和汽车消费快速增长，尤其是私家车拥有渐成时尚，南宁交通征稽征收对象也出现了多样性的明显变化，对征收服务工作也提出了新要求。为此，南宁征稽处大胆着力改革创新，成立了南宁交通征稽处交通征费车籍管理中心，从9月1日起正式挂牌对外服务。中心与车购税办证大厅相连接，业务上互相把关，帮助所有新入户车辆办理首次缴费，建立电子信息档案，告知车主所有缴费办证注意事项，避免车主在不知情的情况下漏缴交通规费而造成损失，车主也无需全城来回奔忙寻找车籍地和缴费场所，为车主提供一条龙服务，可为车主节省1~2个工作日，中心运作3个多月来，车主普遍反映良好，称之是为民办实事之举。

——以点带面，争当文明征稽人。南宁征稽处根据国家税费改革和时代发展需要的新形势，为了提高单位整体行业的文明程度，以直属所、车购所等市内所为“窗口”，突出重点，开展“争当文明征稽人”活动，以此接受社会各界的考验和监督，促进创建行业文明活动的开展。如车购所通过开展“争当文明征稽人”活动，不仅使该所讲服务、讲奉献、讲爱心蔚然成风，而且促进了征收工作创历史最好成绩。到12月底，车购所共代征车购税2.46亿元，同比增长34.4%，多征6300万元；在今年上半年的征稽管理三百分考核擂台赛和第三季度考核评比活动中，车购所分别获得了全处第二名、第四名。

——依法行政，文明稽查。稽查是开展征收工作及促进征收工作的重要组成部分和重要手段。今年来，南宁征稽处高度注重加大宣传和稽查力度，努力营造良好征收环境。先后采取刊登、发放《公告》，发送催缴通知书，粘贴“欠缴规费告知书”及通过新闻媒体跟踪曝光一批违章偷逃交通规费现象等多种宣传方式，促进车主自觉缴费积极性；采用掌上稽查通、手提电脑、车辆牌照识别仪、稽查“电子眼”等先进科技设备流动稽查和设点稽查，联合公路路政“超载补征”稽查，参加全区联合交叉大稽查等多种稽查形式，形成合力强劲、声势浩大的稽查态势，震慑了一些车主违法违章拖欠、抗缴交通规费的嚣张气焰。在稽查过程中，广大稽查人员坚持依法行政，文明稽查，在处理违章车辆时，坚持原则，依法顶住各方面的压力，树立了征稽良好社会形象，稽查成效显著。全年共发送催缴通知书4146份，发放行政处罚书3154份，没有发生一例行政复议或行政诉讼案件，表明南宁征稽处这支执法队伍依法行政上升到了一定水平，有力地促进了征收工作顺利开展。

创建文明行业，促进规费征收，不断推进征稽事业发展，在即将过去的一年里，南宁征稽处脚踏实地创出了一条成功新路子。面临新的机遇和挑战，南宁征稽处将进一步总结经验教训，戒骄戒躁，发扬成绩，再接再厉，按照既定的创建工作目标继续加大文明建设力度，在尽快申报获得和巩固市级文明单位成果基础上，力争再用二年时间申报获得自治区级文明单位殊荣，同时分期分批改善辖属各县市征稽所的办公征收环境面貌，逐步推进整体行业向更高文明程度迈进。深信在“三个代表”重要思想指导下，在党的十六届三中全会精神鼓舞下，在自治区交通厅、区公路局和南宁公路局党委的正确领导下，南宁交通征稽文明花必将会遍地开花，朵朵绚丽多姿，也必将促进南宁交通征稽创造新的辉煌。

（原载2003年12月《南宁交通征稽》杂志第12期）

“茉莉之乡”征稽文化放光彩

——横县交通征稽所职工文体活动散记

却道天凉好个秋，“一场秋雨一场寒”。但当笔者走进南国广西横县却是另一片神奇的天地：壮乡田园好风光，原野葱翠花竞放，有如碧空闪繁星，清风馨透沁心脾，嗡歙瞬间醉茶城——中国茉莉花之都名不虚传。

斯时斯地还有这样“好一朵美丽的茉莉花”，正是他们用活力、用热情、用爱心实践自身花一般的价值，并激励他们为茉莉之乡交通事业发展和经济建设奉献青春，争作贡献，他们就是横县交通征稽人。

今年初春，在由横县海事（船检）、交警、征稽、人保、寿保、农监六单位联合举办的第十一届迎春职工运动会上，横县交通征稽所的职工们在 8 个集体比赛项目中获得了 6 个奖项：第一名两项、第二名一项、第三名三项，这是他们多年来获得的最好成绩（此前也曾偶尔获得过第二名、第三名），表明这些常年默默无闻的交通征稽人正逐渐步入“健儿”之列，随之高涨的是在区公路局、南宁交通征稽处的正确领导下，用旺盛的活力投入交通征稽事业的满腔热情。得胜归来，职工们感慨地说：通过参加类似集体活动，职工的文化生活丰富了，单位横向联系和交流加强了，职工的身体素质提高了，征稽队伍的形象树立了，工作积极性提高了，革命工作就能取得更好的成绩。

为了保障该所职工文化生活丰富多彩且常年开展得有声有色，该所成立了工会领导小组，由该小组制定计划筹划具体活动办法，首先保证达到上级部门规定的年度职工文体活动和送温暖活动次数，其次促进全所职工自觉开展全民健身运动，丰富职工业余文化生活。在该所每逢重大节假日都组织开展相关活动或应邀参加当地的各类文体赛事。今年4月，该所工会负责人曾土法应邀带队参加县个体羽协的比赛，获得了男子羽毛球单打第一名；为庆祝建国54周年，所里组织了棋、牌比赛；重阳节组织全体职工上南山登高，增强职工勇攀高峰、积极向上的斗志。

横县征稽人“好动”的同时，更注重献爱心，展现征稽形象，体现社会主义大家庭的温暖。

今年春节，所领导及工会负责人一起来到退休职工彭保仁家中，300元慰问金数目虽小，但代表了全所职工拳拳敬老真情；虽然所里只有两名女职工，但在“三八节”时所里照例“借题发挥”召开了全所职工大会庆贺，并教育大家敢于摒弃重男轻女思想，鼓舞女职工巾帼不让须眉，撑起“征稽半边天”。

说起教育，这些生活、工作在茉莉之乡的交通征稽人还特别注重关心和爱护祖国的未来和花朵，常为娃娃们的教育工作献爱心，尤其是常惦记着那些边远山区艰难生活和求学的贫困儿童们。今年春季开学时，所里组织职工来到该县新乡中心小学给孩子们送上一些学习用品；此前该所还一次性给该县板露小学送上价值3000元的建校建材；今秋得知邕宁交通征稽所职工子弟何宙以优异成绩考上了大学，但因家境困难面临交不起学费的攸关时刻，全所职工又积极参与到“捐资助学”活动中，共捐助了570元；凉秋季节，惊悉西乡塘交通征稽所职工彭桂妹的儿子因车祸手术留医需高额费用时，全所职工又自发行动来积极捐款献爱心……

（原载2003年11月《南宁交通征稽》杂志第11期）

苦乐圩镇征稽人

——记吴圩交通征费稽查所

邕宁县吴圩镇邻近南宁市江南区，是南宁吴圩国际机场所在地，境内有著名的大王滩风景旅游区，南友国道（南宁——友谊关）穿镇而过，是南宁西部陆上出境越南的重要通道。这里交通便利，地方经济较活跃，主要盛产西瓜、甘蔗等经济作物，辖区有一些糖厂、水泥厂等城郊型企业效益较好，运输市场相对潜力大。这些较好自然地理条件大概是当初主管部门考虑在此设置一个交通征稽所的出发点。该所现共管辖吴圩、大塘、苏圩等6个乡镇内927台（4000吨座）汽车养路费等交通规费的征收工作，上级下达的年征收任务为800多万元，即该所7名干部职工年人均为国家担负着过百万元的交通规费征收重任，使命非同一般。

以完成任务为荣

在条件最艰苦、环境最复杂的基层一线开展征费稽查工作，难度之大是可想而知的，但工作需要，重任在肩，由不得人讨价还价，唯有扎扎实实工作，一心一意履行职责，这是锻炼也是考验。该所上上下下从领命之始就达成一致默契，并坚定不移地朝着一个目标奋斗着：全力完成和超额完成征费任务。

功夫不负苦心人，经过7名干部职工近一年时间的艰辛努力，辛勤汗水总算换来了丰硕成果。到11月30日止，该所共征费835.17万元，完成年计划的103.75%，超收30.17万元。

以上数据表明，该所不仅提前1个月超额完成了全年征费任务，而且各分项指标都完成较为理想。成绩来之不易，苦干、拼搏之余同样有经验可总结，这就是与该所注重管理分不开。所里 7 名干部职工，有 4 名老同志，3 名青年人，而且所里唯一的一名负责人就是一名“毛头小子”，他的名字叫黄玉明。“青年管老年”是该所最大的一个特点，就象一位老同志这样坦言：“咱们黄所长年轻有为，有闯功，有朝气，老同志跟着他干心甘情愿也来劲！年轻人对老同志也有说法：老来经验丰富，受人尊敬，内业外业都可兼顾着做，他们很少有怨言，对年轻人帮助很大，实在难得。因此，在该所所谓的管理就是一个互帮互助过程，一句话：老少爷们团结起来就是力量。如此一来，各项工作开展起来就顺利多了，从而促进该所齐心协力创造出新的业绩。在今年上半年内业管理三百分考核擂台赛和第三季度考核评比中，该所分别获得西部片区的第二名和第三名，受到上级表彰。

以忘我工作为乐

白天忙忙碌碌一整天，八小时以外总想有个好去处放松一下疲惫的身心，这本已是当今时代的上班一族的潮流，但这些对吴圩交通征稽人往往是奢望，因为在小镇上根本不具备城里人夜生活的条件和习惯。入夜，小镇上除了南来北往的汽车声声划破夜空，就是不甘寂寞的四野蛙虫低吟，看来若想熬过漫漫长夜还得靠自身想办法“消磨时光”了。该所老老少少常用的办法就是要么加班加点，要么加强学习自我修练，要么三五人一组队来个突击夜查……

新世纪是知识时代和信息时代，无论老少不加强学习就会落伍，年轻人要学习科学文化知识和业务知识，老同志要学打电脑、操作微机等，俗话说“活到老学到老”。在该所与老同志交谈个个都是这样的谦虚和风趣。2003 年是南宁处强化管理的重要一年，基层单位虽小，但各项管理职能和岗位工作都得一一对应跟上，白天忙征费，晚上就得加班加点忙规范内业管理。该所人手少，既要征费又要稽查，也只得利用早上早起上班前和下午下班后或晚上上路稽查……

说到稽查当然是促进征收工作的重要手段，但在该所由于人手少而内业和外业又都要兼顾的矛盾较为突出，在开展稽查过程中“孤军奋战”常常收效不大。为此，该所注重加强横向联合，突出重点，有针对性地重拳打击一些无牌、无证“黑车”，达到震慑一片的良好效果。在联合稽查过程中，当地公路路政、公安交警等部门给予了大力支持和协助。此外，该所还及时邀请上级主管部门领导和专业稽查队来到辖区开展各项稽查。今年 11 月，该所邀请处西部稽查清欠组深入到辖区高速公路建设工地、蔗区稽查欠费车辆，取得了明显稽查成效。

据统计，今年来该所共组织职工上门上路稽查 840 天·人，查获违章车辆 205 台，补征规费 67 万元。上路稽查苦也累，但稽查归来收获的喜悦早已冲淡了岁月的艰辛，吴圩交通征稽人就是这样年复一年，日复一日地工作着，默默无闻地奉献着……

不远处城里的兄弟单位已先行一步大搞文明建设，更新改造了办公征收环境，可上级支持对该所暂时力不从心，于是他们只能因地制宜，省吃俭用“挤出”部分经费整修门窗，制作宣传墙报，种植院内花草、树木等。一则为职工闲暇之余增添一份业余活动和情趣；二则也是巩固县级文明和为办事车主营造较好缴费环境的需要；三则大家都在尽力打造一个温馨的圩镇征稽之家，因为“这家人”在今后的日子里还得继续与圩镇“同甘共苦”……

原载 2003 年 12 月《南宁交通征稽》杂志第 12 期)

昆仑关前征稽人

——五塘交通征费稽查所散记

●一个跨世纪连续6年没有完成上级下达征费任务的团体，在每个人的内心深处就好像打翻了“五味瓶”，五塘征稽人一度有难已抬起头来的悲伤……

●发扬当年中国军民昆仑关抗日大捷的革命精神，誓打年度征费翻身仗。功夫不负有心人，2004年该所又提前5个月超额完成了全年征费任务。

七月的党旗是如此鲜红，七月的信念是如坚贞，七月的南国花果飘香，七月的彩蝶尽情翩舞。掩映于绿树中的南宁征稽处五塘所一片欢悦：该所在去年克服“非典”等严重困难完成全年征费任务一举扭转前6年没有完成任务被动局面的基础上，今年1至7月又已征收养路费等四费440.68万元，完成全年计划任务的101.66%，同期递增49.42%。

誓立战功

一个没有太多明显优势的小征稽所，何以在短时间内取得如此让人刮目相看的骄人成绩？他们有什么绝招和法宝呢？带着这些疑问，记者专程来到五塘征稽所进行了现场采访。刚进入该所，只见庭院内干净整洁，棕榈聘婷，假山水池，布置得错落有致。征费大厅上挂满了一系列荣誉牌匾，厅内各种规章制度醒目上墙，办公物品摆设得井然有序，给人赏心悦目的感觉，同时也感受到了该所不平凡的过去和来之不易的今天。位于邕宁县五塘小城镇内的五塘征稽所距离壮乡首府南宁市区有

20 多公里，国道南梧二级公路穿境而过，每天南来北往的车辆川流不息。该所管辖四塘、五塘、昆仑三镇在册车辆及过境车辆，境内关山丽水环绕，毗邻中外闻名的昆仑关。据记载，昆仑关于唐元和十四年（819 年）始建，于石龟塘垒石为关。宋景二年（1035 年）筑关城于昆仑山。清道光二十六年（1846 年）宣化县柳际清重建关楼。1944 年建抗日阵亡将士纪念塔、亭、公墓及牌坊。此关处群山叠嶂之中，地势险要，是南宁东北门户，历代为兵家必争之地。其中以宋朝名将狄青“上元三鼓绝昆仑”和 1939 年冬抗日“昆仑关血战”最为突出且闻名中外。国歌的词作者田汉满怀深情地在《咏昆仑关之战》一诗中写道：“一树桃花惨淡红，雄关阻塞驿楼空。倭师几处留残垒，汉帜依然卷大风。仙女山头厅石耸，牡丹岭上阵云浓。莫云南向输形势，枢相当年立战功。”

昆仑关是东北部陆上进入壮乡首府南宁必经的坳口，贯穿的南梧二级公路是进出广东等沿海城市的交通要道之一，其重要的地理位置也是多年以前有关交通主管部门在五塘镇设置一个征稽所的初衷，80 年代末期 90 年代初期四塘、五塘主要盛产煤矿，过往拉煤车辆较多，曾一度是广西区内集聚车辆最多的地方之一。过去的五塘征稽所也曾有过辉煌的历史，曾获“全区交通系统创建文明行业执法文明行政示范单位”（当时全区仅有 3 个征稽所获此殊荣）、“花园式文明单位”等荣誉称号。但 1997 年以后，由于小煤窑乱采乱挖被国家禁止，辖区内一些车辆逐步外流，加上报废车辆逐渐增多、新增车辆逐渐减少等种种原因，造成五塘征稽所连续 6 年都未完成上级下达的征费任务。

一个跨世纪连续 6 年没有完成上级下达征费任务的团体，在每个人的内心深处就好像是倒翻了“五味瓶”，五塘征稽人一度有难已抬起头来的悲伤。直到 2003 年初南宁征稽处新领导班子上任后，对五塘征稽所给予了亲切关怀和指导，带来了极大的振奋和鼓舞。该所新调整后不久的负责人李黄强始终深切地感悟到区公路局领导提出的“五新”决策和南宁处新领导层大胆创新，强化管理塑新形的理念就是该所的“引航标”；该所 7 名职工又怎能忘记，在所里最困惑的时刻，自治区公路管理局党委书记祝康保，南宁征稽处主任李志强等领导用实际行动实践“三个代表”重要思想，多次来到该所调研，关心职工困苦和冷暖，真是一次次“雪中送炭”啊……

面对区局、处领导的厚爱和殷切期望，巍巍昆仑关前的征稽人又怎能服输？“发扬当年中国军民昆仑关抗日大捷的革命精神，誓打 2003 征费翻身仗，‘莫云南向输形势，枢相当年立战功。’”五塘征稽人这一刻达成了前所未有的共识。

诚信引“金石”

面临着严峻征费形势和压力，五塘征稽所最重要的“一招鲜”就是千方百计寻找、挖掘、培植费源。通过发放便民“联络卡”（即印写有服务电话、领导手机及缴费指南等便民措施）、悬挂标语、粘贴送达告知书等方式，深入砖厂、林场、收费站、加油站、工地发放宣传单，向车主宣传政策，促进车主主动缴费。

其次是改变工作作风，倡导一种新理念，从管理型向服务型转变。今年 4 月，广西某混凝土责任有限公司再次把新增的一批货车要求到五塘所办理缴费，一次转入 13 台新增车 200 多吨位。该公司何以对五塘所情有独钟呢？原来去年 9 月该公司刚来南宁筹备公司开业事宜时，人生地不熟，对调驻来的一批车辆不知怎样办理缴费手续，五塘征稽所闻讯后立即主动上门宣传有关政策并提供优质服务，使该公司大受感动，当年从外省调驻的 15 台车、160 吨位全部在五塘所缴纳养路费等交通规费。在去年用电紧缺、供电不正常的情况下，五塘征稽所坚持白天无电就上路稽查，晚上有电就加班整理内业、打养路费票，第二天一大早就把票及时送到车主手上，用一条龙亲情服务打动车主，让车主感受到了人文关怀。挂靠大沙田某车队的部分车主在车队已代缴规费后纷纷有意无意玩起了“赖帐”，一时使车队陷入了困境。找到五塘所后，该所一面做有关车主的工作，一面帮助车队追查欠费，使车队摆脱了困境。五塘所为车主着想，急车主之急，用实际行动帮助、扶持运输企业，得到了车主的认可。在南宁至水任高速公路百色路段施工的外省调驻工程车辆，车主愿意不远百里跑来五塘所缴费。还有一些运输服务公司的车主也慕名到五塘所办理缴费手续。这是因为五塘所按照区局周志刚副局长提出的“用心、用情征费”新理念服务广大车主，赢得了车主的青睐。

爱拼才会赢

五塘一带砖厂较多，在当地偷偷搞运砖、运河沙业务的车辆有不少，这种不正常的违章现象又怎能让五塘征稽人“容得下”？于是，该所职工发挥团队精神，适时加大上路稽查力度。该所稽查队长罗少华是个“大块头”，有独挡一面的稽查能力，当遇刁顽无赖的违章欠费车主，经他老练的“攻心洗脑”和威严的气魄，欠费车辆无不老老实实就“擒”，同时处理违章车辆合法合理，使违章车主来时忧心重重，走时喜颜相告。今年4月23日傍晚，接到群众举报说有欠费车辆进入高峰林场偷搞营运，该所组织人员到三塘路段埋伏，当欠费车被查获时司机耍赖扯皮，硬是不给扣车，稽查人员耐心解释、软硬兼施将车扣回所里时，已是凌晨1点，简单吃点方便面后继续投入战斗，当办完手续时已是凌晨3点。有时一些欠费车先用摩托车在前面探路逃避稽查，但欠费车主最终难逃五塘所稽查人员的火眼金星。

6月9日下午傍晚，记者一行跟随五塘所上路稽查已有2个多小时，一路上灰尘滚滚，山路崎岖不平，当我们欲进入一砖厂时，遭到砖厂老板故意刁难、拒绝入内，当稽查人员耐心解释政策，费了好一番功夫进到厂内时，已不见一台车的踪影，原来已被砖厂老板“玩了心机”。此后稽查人员又来到林场路口等地方稽查，一连去了好多个地方都一无所获，同样被车主“耍了滑头”。要不是亲身体验，真不敢想他们在基层工作是如此的艰难，但这群人总是充满一股强烈的“拼劲”。由于所里人员较少，既要征费又要稽查，为了兼顾两头工作，他们根据辖区欠费车辆活动特点，经常打时间差，利用早上、中午、晚上不定期上路稽查。在夜查中经常克服蚊虫叮咬等困难熬到深夜，第二天早上又拖着疲倦的身体继续上班。

五塘所7名干部职工中有3名老同志，4名青年人，有5名职工的家属在外地居住，因忙于工作，很少能和家人好好聚一聚。在五塘镇上没有什么地方可以娱乐，白天征费，晚上稽查，这就是他们的工作，也是他们的生活，他们就是这样常年累月地拼命而且无怨无悔。在五塘所工作近20年的老同志农植新深有体会地说，农村工作压力大、工作较难做，有时查到欠费车不见人，即使见到人了，他也不承认，拒不签字，有时还煽动、聚集一些不明真相的村民围攻。但五塘所稽查人员并没有因此而退缩，仍然迎难而上，敢于碰硬。难怪当地的车主说：“那帮稽查人真厉害，哪里都见他们。”据统计，1至7月份五塘征稽所累计发送催缴通知书100多份，上门上路稽查432人·天，查获违章车辆46台，扣车36台，扣证10本，补征规费48623元，滞纳金8378.4元，罚款27695.4元。通过路查，有效地打击、震慑了欠费车主的嚣张气焰。致使当地的一些黑车、无牌无证车都有躲过了初一，难逃十五的紧张感。带动了周边欠费车主自觉到该所办理补缴交通规费80多万元。

采访结束就要告别昆仑关前的铮铮汉子们时，他们对未来始终充满激情：不管困难有多大，压力多强，他们决不会辜负上级领导的厚望，他们计划用1至2年的时间，从内业管理、队伍建设、文明建设等方面再上一个新的档次，力争把五塘征稽所打造成南宁交通征稽处领导提出的“您的满意是我们服务的唯一标准”的品牌征稽所。

（原载2004年9月第5期《广西公路征稽》杂志）

征稽管理“大比武”　一决高低“打擂台”

南宁交通征稽处征稽管理擂台赛鸣金不收兵

金秋送爽，酷暑消退，人心愉悦。经过近200个日日夜夜的艰辛努力和顽强拼搏，江南交通征费稽查所全体干部职工迎来了建所以来最激动人心的季节和好日子，在8月8日召开的南宁交通征费稽查处2003年上半年度征稽管理擂台赛总结会议上，该所获得了片区和全处“冠军”荣誉，还受到了特别奖励。与江南所同时受到“特别奖励”的还有上林所等8个基层单位，他们分别获得了所属片区的前三甲，虽然这些所分别仅得到了区区3000~2000元的“小意思”，但这些“小意思”的含金量是沉甸甸的，充分体现了“娘家”对“儿女们”付出辛勤汗水的高度赞赏和认可，倍增的是强烈的信心和无穷动力，而且这一天让“儿女们”等了整整十年，怎不叫人万分激动和感慨。

十年光阴弹指一挥间，十年征稽路漫漫。由于种种原因，前些年南宁交通征稽系统整体波波折折，单位没有发展，队伍不够稳定，社会形象受影响，每个人都憋了“一肚子酸气”。直到2003年初，在自治区交通厅、区公路局的直接关怀和支持下，受命于危难之际的南宁处新领导班子果敢决策：励精图治谱新章，与时俱进重塑形，要全力扭转南宁处落后被动局面，率全处干部职工以崭新姿态，豪情满怀实现新跨越。

此次擂台赛的打响，就是要检验处新领导班子的决策半年多来是否经受得起实践检验，就是要检验基层各单位半年来贯彻落实上级各项管理制度和要求的执行情况，就是要为迎战年终“全区擂台赛“热身”。初赛“擂台”时间为7月15~25日，由处领导亲自带队，率各职能科室负责人及工作人员分市内、东部、西部三个组奔赴辖区 22 个参赛所，按统一标准、统一规则（区公路局三百分考核细则和南宁处制定的相关管理制度措施）进行综合检查考核，先在各片区按得分高低排名次，然后全处统一“排座次”。

擂台中，各位检查考核人员既当“裁判”，又当“考官”，采取一边检查考核，一边指出存在问题，一边指导整改的“帮教法”，因此本次擂台赛对各参赛队来说实质是一次“现场培训班”，正如一位基层老征稽工作者深有感触地说：此次活动是征稽风雨十几年来上级领导直接给职工上的第一堂政治和业务课。此次活动的规模、形式和收效都创下了南宁处多个“历史之最”。以赛促管理，以赛促进步，以赛促发展，今日的南宁处上上下下掀起征稽管理“你追我赶奋勇向前”的新高潮，沉寂了近 10 年的南宁交通征稽人正迎来扬眉吐气的新曙光。

尽管此次擂台过程中，一些“参赛选手”的弱点被“冷酷裁判”悉数抖了出来，个别“败军之相”惨不忍睹，但大多都输得心服口服，随之潜滋暗涨的是昂扬斗志。一则“比武”之前，“主考官”早作了周密部署和统一安排，制定了铁的纪律和“游戏规则”，所有“裁判”人员的经费开支由主办方统一负责，任何人不得接受“运动员”的礼物和请吃及喝酒，做到绝对“公开、公平、公正”评判打分，不用担心“暗箱操作”或“黑哨”；二则各位“裁判”在不留情面、扣分不心疼不手软、严肃判罚“违规行为”时，还当场开出“秘方”帮助当场“治疗”和“整

南宁东站夜景（麦大刚　摄）

改”，为“运动员”在下场比赛或决赛时重振雄风创造有利条件。

是赛场就会有拼斗、有输赢，优胜者当奖，败下阵来自然有一些“阵痛”，痛定思痛，是压力，是动力。此次擂台赛虽已告一段落，但南宁赴各条战线上的“较劲”已愈演愈烈。因为在江南所等受表彰的同时，处里紧接着又通报了22个所得分排名情况，并同时下发了“整改通知书”，明确强调此次初赛只是阶段性工作的检验，而且以“诊脉查病”为主，并要求限期“对症下药”整改，否则等到年终“决赛”时再出现类似“毛病”，将启动“责任追究制”直接追究有关负责人和各岗位责任人的责任，严格者要“下课”、“丢乌纱”。

看来，一旦“竞赛机制”启动，胜者还不能掉以轻心，输者还有“翻身”之日，谁最后一个笑，待到年终决赛后才能见分晓，众人拭目以待。

（原载2003年8月《南宁交通征稽》杂志第7期）

“金山秀水”征稽情

——柳州交通征费稽查处服务交通事业发展纪实

“柳州国际奇石节”、“柳城生态蜜桔文化节”、“武宣八仙女选仙节”、“三江民俗风情旅游节”……走进金秋的桂中大地处处在重彩办节、踏歌起舞，这里居住的汉、侗、苗、瑶、壮等40多个民族正以各自独特的民俗神韵引来海内外商贾云集、游人如织。沧海桑田，30年巨变，这一切源自于党的改革开放富民好政策。

“经济要发展，交通须先行”。在这片充满活力的土地经济社会全面发展的伟大进程中，便利快捷的交通基础保障发挥了十分重要的促进作用。同样，肩负为公路交通事业发展征收基本建设资金特殊使命的交通征稽人，为地方交通事业发展和经济繁荣立下了汗马功劳，他们引以为自豪的团队名称就是柳州交通征费稽查处。

路如诗画汗水铸

广西桂中地区包括柳州、来宾两市，以柳州为圆心的250公里半径内，集中了广西80%的AAAA级以上旅游风景区，无论是当地人还是外来游客在感受这里独特的山水景观和民族风情时，更对这里便捷、舒适的交通出行和美丽的路景赞叹不已。柳州交通征稽人为这一条条如诗如画的公路付出的辛勤汗水和心血，是可以用一组组真实的数据反映的。

柳州交通征费稽查处成立于1989年，主要担负柳州、来宾两市交通规费征收管理工作，下辖16个交通征稽所。多年来，该处坚持在上级主管部门的正确领导以及地方政府的大力支持帮助下，始终抓住征费中心工作，严格执行国家交通规费征收政策，确保实现交通规费征收年年跃上新台阶。从1989年成立到2008年9月，近20年共征收交通规费60.73亿元。

寸土寸路金钱铺就，一分一厘汗水浇铸。按照国家有关规定交通征稽部门征收的交通规费必须全部上缴国家，专款专用于公路建设。“诚建富民之道，锦绣桂中路业”，这是桂中公路建设管理部门的神圣使命和坚定决心，也代表了广大人民群众的意愿。柳州交通征稽人20年如一日恪尽职守、齐心协力征收公路建设资金，为“诚建富民之道”甘当“铺路石”。

据相关部门介绍，征费工作对公路建设筹资贡献最主要的是用来作为投融资的重要参考基数。如征稽部门每征收1亿元，就可以为交通主管部门引进配套资金和向银行贷款2—3倍。照此推算，柳州交通征稽处20年共征收交通规费60.73亿元，则可为自治区交通厅融资约182.19亿元的公路建设资金。这一数字超过广西2006年用于全区交通固定资产的投资总额154.18亿元。

规费征收年年上新台阶，为国家筹集了资金。柳州交通征稽人用真实而感人的实际行动为广西公路交通事业发展和地方经济建设做出了积极贡献，多次受到国家交通运输部、自治区交通厅、自治区公路管理局和柳州市政府的评先嘉奖。先后荣获“全国车购费征收工作先进单位”、“全区交通系统先进单位”、“全区交通征稽系统先进单位”、“全区交通征稽管理考评一等奖”等光荣称号。

“敢为人先”勇创新

“岭树重遮千里目，江流趋势九回肠”。神奇美丽的柳江从柳州市穿城而过，自古养育、磨炼了“柳江人”“敢为先，不服输”的精神。柳州交通征稽人历来发扬这一精神，率先在全区交通征稽系统实行了系列征管创新举措和新办法，不断依靠科技进步和强化征费手段保障在交通规费征收工作中创效增收，受到上级主管部门充分肯定和赞赏，并向全区及一些外省市同行推广应用。

长期采用人工开票征费，费力费时、工作效率低下的落后局面激发了柳州交通征稽人强烈的创新意识和责任感。1991年，在广西交通征费稽查局的支持下，他们率先研制开发了《广西交通规费微机征收管理系统》，获广西交通科学技术进步二等奖。实现微机征费管理后，改变了过去繁琐、落后方式，避免了差错和失误，不仅大大地减轻了征稽人员的劳动强度，提高了工作效率，而且建立了和谐宽松的缴费环境，方便了广大车主群众。该处充分发挥计算机技术作用，并逐步建立健全相关管理制度，实现了交通规费微机征费的科学化、程序化和现代化。在全区推广应用后，迅速掀起了广西科技征费的新高潮，在全国同系统中发挥了领航作用。

随着开放市场经济的建立，以个体车为主的机动车辆迅猛发展，但在交通运输业扩张的同时，交通规费征收法制不健全、管理手段跟不上等突出问题也随之呈现，一些车主偷漏、拖欠、抗缴国家交通规费日趋严重。迎难而上，柳州交通征稽处积极联合当地交通、司法部门发文，对全市有车单位、车主实行征缴养路费合同公证，把征费工作纳入法制轨道，当年全市合同公证占应征车辆总吨位的 86.09%，保障了费源稳定。争取法院支持，成立县、市人民法院交通征费稽查执行室，率先全区实现执行覆盖面达 100%。“八五”期间，该处共上门上路催缴稽查 78475 人次，累计暂扣违章欠费车辆 4126 台，扣证 8271 本，补征交通规费（含滞纳金）1011.32 万元，通过法院执行室共受理偷漏、拖欠、抗缴交通规费案件 4323 件，诉讼标的 843.05 万元，结案 3684 件，追回交通规费 586.43 万元。

柳州征费稽查处率先实行合同公证工作和成立法院征稽执行室，得到了自治区交通厅认可并在全区推广应用，为广西交通征稽工作在特殊时期探索出了一条依法征费的成功路子。

在全区同系统率先启用牡丹信用卡征费结算方式，既方便车主缴费，又提高了征费工作效率；率先开发和完善“天天更新稽查数据系统”等，在全区推广应用中取得良好效果；开发的“广西车辆征费标准计量应用软件”，进一步统一规范了全

神奇的苗族坡会（麦大刚　摄于柳州市融水苗族自治县香粉乡）

区车辆征费计量，获得自治区公路管理局“创新创效”奖；率先建立了交通征稽网站，同时担负起全区公路征稽系统的网站建设，方便车主群众进行有关业务查询，让社会更加了解支持交通征稽工作；实施纸质档案资料的数字化管理，极大地提高了档案数字化管理并开先河。

“率先”是前进的动力，“创新”是发展的灵魂。秉乘改革开放的东风，柳州处20年一路走来，在自身不断完善发展壮大的同时，又为全区交通征稽管理工作逐步走上规范化、现代化、法制化轨道发挥了表率作用和重要推进作用。

“合力稽查”促征收

由于诸多方面的原因，“税费改革”从1998年提出以来至今没有正式出台，加上每年的养路费开征之前都会有一些社会传闻，滋长了一些不法车主想方设法甚至恶意逃缴交通规费行为，近年又新出现了一批“假、嫁、挂”车辆，且一度气焰十分嚣张，给该处的征收工作带来前所未有的压力和困难。在现实面前，该处在强化征费政策宣传，加强横向联系，积极上门下单位进行催缴欠费的同时，结合自身人手少、稽查力量薄弱的实际，总结推行出了行之有效的以“划分片区稽查”为主的合力稽查促征收新办法。

“划分片区稽查”即把辖区各征稽所划分为东、南、北和市中心四大片区，由处领导及机关科室人员分别深入到各片区带队组织，从片区各所抽调精兵强将组成联合稽查队伍，形成合力，综合执法，以查促收。几年来，各片区联合稽查执法，既统一行动，联合出击集中力量“打歼灭战”，又机动灵活“打游击战”，有力地打击了不法车主的恶意逃费行为。各片区之间经常组织开展“竞争”和“比赛”，互赛执法水平高低，互争稽查战果多少，从而也充分调动了广大稽查人员的积极性和热情。

谈及所与所之间开展的联合稽查，在大瑶山深处开展征稽工作的金秀征稽所长覃鸿武感慨地说：“由于所里只有5名职工，在做好日常征费和内业管理工作之后，根本没有精力和人手再组织起外业稽查力量，只有与邻近的几个所合作各抽调出1~2人组成联合稽查队伍，互相支持，互相帮助，才能形成较强稽查合力。截止2008年9月底，金秀所已完成年度征费任务94.35%，若不是借助兄弟所的稽查力量来促进所里的征收工作，到年底要完成各项目标任务真还有点悬。”

人员少、地处偏远的象州征稽所从2003年以来坚持不懈与当地运管、路政等部门联合开展交通综合执法取得明显成效，有力地促进了该所连续多年超额完成征收任务，且年年都被评为“全区交通征稽工作先进集体”。

联合的力量是强大的，是无穷的。为了整治辖区征缴环境，维护公平、和谐的运输秩序，该处积极争取当地多部门大力支持配合，开展形式多样的专项稽查，取得了显著效果。2004 年 8 月该处与桂林交通征稽处联合开展了一次规模空前的“养路费清欠追缴八月大行动”，在路政、交警及驻地部队等单位的大力支持下，短短 10 天时间查获欠查车辆 513 台、695.5 吨，补征交通规费 55 万元，同时促使 923 台、1592.5 吨长期欠费车辆主动缴费 113.76 万元。

该处开展联合稽查的创新方法和取得的明显成效先后受到中央电视台、广西电视台等媒体的宣传报道。

剑胆琴心献征稽

“千户万人背罂瓶，崖路返复江汲水；城北隍上凿一井，兴利惠民千古传。”“柳井”的传说颂扬了唐代名人柳宗元任柳州刺史时为民办实事的高尚情操。饮水思源，千百年来的柳州人始终不渝保持着“一心为民”的光荣传统。柳州交通征稽人就是其中的典型代表。

无论是“老公路”、“老征稽”还是刚入队不久的年青征稽员，都会赞口不绝地说起一个人：他就是把毕生心血都奉献给了公路征稽事业的 2004—2007 年度广西区公路行业“十优管理干部”——柳州交通征费稽查处主任王伟宁。

年过半百的王伟宁从 1970 年参加工作起就一直在公路、征稽战线，是柳州乃至广西少有的“征稽元老”和“功臣”。

柳州处在 20 年的艰辛创业过程中为全区征稽管理工作贡献了“8 大征管创新成果”，以王伟宁为领头人的柳州征稽处是广西交通征稽的“排头兵”和“急先锋”。近年来在广西征稽实行划归公路部门管理体制改革后，在事关全区重大征稽管理决策时，王伟宁主任多次作为一线征稽的“老大哥”和“权威人士”出任高参；在他的倡导下，柳州征稽处 15 年来与重庆市交通征费稽查（处）局缔结为友好单位，坚持每年互相交流先进管理经验，互派职工对口学习取经，架起了广西与巴蜀征稽友好合作的桥梁。广西也因此成为倡导“全国征稽是一家”的发起者。

在职工心目中王伟宁既是有胆有识的领导，又是可敬可佩的长辈，大家跟着他干事业就是再苦再累也毫无怨言。远离市区 200 多公里、交界湖南的三江侗族自治县属偏僻欠发达地区，可柳州处下达给三江交通征稽所2008年的征收任务为600多万元，在该所职工看来明显有些偏重，按理该所当了10多年所长的王延胜是最有资历找处领导“讨价还价”的，但他在务实的王伟宁主任面前从来都是不折不扣的，他表示就是带领全所职工磨掉一身皮也要完成今年的任务。

身体力行、率先垂范。多年来王伟宁作为团队负责人把全部精力都投入到工作中，几乎没有休息过一个完整的节假日和双休日。处里每年的繁重征收任务分解下达，大大小小的“稽查战略”制定都离不开他的亲自操劳和现场指挥，一年中他在抓好全面管理工作的同时，还要带头深入一线稽查及到基层所调研、为职工解决实际问题和困难达150个工作日以上。

王伟宁先后多次被评为“全区交通征稽创业标兵”、“全国车购费征收工作先进个人”、“全区交通系统先进工作者”、“全区公路征稽系统先进工作者”等，厚重荣誉光环背后是他为公路交通事业倾注满腔心血和辛勤汗水的结晶，是上级部门对他突出管理才干的充分肯定和鞭策。

天天承担繁重的工作压力，年年完成艰巨的征费任务，正是如王伟宁般的柳州征稽人的共同努力才成就了柳州交通征稽不断增长的新业绩。情系征稽，心系交通。柳州交通征稽人为服从国家改革大局、为服务交通事业发展大局真情付出感人至深。

苦乐征稽，舍我其谁。为了“金山秀水”更加绚丽多姿，柳州交通征稽人“痴情不改”，有信心和决心战胜一切困难，再创辉煌。

（原载2008年11月《广西公路征稽》杂志总第45期）

为伊消得人憔悴　衣带渐宽终不悔

——《广西公路征稽》2004 年重点宣传工作成效扫描

2004 年非同寻常，“三个代表”重要思想旗帜高扬，党的十六届四中全会指引方向，坚持科学发展观，全面建设小康社会阔步向前。迎接新的挑战，抢抓重要战略机遇，广西交通基础设施建设和公路征稽事业取得显著成绩，实现了历史性新突破。

难忘 2004，智勇和汗水换硕果。在这场波澜壮阔的发展潮流中，《广西公路征稽》有幸充当了呐喊者，同时也见证和记录了无数激流勇进的“船长”和“水手”们齐心协力、顽强拼搏的真实画面和动人事迹。当然，《广西公路征稽》自身也得到洗礼和陶冶。

2004 开年伊始，自治区人民政府和区交通厅领导庄严对全区交通基础设施投入、建设及公路养路费征收提出了新的任务和要求，广西公路征稽肩负前所未有的重任。为此，自治区公路管理局审时度势作出了系列确保完成历史使命的重大决策，《广西公路征稽》也因之应运而生。

伴随着南国明媚春光，以南宁征稽处为先锋的一场场“塑新形，打造军事化征稽队伍”的演练战在八桂大地各主要城市上空“军歌嘹亮”；浓春时节，全区公路行业文明建设表彰大会和全区第三届“公路杯”运动会联袂开幕，广西公路征稽健儿雄风展现，踊跃投身全区公路征稽“三个文明建设”的火热之情激情上演……《广西公路征稽》——有声有色猎获。

由于诸多方面的原因，近年来以拖欠、逃缴养路费为主的“老赖”顽疾日渐猖獗，给广西的征收管理工作带来了很大的阻碍和困难。于是自治区交通厅、自治区公路管理局精心谋划“重磅”推出了“自治区公路管理局养路费清欠追缴6月大行动”，调集全广西各征稽处稽查精英和桂西公路管理局路政人员180余人在首府南宁率先打响了一场漂亮的“清欠飓风战”。随后8月大行动在桂柳等地全面铺开，辅之以各大新闻媒体“长枪短炮”支持，促使众多“老赖”从城市到县镇纷纷“缴械”，清欠追缴战果辉煌，广西公路征稽人从此扬威起“文明之师、威武之师、能战之师”的光辉形象。与前线将士顶酷暑、冒风雨、克重阻并肩战斗的同样有《广西公路征稽》。不仅协助和组织了首府各大媒体记者全程跟踪报道了6月大行动，还在广西卫视、南宁电视台、《南国早报》等发布了专题报道，特别是派出记者深入桂柳战场支援，获得一致好评。《广西公路征稽·清欠追缴6月大行动专辑》及专题宣传片在短时间内隆重“出炉”，又是《广西公路征稽》的杰作之一。

“超限超载”是公路桥梁的头号杀手，党中央、国务院决定从2004年6月开始用三年左右的时间大力加以治理整顿。由广西交通部门牵头组织开展的“治理双超”工作及时全线展开，各个战场演绎出一幕幕各部门紧密协作，各站点团结一心、日夜坚守岗位的感人故事。《广西公路征稽》责无旁贷积极参与到这场持久的攻坚战中。

侗族新娘正月回门（麦大刚　摄于柳州市三江侗族自治县林溪镇）

坚持科学发展观，就是如何加快发展，就是要与时俱进，就是要敢于创新。岁月长河推进到新世纪以来，与时俱进的自治区交通厅果敢抉择率先全国把交通征稽并入公路部门统一管理，广西公路征稽从此倍增坚强战斗力和无限生机，以文明创建为契机逐步开展的“改旧换新”大会战又拉开了序幕。特别是2003年以来，以埌西征稽新形象的树立和南宁交通征稽处车籍管理中心新成立为代表，带动了全区城市征稽面貌焕然一新，一朵朵绚丽的公路征稽文明之花竞相奔放。善于猎“新”的

《广西公路征稽》先后推出了四期彩页专版和多篇经验交流文章及时全面对南宁、桂林、百色等地创新管理和文明建设典范进行了“闪亮登场”宣传，掀起了全区乃至全国同系统学广西、学南宁的热潮。

210 国道广西段是西南出海大通道广西公路的窗口，加强长效管理，保持路容路貌整洁美观，确保 210 国道安全畅通，是广西公路人光荣而又重大的使命之一。从上个世纪末开始，自治区交通厅、自治区公路局领导高度重视，多次深入一线指导具体创建工作，提出要利用创建文明样板路提升整条线路的总体服务水平和管理水平。几年来，各级公路部门和基层养护站按照上级要求做了大量艰辛工作，确保各辖管养路段“畅、洁、绿、美、安”，同时建设和改善了大批养护站的面貌。2004 年 10 月获得国家交通部验收组好评。《广西公路征稽》对此亮点予以了图文并茂记载。

首届中国—东盟博览会在南宁成功举办并永久落户南宁，广西及南宁因具体承办博览会成为中外关注的热点，知名度大大提高，为加快广西发展带来了千载难逢的机遇，广西公路交通的通道和枢纽功能及重要地位日显突出。广西公路交通人引以无限自豪的同时又倍感任重而道远，《广西公路征稽》同样予以高度关注。

《十九载风雨历程　挥洒汗水献交通》，19 年来，广西车辆购置税（费）征收取得了巨大成就，对推进广西公路建设发展和社会主义精神文明建设作出了突出贡献，尤其是南宁车购税（费）征收“三分天下有其一”成绩斐然。《一路热血洒征稽　壮志未酬恨分离》，如今为了国家税费体制改革的需要，十九年在征稽道路上共同打拼，为交通事业作出了巨大贡献的交通征稽人就要分家离别了，难舍情怀自然无以言表，于是情谊深厚的战友们相约来到《广西公路征稽》畅谈感受，互相勉励，叙旧话别，共同祝愿在新的征程上再立新功！

难忘 2004 年，说不完战果累累捷报飞，忘不了胜利凯歌一串串。2004 年，无论是“征稽管理”，还是“创新工作”，无论是“文明建设”，还是“党建工作”；无论是“稽查工作”，还是“行政执法”都取得了显著成绩，实现了年初区交通厅领导要求的“实现新突破”的目标，可谓是喜事连连，捷报频传。《奏响革命老区征稽赞歌》、《桂林代征税收出新招》、《邕宁养征提前完成征费任务》、《百色联合稽查显神成》、《南梧路上红旗扬》、《玉林扶贫路上谱新章》《支部书记带头清路障》、《老劳模新奉献》等等，这一年来在全区征费一线、稽查一线、养护一线、治超一线等各条战线上涌现出了无数工作不止、奋斗不息的感人事例，只可惜饱蘸激情的《广西公路征稽》写不完、道不尽……

写不完王志锋用鲜血和忠诚捍卫神圣征稽尊严，道不尽李志强、唐晓明等锐意改革、任劳任怨，闪烁当代征稽工作者的光辉形象；写不完“五十佳”《青春在平凡岗位上闪光》，道不尽《“六亲不认”的稽查员》；写不完《养护工之歌》，道不尽《声声祝福总关情》；写不完《百罗路上稽查忙》，道不尽《我的征稽职业感悟》……

“我们创办《广西公路征稽》就是要热情讴歌和大力弘扬这些可歌可泣的动人事迹和可贵精神。”……

“振精神，树信心，鼓士气，结合实情认真研究制定新对策，朝着既定的目标奋进，竭力完成上级领导交托的重任”。2004年，《广西公路征稽》始终牢记自治区公路管理局党委领导在本刊创刊之初的谆谆教诲和殷切期望，在时间紧、任务重、人手少的情况下克服重重困难，无私奉献，较为出色地完成了上级领导交托的重托，也竭尽全力给全区公路征稽系统广大读者交了一份合格的答卷。

在深入一线采访时与时任梧州交通征稽处有关领导合影留念

“播种希望，收获喜悦。”2004年，在自治区公路管理局领导和编委会的正确指导下，在南宁交通征稽处的大力支持、关怀下，《广西公路征稽》于2004年4月正式创办至年底已出版正刊8期（每月一期），出版《清欠追缴6月大行动专辑》和《政研论文专辑》各一期，为全面、真实、生动宣传报道自治区交通厅、自治区公路管理局及全区公路征稽系统年内重大新闻事件及活动，促进全区公路交通系统“三个文明”建设做出了应有的贡献。

“为伊消得人憔悴，衣带渐宽终不悔。”2004年，《广西公路征稽》编委会高度重视，热情关怀，倾注了大量智慧和心血；2004年，《广西公路征稽》编辑部精勤不倦、挑灯爬格，付出了艰苦劳动和青春代价；2004年，叶桂如、伍运意、周羽兵等通讯员坚持不懈，踊跃投稿，作出了重要贡献。2004 年，在编委会、编辑部和广大通讯员的共同努力下，《广西公路征稽》取得了来之不易的成绩，受到区内外同行业的广泛好评。云南省、重庆市、福建省等地同行及热心读者多次打电话取经或索要刊物，全区交通系统一些写作爱好者纷纷写来赞扬信和感谢信，称赞《广西公路征稽》为全区公路征稽乃至全区交通系统的干部职工打造了一个良好的“精神家园”。

2004 年，《广西公路征稽》值得欣慰，但同时也感到愧疚，因为回顾这一年的工作我们仍然有许多方面做得不够，尤其是与上级领导的希望和广大读者的要求确实还存在很大一段距离，毕竟《广西公路征稽》还只是行业内刊水平、业余读物而已。

提及“业余”，我们这些“甘为他人做嫁衣”的编辑人员除主观上首先应当自责外，客观上还有些隐痛和困惑。一是编辑力量有限，加上办刊水平问题，总有力不从心之感；二是编辑人员两地办公难免有诸多不便；三是身兼来稿登记、采编、摄影、校对、发行等数职的编辑部 3 人除要完成每月一期编辑出版任务外，还得无条件完成所在单位交办的工作，常常只能是用“业余”时间来编辑出版刊物；四是来稿不足或来稿无法达到要求，编辑部经常出现“巧妇难为无米之炊”的尴尬；五是一些单位对宣传工作重视不够，个别公路局、收费站、交通局养征办（所）不仅投稿少，而且与编辑部少有联系交流，《编辑部的故事》又何尝不是辛酸的、寒心的。

工作忙，忙于工作，忙于应酬，时下做“大忙人”本无可厚非，但再忙也不能“一手硬，一手软”，这是我们党在新的历史时期抓思想政治工作中反复强调的。当前，一些基层单位认为思想政治工作可有可无，甚至认为抓政治思想会障碍或分散业务工作的时间和精力，这是一种不讲政治方向的想法，是一种危险的信号。最近，党中央明确指出思想政治工作是精神文明建设的一项基础性工作和搞好两个文明建设的基本保证。“基础不牢，地动山摇”。可见思想政治工作及其宣传思想工作在当今社会主义市场经济条件下仍然相当重要。

讲政治是一种高度，《广西公路征稽》始终站在讲政治、讲大局的高度服务全区公路交通事业发展大局，因此无论我们为之“消得”多么“憔悴”也无怨无悔；也真诚希望各单位站在更高的高度注重宣传思想工作，多关心多支持《广西公路征稽》及其苦中求乐的通讯员们。无论上下级之间、征缴之间、编读之间，我们主张凡事互相理解，互相宽容，《宽容是种美德》，“理解万岁！”

“雄鸡一唱天下白，温暖希望随曙至。”2005年，党和国家已作出了“加强宏观调控，保持国民经济平稳较快发展”的战略决策，广西区结合自身是欠发达地区的实情提出“要加快发展步伐”，可见新年全区的交通等基础设施投入建设仍需加大力度，广西公路征稽部门肩负的重任及面临的机遇和挑战不逊猴年，因为广西加快推进全面建设小康社会步伐仍然需要“交通先行官”发挥推波助澜作用。《广西公路征稽》更应义无反顾为之鼓劲、助阵。

“《广西公路征稽》乃我良师益友，可谓是一朝相识，实可相伴人生矣。”“祝愿年轻的《广西公路征稽》办成一朵鲜艳奇葩。”……时代发展的需要，全区公路征稽干部职工的期待，广大征缴读者的心声，是《广西公路征稽》继续坚持顽强拼搏及至呕心沥血、鞠躬尽瘁，誓创佳绩的坚强动力。

（原载2004年12月《广西公路征稽》第8期）

十九载风雨历程　挥洒汗水献交通

——广西车购税费征管工作回眸

1985 年，党中央、国务院为扭转我国交通落后状况，加快公路建设的发展，审时度势地作出了开征车辆购置附加费（2001 年改为车辆购置税）的重大决策。19 年过去，车购费征收及代征车购税工作取得了巨大的成绩，全国共征收车购费（税）3300 多亿元，其中广西 73.9 亿元。所产生的经济效益、社会效益，对推进全国公路建设的发展和社会主义精神文明建设作出了突出的贡献。

根据国家有关规定，从 2001 年 1 月 1 日起开征车辆购置税。四年来，在交通部、国家税务总局、自治区交通厅的领导下和各有关部门的大力支持配合下，全区各级车购费征管人员统一思想、克服困难，排除各种干扰，紧紧围绕以征税为中心，以实际行动践行“三个代表”重要思想，认真履行车购税代征职责，保持和发扬征收车购费时期形成的优良传统和工作作风，同心协力，切实加强对车购税征管工作的管理，向管理要效益，为全区车购税征管工作再创辉煌作出了应有的贡献。

全区车购费（税）征收
为公路建设立下汗马功劳

代征车购税实现连续四年大幅增长

四年来，全区车购税代征人员思想稳定，工作责任心强；各市、县实行了微机征税，使车购税代征工作实现规范化、科学化管理。2001 年全区共代征车购税 57309 万元，比上年增长 6.05%；2002 年代征车购税 68465 万元，同比增长

19.49%；2003年代征车购税80752万元，同比增长17.92%；2004年1~11月份，车购税征收达到89495万元，预计全年车购税能突破10个亿，同比增长23.8%。四年来，累计代征车购税总收入达到为306500万元，平均每年以20%的速度递增。在此期间，正是全区公路建设快速发展的关键时期，征收的车购税资金不仅缓解了公路建设资金严重不足的矛盾，更重要的是引导和带动了大量的社会包括外资投向公路建设领域，使全区公路的布局和结构进一步得到了优化，与其他先进省份的差距进一步缩短。正是由于车购税资金重要作用，促进了全区公路建设快速发展。至2003年底，全区公路总里程达57677公里，比1999年底增加了6277公里，年均新增公路里程1569公里。其中，二级以上公路达6682公里，比1999年底增加3417公里，增长104.66%，年均增长26.16%，二级以上公路占总里程的比例由7.3%跃升到11.59%。全区通二级公路的县由33个增加到65个，所占比重由40.7%上升到80.2%；70.5%的乡镇通油路，81.4%的乡镇通等级路，86.4%的行政村通公路，全区不通公路的行政村由3311个减少到2000个，所占比重由22.30%下降到13.5%；公路密度由1999年的21.72公里/百平方公里上升到24.7公里/百平方公里。可以说，全区公路建设取得的巨大成绩，车购税资金功不可没！全区广大征管人员更是功不可没！

征管队伍历经多年实践锻炼和考验综合素质得到进一步提高

为确保车购税费改革的圆满成功以及车购税征收工作的平稳进行，代征工作时间有所延长。全区广大征管人员以国家利益为重，顾全大局，忠实地履行职责，表现出很高的思想政治素质和敬业精神，向党和人民交出了满意的答卷。在思想上，坚持个人利益服从国家利益，严格按照组织安排，坚守工作岗位。在工作上，克服人员少、工作强度大征收量持续增长等困难，加班加点，兢兢业业，自觉奉献在工作岗位。在作风纪律上不降低服务标准和工作要求，始终如一地遵守各项规章和各项纪律。尤其是在去年上半年抗击非典期间，全区广大征管人员思想稳定，坚守岗位，一手抓抗击非典，一手抓征收管理，确保了代征工作的正常开展。这些都充分表明，车购税征管队伍是一支政治合格、业务精湛、纪律严明、值得信赖的队伍。

加强征收管理，努力提高管理水平，促进车购税的征收

为更好地完成车购税代征任务，提高车购税征收管理水平。针对各地车购税征收部门在代征车购税工作中出现的新情况、新问题，自治区车购办以规范文明执法、强化内部管理为目的，在过去车购费征收工作中形成的一整套科学、规范、行之有效的管理体系的基础上，克服困难，认真分析和总结车购税代征的实际情况，先后下发了《关于车辆购置税退税有关问题的通知》、《办理免征车辆购置税须知》等规章制度，开发了《车购税档案袋打印软件》。同时，加强与国税部门、车管部门联系，解决代征车购税工作中的实际困难。各地车购税征管部门还根据自己的实际工作需要，在对外和对内管理上也建立健全了一整套行之有效的工作制度和办法，形成了较完备的代征车购税征管体系。

深入开展创建文明窗口活动，牢固树立为人民服务的思想

车购税征收工作是政治性、群众性、社会性、专业很强的窗口行业，又是一项艰苦而平凡的工作，需要车购税征管人员具有高度的政治意识、大局意识，强烈的事业心和敬业精神。各级车购税征管部门一直坚持将邓小平建设有中国特色的社会主义理论和“三个代表”重要思想的学习和应用，贯穿于日常的征收管理中。采取举办学习班、培训班等形式，组织职工学习邓小平理论、“三个代表”重要思想，学习党在新时期的基本路线和方针政策法规、加强思想理论法制教育。车购税征收政策、征收环节、征收办法决定了它涉及社会生活诸多方面。各级车购税征管部门以宣传车购税政策法规为主要内容，广大车购税征管人员常年奔波劳累，广泛宣传车购税政策的重要性和必要性。得到了社会的理解，促进了车购税代征工作的开展。车购税代征工作是执法工作，车购税代征人员的形象直接关系到政府的形象。各级车购税征管部门根据实际，制定了一系列规范性文件，对车购税代征人员的行为提

靖西三合互通（周少南　摄）

出了明确的要求，并建立了较为完善的稽核审计监督机制，不断加大反腐倡廉的力度。各级领导始终坚持率先垂范，从自己做起，接受群众监督，以自己的行动弘扬正气。使车购税代征人员正确认识手中的权力，牢固树立为人民服务的思想，自觉经受改革开放的考验。通过各级征管部门的不懈努力，在这支队伍中涌现了一批批先进单位及一大批先进个人，创造了许多动人的事迹。据统计，截至2003年底，全区车购税征稽系统建成自治区级文明单位18个，市级文明单位68个，县级文明单位34个。另外，还创建了9个文明庭院或花园式单位。2个单位及5名个人荣获交通部先进称号。

学习、积累了税收工作知识和经验

四年来，全区车购税代征人员一方面严格执行车购税政策，及时主动地向自治区国家税务局汇报和反映征收中遇到的问题，努力做好车购税代征工作，另一方面，面对新领域、新任务、新要求，不畏艰难，虚心学习，努力掌握税收工作的基本知识和要求，增长了做好税收工作的才干。代征车购税的工作，给了车购税代征人员学习和实践的难得机会，为顺利划转和适应税务工作奠定了坚实的基础。

南宁车购办“三分天下有其一”

加强领导强化管理，促进费税征收连年增长

改革开放以来，自治区首府南宁迎来千载难逢的发展机遇，随着城市化进程加快，汽车消费呈现出与日俱增发展态势，加上国家实行税费改革进入关键时期，给南宁车购费税征收工作提出了新要求，同时也带来了前所未有的挑战。针对实际，南宁车购办领导班子尤其是2003年初新调整的班子在李志强主任的带领下，充分认识到做好车购费税征收工作的重要性，以“带好队、征好税”为根本出发点，加强领导，强化管理，努力提高征收管理水平和能力，促进全办费税征收逐年递增。

1989年到2004年11月共征收费税20.13亿元，占全区费税征收63.64亿元的31.63%，连年超额完成上级下达的指令性征收任务，成为全区名副其实的车购费（税）征收大户。

文明建设硬软件齐发展，树立首府征费税新形象

为了适应首府城市发展的需要，尽管近两年费改税已进入倒计时阶段，但南宁交通征稽处和南宁车购办新班子审时度势，强调一切以国家大局为重，一切以人民利益为重，在争取到区交通厅、区公路管理局大力支持前提下，千方百计加大对车购税征收工作文明建设硬软件的建设，在一年多的时间里对车购税征税大厅设施的改造投资达 200 多万元，为车购税改革移交创造了有利条件。

一是税收大厅的建设与改造变化巨大。2003 年，南宁车购办征税大厅由原来不足 120 平方米更新改造到 220 多平方米，由原来的设施陈旧和光线昏暗，改善到设施齐全和环境优雅的办税大厅。同时，各县所的税收环境也得到了明显改善，受到社会广泛好评。

二是办公设施大为改观。2003 年成立了南宁车价信息中心，把原来车购科不足 10 平方米的指挥中心扩建到 50 多平方米的指挥中心，促进车购税工作信息化和现代化建设。同时，车购办的领导和管理人员的办公设施得到全部改观，管辖的 15 个县车购办全部使用微机征费、微机台账和微机管理，彻底改变过去使用手工开票打证、手工台账报表的落后局面，美好的环境，新的面貌，使车购税考试人员更加坚定了扎实工作的信心。

三是车购税档案管理规范化。过去，车购所的档案室门窗破烂，乱摆乱放；各县办档案柜严重不够，有的堆在桌上和地上，丢失和霉烂现象屡见不鲜，档案管理十分混乱。2003 年，装修改造车购所档案室 280 多平方米，使 60 多万份档案搬进

《竹溪立交美如画》在广西南宁市主干道民族大道核心区的竹溪立交桥道路两旁和隔离带上，奔放的三角梅花把城市立交装点得赏心悦目，美不胜收。（何光民　摄）

“新房”，使10多万份档案“有家可归”；各县办档案柜更新配齐，使整个办的档案管理提高到一个高的档次。

与此同时，结合文明创建软件建设，广泛开展以美化环境、整顿秩序、优质服务为内容的创“三优”活动，努力塑造了税收人员的新形象。近年来，该办车购所经过多次整顿和创建，成为了全区税收的文明窗口。1989年至2003年先后多次获得国家交通部、自治区交通厅和自治区公路管理局授予的先进集体称号。2003年该办及下属多个县车购办获得了市级文明单位等荣誉。

注重加强队伍建设，努力提高服务质量和工作效率

由于费改税人员划转工作历时四年漫长岁月，难免给队伍产生一些消极情绪，高度注重加强干部职工的思想政治教育工作，稳定队伍，稳定人心是做好征收工作的前提和保障，这是南宁交通征稽处和南宁车购办新班子达成的一致共识，并坚持以人为本的原则，切实采取系列措施，教育职工，帮助职工，激发职工工作热情。

一是及时加强职工的思想道德和职业道德教育，教育职工越是特殊和艰难时期越能考验人、锻炼人，帮助职工树立正确的人生观、世界观、价值观；教育职工热爱本职工作，爱岗敬业，遵守劳动纪律，树立集体主义和全心全意为人民服务的观念和意识；向职工灌输职业道德的思想，增强职工的职业道德意识，形成良好的职业道德规范。

二是结合推行以服务质量标准化、服务管理规范化，服务过程程序化为内容的“三化”目标管理，努力转变服务态度和工作方式，强调管理就是服务，整体改变服务面貌，树立文明优质服务典范。

三是全面加强对车购税代征工作的党组织建设。2003年6月，南宁处新党总支成立后对车购税代征队伍的党建工作十分重视和关心，专门成立了车购税党支部，对党建工作提出新的思路和新的目标，使车购税党建工作开展得有声有色，使党员干部在基层工作中起到模范带头作用。同时全面加强车购税代征人员党员的培养工作，在过去只有3名党员的基础上，两年来，车购税党支部发展正式党员2名，预备党员8人，发展对象2人，党建工作卓有成效地开展，不仅充分调动了广大职工积极投身工作的火热激情，还大大提高了车购税代征队伍的战斗力。

四是全面加强党风廉政建设和党的作风建设，吸取以往经验教训，推行政务公开，时时刻刻教育和要求广大党员干部、职工要做到警钟长鸣，保持廉洁自律、反腐倡廉的作风，严格遵守党纪国法，确保队伍人员不搞权钱交易，不做有损国家和集体的事情，确保费改税的平稳进行。

不断加强队伍建设，不仅带出了一支有坚强战斗力能确保为征税工作服好务的高素质队伍，而且还使一批优秀税改人员脱颖而出，分别提拔到正科、副科的职务岗位上，充分发挥了他们的管理才能，他们一道与一些长期担任处、科、所三级领导职务或重要工作岗位的管理干部，为南宁交通征稽处年年完成上级下达的各项任务付出了巨大的努力，作出了重要贡献，他们中一批管理人员也先后获得区交通厅、区公路局和征稽局授予的“十佳优秀管理干部”、“优秀共产党员”、“先进个人”、“科技进步奖”等光荣称号。

内业管理不断加强，税收制度逐步规范

一是坚持做到业务发展和业务管理并抓。根据车购税代征业务的特点，及时调整和强化管理思路，突出业务环节过程管理，克服了重业务发展轻业务管理的弊端，制定了“减、免、退、补、验”等业务管理规定，成立了三级审批领导小组进行从严审核，使各办开展的最低征税额、滞纳金减免、验车、补证、退税等业务走入正轨。

二是明确管理目标责任。车购办结合自身实际和费改税的环境形势，制定了《南宁车购办关于车购税征收业务管理规定》等规章制度，每年更新车购税代征工作计划和管理目标，并对各个岗位进行调整定岗、定责，使每位职工目标、任务、责任明确，做到考核科学，奖罚分明。

三是积极开展车购税征管业务检查专项活动。该办坚持每年每季开展对全处各县办征管业务进行专项检查，发现问题及时通报及时纠正。由于坚持每年每季度检查业务的工作制度，确保了征管工作不出问题，全面提高征管质量，在每年年终“三百分”管理考评中都名列前茅。

（原载 2004 年 12 月《广西公路征稽》杂志第 8 期）

续写“壮美广西”新篇

“所谓伊人，在水一方。溯洄从之，道阻且长。溯游从之，宛在水中央。”出自《诗经》的经典诗句，表达的是对意中人可望而不可即的怅惘之情。现实生活中，又何尝不是志存高远者大有人在，独享苦思“伊人”之趣的亦大有人在，而最终能实现或接近目标者却为数不多。

“写作虐我千百遍，我却待她如初恋”。李永耀先生的“点赞”，也道出了无数文化人的执着和苦楚。既然选择了人生有此喜好，也就谈不上有多辛酸。不过如白驹过隙般流逝的2018年，确实有光阴与钱一样是这世界最不经用的东西之切身感受。

2018年是改革开放40周年和自治区成立60周年大喜之年，作为广西作家和青秀区宣传文化工作者，早想尽些绵薄之力，希望能从基层文化人的维度视角，揭示多彩壮乡的发展历程，藉以颂扬这个伟大的时代。本来单位上的工作加班加点是常态，却还要“加压”自己，是源自心中有股强大动力的。当我把最后一篇文章整理出来时已是金秋季节了，而这之前我已放弃了所有的双休日和节假日时间。

“天地悠悠，过客匆匆，潮起又潮落……”女神叶倩文的《潇洒走一回》是动听的。当我如释重负地把所有文稿呈现给出版社时，编辑老师都表示很看好，似乎都是顺风顺水顺人意的事。然而却在筹措相关出版费用时添了“几多愁”，还曾一度产生过要放弃的念头。好在知音般的单位领导慧眼独具，认为此作是见证广西发展不可多得的好素材，作为青秀人能发出青秀和南宁声音，能为壮乡汇集一些文化成果，传递广西正能量，唱响时代主旋律，是值得鼓励和支持的，如春天般温暖的肯定，及时帮我解了燃眉之急。

人生能得一知己难，能结识一批投缘人更难，有些事和人，值得我用一生来铭记，部分已在文章中或书中提及，还有一些不得不隐去尊姓大名，甚为遗憾。

人们常说，书是智慧的结晶。但“踏歌”这本书的问世，不仅仅是本人 20 多年的心血凝注，更是众多热心人满满的爱的奉献。自治区、南宁市和青秀区文联及作协有关领导、作家多次鼓励我，第二届“鲁迅文学奖”获得者知名作家鬼子、第八届冰心散文集奖获得者西子谦不吝当面赐教，著名作家、壮族“情诗王子”黄神彪（芭莱）和资深媒体人赵广百忙之中对作品进行前期编辑及全程指导，麦大刚、周少南、刘绵宁等摄影大师友情提供美图，著名漫画家徐铁军题笔漫像，还有范静、洪国林、李焕前、周清华、戴艳、马月虹、曹银等良师益友，都先后以不同的方式为“踏歌”的孕育尽心尽力，借此机会一并深表谢意。

当然，面对亲人和朋友，我的内心深处还是感到有些内疚和惭愧，多年来与家人陪伴的时间，还不如单独与星星和月亮共舞的时间多。常在“写作群”，心在“书群”，自然只能偶尔光顾“朋友圈”了。

我本不想孤独，也相信自己不是唯一的孤独者。是孤独者难免会有水平所不达、思虑所不周等不足，拙作中也会有瑕疵，也可能会有扫读者朋友雅兴，尚祈多多给予批评指正。

“建设壮美广西，共圆复兴梦想。”习近平总书记为广西壮族自治区成立 60 周年欣然题词，这十二个字意蕴深厚，饱含着总书记的殷殷嘱托和深深期许。六十载风雨兼程，一甲子硕果累累。在“庆祝大会”当日，本人有幸来到现场共同见证了这一激动人心的历史时刻，内心感到无比自豪和骄傲。与八桂儿女一道牢记总书记嘱托，不忘初心，顽强拼搏，奋力书写新时代八桂大地繁荣发展的新篇章，对此我有坚定的信心和决心。